마법서생

魔法書生

장담 퓨전 新무협 판타지 소설

마법서생 4

장담 퓨전 신무협 소설

초판 1쇄 찍은 날 § 2007년 2월 7일
초판 1쇄 펴낸 날 § 2007년 2월 16일

지은이 § 장담
펴낸이 § 서경석

편집장 § 문혜영
편집책임 § 서지현
편집 § 심재영

펴낸곳 § 도서출판 청어람
등록번호 § 제1081-1-89호
등록일자 § 1999. 5. 31
어람번호 § 제2-1124호

주소 § 경기도 부천시 원미구 심곡1동 350-1 남성B/D 3F (우) 420-011
전화 § 032-656-4452 팩스 § 032-656-4453
http://www.chungeoram.com
E-mail § eoram99@chollian.net

ⓒ 장담, 2006

ISBN 978-89-251-0542-0 04810
ISBN 89-251-0437-7 (세트)

魔法書生

Fusion Fantastic Story

4

장담 퓨전 新무협 판타지 소설 신왕[神王]의 무[武]

마법서생

청람

목차

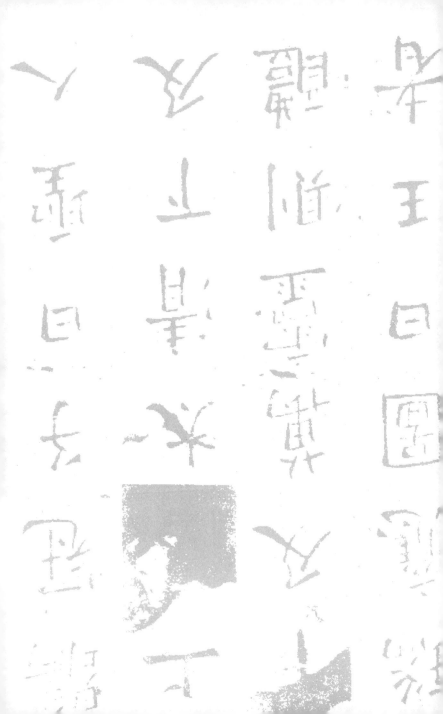

우르릉!

주먹으로 내려치길 수백 번. 마침내 동굴을 막고 있던 석문이 굉음을 일으키며 무너져 내리자 희열에 떨리는 음성이 동굴을 울렸다.

"드디어… 크크크……."

갈가마귀가 우는 듯한 목소리. 석벽의 틈바구니에 꽂아놓은 횃불이 두려움에 질려 일렁였다.

뿌연 먼지가 가라앉은 동굴의 저편에서 음습한 바람이 숨구멍을 조일 듯이 몰려온다.

암울한 듯하면서도 기이한 느낌. 음성의 주인은 가늘게 몸을 떨었다.

"흐……."

음습한 동굴 광장이 음울한 웃음에 반응해 가늘게 전신을 떤다.

희열이었다. 음성의 주인도 희열에 떨고, 암울한 동굴 광장의 그 무언가도 희열에 몸을 떨었다.

어둠은 그의 앞을 막지 못했다. 손에 들린 횃불의 빛이면 족했다.

그는 뻗어나가는 빛을 따라 찬찬히 동굴 광장을 훑어보았다. 광장의 크기는 반경만도 십여 장에 달했다.

송충이의 주름처럼 굴곡진 동굴 천장에는 수많은 종유석이 가시처럼 매달려 불빛을 반사시키고, 오색 빛깔로 얼룩진 바닥의 암반에선 뿌연 안개가 피어나 흐른다.

아름답고도, 신비하고도, 괴기한 광경이었다.

그 광장의 한가운데 그것이 있었다. 종유석의 중동을 쳐내 만든 석대 위에 놓인, 먹물을 부어 만든 듯한 시커먼 묵관 하나.

길이 일 장, 높이 다섯 자, 넓이 여섯 자. 거대한 묵관이었다. 묵관 위에 먼지 한 점 없는 것이 이상하기는 했으나, 주위의 분위기에 휘말린 그는 미처 깨닫지 못하고 있었다.

괴인은 한 걸음 한 걸음 묵관을 향해 걸음을 옮겼다.

"뭐가 있는 걸까? 악마가 있는 걸까? 크크크…… 하긴 뭐가 있으면 어떠랴. 어차피 이곳까지 왔거늘."

묵관 표면에는 수백 자의 글이 음각으로 새겨져 있었다. 전자(篆字)로 쓰인 글자였다. 그러나 그가 읽기에는 그다지 어렵지 않았다.

그는 글자를 읽어보고는 가볍게 몸을 떨었다.

마치 신이 잠들어 있기라도 하듯 묵관 표면에 쓰인 글은 찬양 일색이었다.

언제고 위대한 피의 종사께선 깨어나실 것이다. 종사께선 결코 귀천하지 않으셨다. 다만……

죽지 않은 자를 관 속에 넣어놓았단 말인가? 무슨 소리지?

그는 굳은 표정으로 입술을 깨물었다. 확인해 보면 알 일.

그는 글을 대충 읽어보고는 떨리는 손으로 묵관의 뚜껑을 힘껏 밀었다. 생각보다 뚜껑은 부드럽게 밀려났다.

그그그궁…….

맨 처음 그를 반긴 것은 생전에 거대한 체격을 지녔던 듯 굵고 커다란 뼈 위에 누런 가죽만 덮인 시신과 시신의 전신을 덮은 핏빛 장포였다.

거죽이 푹 들어간 눈, 앙상한 뼈에 가죽만 남아 있는 얼굴.

"시신이잖아?"

그런데 왜 죽지 않았다고 한 것일까? 다른 누군가를 말한 것일까?

"동굴이라 그런지 시신이 썩지 않았군."

그는 조심스럽게 장포를 들추며 석관 속에 다른 무엇이 있는지 샅샅이 찾아보았다. 그러나 석관 안에는 혈포를 걸친 시신을 제외하고는 아무것도 없었다.

"무엇 때문에 나를 이곳으로 인도한 것인가, 악령들이여."

무심한 목소리를 내뱉으며 이마를 찌푸린 그는 한참을 더 들여다보다가 실망한 표정으로 뒤돌아섰다. 한데 그때,

오싹한 느낌.

뒤통수에 대못이 박히는 것 같은 기분!

순간적으로 그의 전신이 사시나무처럼 파르르 떨렸다.

뭐, 뭐지?

미처 고개를 돌릴 틈도 없었다.

덥석!

"켁!"

뭔가가 갑자기 목을 움켜쥐더니 홱 잡아당겼다.

괴인은 뒤로 넘어지는 와중에도 대경실색하며 황급히 손을 목으로 가져갔다.

앙상한 뼈다귀에 누런 껍질이 씌워진 손 하나가 잡혔다. 살아 있는 인간의 손이라기에는 믿을 수 없는 손. 관 속에 있던 시신의 손이었다. 문제는 강철 집게처럼 단단하고 강해서 금방이라도 목이 부러질 것만 같다는 것!

'이게 뭐야? 아, 안 돼!'

혼신을 다해 발버둥을 쳤다.

꼼짝도 않는다!

그는 믿을 수 없는 일에 정신이 혼미해질 지경이었다.

급한 김에 손을 뒤로 해서 혈포인의 눈을 찔러 버렸다.

푹! 손가락이 거죽을 뚫고 혈포인의 눈을 파고든다.

하지만 그뿐이다.

눈 속이 비어 있다.

오히려 목을 움켜쥔 손에 힘이 더해진다.

"끄으으……."

손가락을 잡아당겨 보았다. 앙상한 손가락은 만년한철로 만들어진 족쇄처럼 꼼짝할 생각을 않는다.

석 자 두께의 석문을 부순 손으로도 괴인의 손을 떼어낼 수가 없다.

아득한 절망감에 모든 힘이 빠져나간다.

괴인은 그제야 묵관 표면에 적혀 있던 문구 하나가 생각났다.

종사께선 귀천하지 않으셨다.

'마, 맙소사! 그럼 죽지 않았……?'

뇌리가 하얗게 비어버렸다.

그리고 한순간, 두 눈마저 시뻘겋게 달아오르는가 싶더니 결국에는 전신의 모든 숨구멍에서 시뻘건 기운이 뿜어져 나왔다, 사자(死者)의 혼에서 얻은 기운이.

그때다! 문득 시신이 희열하고 있는 듯 느껴졌다.

자신에게서 뿜어진 시뻘건 기운이 시신에게로 빨려가는 것 같다. 자신의 생명을 유지하고 있는 기운이 모두 빨려 나간다면 그것은 곧 죽음.

'안 돼! 죽을 수는 없어, 절대!'

죽을지도 모른다 생각하자 머릿속에 수많은 글귀가 떠올랐다.

스치듯 떠오르는 생각!

'그래! 네가 죽든 내가 죽든 한번 해보자!'

괴인은 자신을 이곳까지 오게 만든 한맺힌 구결을 끊임없이 외우기 시작했다. 되든 안 되든 성패는 하늘에 맡기고.

한 번, 두 번, 시신에서 가공할 기운이 빨려 들어왔다가 다시 빨려 나간다. 들어오고, 나가고, 또 들어오고 나간다.

생각지도 못한 일인지 목을 움켜쥔 손에서 떨림이 전해진다.

오! 놈이 당황하고 있다!

그는 환호하며 구결을 끝없이 외워댔다.

시간이 흐를수록 옷은 가루로 변해 스러지고, 옷 대신 붉은 기운이 그의 전신을 뒤덮었다.

얼마나 시간이 지났을까. 점점 희미해지는 의식 속에서도 괴인의 입가에 웃음이 떠올랐다.

'내 고집이 얼마나 센데… 어디… 해보자, 이놈…….'

바닥에 떨어진 횃불은 꺼진 지 오래였다. 광란하던 핏빛 기운도 사라지고 남은 것은 칠흑 같은 어둠뿐.

동굴 광장이 억만 근의 어둠에 짓눌려 질식하기 직전, 묵관에 반쯤 알몸을 걸치고 있던 괴인이 천천히 몸을 일으켰다.

그는 마치 잃어버린 기억을 더듬듯이 몇 번 이마를 찌푸리더니 봉사가 눈을 뜨고 자신의 몸을 처음 보는 것마냥 찬찬히 자신의 알몸을 돌아보았다.

그의 눈에서 붉은 광채가 뿜어지자 칠흑 같은 어둠조차도 뒤로 물러나 그가 자신의 몸을 살피는 것을 막지 못했다.

그렇게 일각가량이 지난 후였다. 그는 혼란스러운 듯 사방을 둘러보며 어눌한 목소리로 웅얼거렸다.

"이게… 내 모습……?"

한 자는 더 커진 키, 두 배 가까이 부풀어 버린 몸. 처음 보는 몸이었다.

그는 망연한 눈으로 묵관 안을 바라보았다.

묵관 안에는 피보다 더 붉은 핏빛 장포만이 남아 있었다.

'너는 누구냐?'

머리가 깨질 듯이 아파왔다.

'나… 나는……?'

第一章

초청(招請) 개파대전(開派大典)

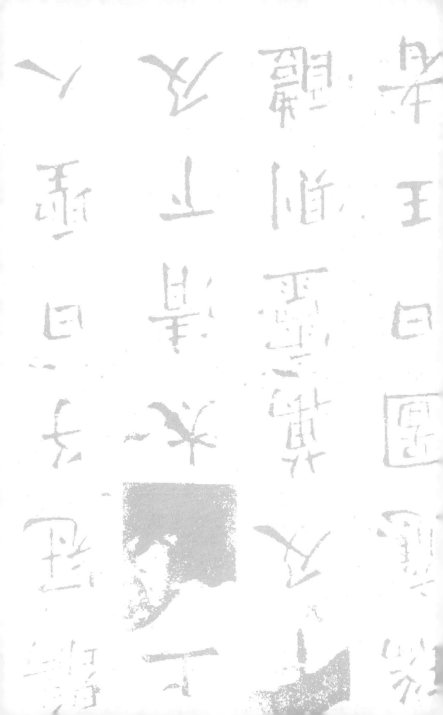

1

사위가 조용하고 유태청마저 심각한 표정으로 생각에 잠겨 있다.

진용은 앉은 김에 천단심법을 끌어올리고 대주천을 행공했다.

그렇게 얼마나 지났을까, 유태청이 감은 눈을 떴다. 어둠이 새벽의 찬 기운 가득한 어스름에 밀려날 무렵이었다.

그는 잠시 생각을 가다듬고 천천히 입을 열었다.

"자네가 익힌 것이 잘못된 것은 아닌 것 같네만 완벽한 것도 아니라는 생각이 드는군. 내 생각으론 흐름의 길은 맞지만 강약의 조절이 되지 않았던 듯싶네."

진용이 굳은 얼굴로 고개를 끄덕였다. 그도 느끼고 있던 바다. 문제는 그 해답을 알지 못해 고민이었을 뿐.

"때로는 너무 머리를 써서 억지로 맞추려 하면 오히려 시간이 갈수록 더 틀어져 버리는 경우가 있지. 특히 내공심법이 본래의 것이 아니라면 더할 거네."

확실히 그랬다. 본래의 내공심법이 없다 보니 억지로 성질이 다를지도 모르는 자신의 심법에 흐름을 꿰어 맞추어야 했다.

"나라면 내가 익힌 내공심법에 맞추어 재정립해 볼 거네. 흐름이야 약간의 변화는 있겠지. 하지만 그리 큰 차이가 나지는 않을 것 같거든. 그게 멀리 돌아가는 듯하면서도 완성으로 가는 지름길일 것 같은데……."

새로운 정립? 본래의 것을 토대로 새로운 것을 만든다? 돌아가는 게 때로는 빠르면서 완벽하다?

문득 구양 할아버지의 말이 떠올랐다.

"동화됨보다 조화됨을 중시해라! 변화를 무서워하지 마라!"

진용은 가슴이 뻥 뚫리는 기분이었다.

무명의 초식 때문만이 아니었다. 신수백타도 요즘 들어 왠지 모르게 갈증이 일고 있었다. 그런데 유태청의 말을 듣다 보니 그 모든 것이 결국 자신의 마음 때문이었다. 틀에 박힌 고정관념!

왜 변화를 줄 생각을 못했을까. 천단심법이 아무리 뛰어나다 해도 모든 것에 완벽한 것은 아니거늘.

구양 할아버지의 말대로 상고시대부터 발전해 왔다는 신수백타는 천고의 무공이다. 그러나 아쉽게도 천단심법은 신수백타의 발전 속도를 따라오지 못했다. 어쩌면 본래부터가 권각을 다루기 위한 심법이 아니어서 그럴지도 몰랐다.

그래! 거기에 신수백타의 갈증이 있었던 거였어!

진용은 멍하니 서 있다가 유태청이 몸을 돌리자 그제야 다급히 허리를 숙였다.

"가르침에 감사드립니다."

언뜻 유태청의 걸음이 멈칫거리다 다시 옮겨졌다.

"얻는 것도 복이 있어야 얻는 걸세. 뭔가를 얻었다면 그것도 다 자네의 복이지. 그나마 면박을 당하지 않아 다행이구먼. 허허허……."

운가명은 유태청이 넌지시 건넨 말을 듣고 진용에게 조용한 뒤쪽의 별채를 하나 내어줬다.

진용은 자신이 지닌 무공도 정리하고 정보가 들어오기를 기다릴 겸 풍림장에서 며칠을 더 머물기로 했다.

그사이 정광에게 고대문자에 관한 책자를 건네주고는 틈틈이 만나 고대문자에 대한 의견을 나누었다. 덕분에 그럭저력 글자 몇 개를 해석해 내는 성과를 얻을 수 있었다.

그리고 두충에겐 나름대로 권각법을 정리해서 한 권의 책자로 만들어주었다. 비록 대단한 비급은 아니었지만 두충은 눈물을 한 바가지나 흘리면서 기뻐했다.

누가 뭐래도 천하의 고수 진용이 만들어준 것이 아닌가!

두 사람에게 과제를 안긴 진용은 시간이 날 때마다 자신을 가다듬는 데 총력을 기울였다.

열흘이 흘렀다. 그 열흘은 진용에게 새로운 시작이었다.

우선은 마안의 기초를 다졌다. 그러기 위해서 진용은 삐쳐 있는 세르탄에게 소녀경과 금병매를 세 번씩이나 보여줘야 했다.

물론 진용도 봤다. 눈을 부릅뜨고 주위를 살펴가며.

'음음, 이건 순전히 초 소저를 위해서야……'

그리고 무명의 일곱 초식을 전보다 더 편안해진 마음으로 세세히 훑어보았다. 덕분에 얻은 것이 적지 않았다.

신수백타가 접근전의 최고봉인 반면 원거리 공격인 격공(擊攻)에서 약점이 있었다. 그런데 무명의 초식은 그 약점을 보완해 주고도 남았던 것이다.

하지만 그 두 가지보다 더 중요한 것은 천단심법에 새로운 변화를 줄 기틀을 마련했다는 것이었다.

그 바탕에는 천단심법의 최대 장점인 타 심법에 대한 포용

력과 건곤흡정진혼결 중 강맹하면서도 마공의 기운이 약한 건곤결이 있었다.

어찌 생각하면 모험이었다. 자칫 정심(正心)한 천단심법에 마기가 침범할 수 있었으니까.

그러나 우려는 우려로 끝났다. 천단심법은 건곤결을 별다른 이질감도 없이 무난하게 품어버렸다. 진용은 그 심법의 이름을 건곤천단심법(乾坤天端心法)이라 명명했다.

2

"흠, 날씨 한번 좋군."

유난히 포근한 날씨였다. 진용은 방을 나와 풍림장의 정원을 거닐었다. 정원의 작은 연못 속에선 서너 마리 물고기들이 서로 꼬리를 문 채 헤엄치고 있고, 물 위에는 뒤늦게 떨어진 낙엽들이 떠다녔다.

진용이 연못을 한 바퀴 돌아 월동문을 지나려 할 때였다. 담 너머에서 힘찬 기합성이 들려왔다.

"차앗! 이얍!"

진용의 입가로 희미한 웃음이 맺혔다.

여인의 기합성. 운아영이 유태청의 옆방으로 거처를 옮겼다더니 아마 그녀가 유태청을 졸라대 검을 익히고 있는가 보다.

문득 호기심이 동했다. 그녀의 무공이 일류에 다다랐다는 것은 처음 봤던 그날 이미 느꼈다. 하지만 이곳에서 지낸 지 열흘이 지났는데도, 그녀가 무공을 펼치는 모습은 한 번도 본 적이 없었다.

하긴 자기 자신부터가 식사할 때를 제외하면 무명의 일곱 초식과 건곤천단심법에 빠져 시간 가는 줄을 몰랐으니 어쩌면 당연한 일이라 할 수 있었다.

'흠, 한번 가볼까?'

월동문을 나서자 공터에서 검신만 넉 자에 달하는 거대한 장검을 휘두르고 있는 운아영이 보였다.

여인의 검답지 않은 웅혼함과 커다란 덩치의 움직임이라 믿을 수 없는 표홀함이 잘 어우러진 검무였다.

'제법인데?'

옆에서 뒷짐 진 채 그녀의 검무를 흐뭇한 모습으로 보고 있던 유태청이 마침 진용을 발견하고는 빙그레 웃으며 반겨주었다.

"아! 어서 오게나. 고 공자가 어쩐 일인가?"

"제가 공연히 방해하는 것은 아닌지 모르겠습니다."

"허허허, 다 끝나가고 있으니 상관없네."

때마침 운아영이 숨을 크게 들이쉬며 검을 거두어들이고 있었다.

검을 검집에 집어넣은 그녀는 몸을 돌리다가 진용을 보고는 이채를 발했다.

'저 비쩍 마르고 힘도 없어 보이는 서생이 할아버지도 장담할 수 없는 고수라고?'

그녀는 절대 믿을 수가 없었다. 말도 안 되는 소리였다.

맘씨 좋은 할아버지가 치켜세워 준 것이겠지.

그때였다. 문득 그녀의 눈가로 묘한 빛이 스쳐 지나갔다.

"고 공자, 할아버지가 그러시는데 대단한 고수라면서요?"

"하, 하! 고수는요. 그냥……."

"조금 전에 할아버지에게 배운 검이 있는데, 한 수 가르쳐 주실래요? 할아버지, 괜찮죠?"

그녀의 속마음을 모를 유태청이 아니었다. 그가 말했다.

"허허, 그야 고 공자가 허락만 한다면야……."

속으로는 '요것아, 대들 사람한테 대들어야지. 어디 한번 혼 좀 나봐라' 그런 생각이었지만.

운아영은 유태청마자 승낙하자 어깨를 떡 펴고 말했다.

"들으셨죠? 어때요, 설마 거절하시지는 않겠죠?"

못을 박듯이 말하는데 어찌 거절할 수가 있을까.

진용은 어색한 표정으로 어깨를 으쓱했다.

"정 원하신다면 할 수 없죠. 하나 조심해야 합니다. 겨루다 보면 다칠 수도 있으니까요."

그러면서 천천히 두 발을 어깨 넓이로 벌리고는 주먹을 늘어뜨렸다.

운아영의 눈매가 움찔거렸다.

"설마 맨손으로……?"

"제 손은 남보다 크기도 좀 크고 보기보다 질깁니다. 걱정마시고 검을 펼치세요."

진용이 조용히 말하며 가볍게 주먹을 말아 쥐었다.

운아영의 눈매가 치켜떠진다.

'뭐? 손이 질겨? 그래, 얼마나 질긴가 보자!'

비록 강호에 대해선 잘 모르지만 손이 질기다는 소리는 처음 들어봤다.

검을 잡은 손에 힘이 절로 들어갔다. 투지가 솟았다.

"좋아요. 이제 보니 권각의 고수셨군요. 그렇다면 상관없겠죠."

말을 하면서도 그녀는 유태청의 태도가 신경 쓰였다. 진용이 맨손인 것을 조금도 걱정하지 않는 눈치다.

은근히 화가 났다. 그녀는 검을 만병지왕이라 생각하는 무인. 더구나 자신의 검은 매일 손을 봐서 머리카락조차 자를 정도로 날이 서 있었다. 그런 자신의 검을 맨손으로 대하겠다니!

손만 크면 대순가? 어디 혼 좀 나봐라!

그녀는 진용을 향해 일보를 내딛으며 천천히 검을 잡아 뺐다.

츠르르릉!

넉 자 길이의 검신이 천천히 모습을 드러냈다.

"가요!"

일순간, 그녀의 허리에서 번갯불이 번쩍였다.

검광이 진용과 그녀 사이를 일직선으로 갈랐다.

쾌의 진수, 일섬쾌(一閃快)였다!

어디를 노리는지 방향을 종잡을 수 없는 검광.

진용의 어깨가 미미하게 흔들렸다.

번개가 허공을 가르며 지나간다.

운아영의 이가 악다물렸다. 그녀의 손목이 비틀리고 검광이 열십 자로 갈라졌다. 순간,

쩡!

운아영의 눈이 부릅떠졌다.

검신이 진용의 엄지와 검지에 잡혀 파르르 몸을 떨고 있었다.

"어, 어떻게……?"

진용이 검을 놓으며 무심한 표정으로 입을 열었다.

"검은 몸의 연장선상에 놓여 있는 하나의 도구일 뿐입니다. 한데 의욕이 앞서서 검과 몸을 일치시키지 못하고 있습니다. 그래선 몸만 상할 뿐, 제대로 된 검을 펼칠 수 없다고 들었습니다만."

운아영의 부릅뜬 눈이 천천히 가라앉았다. 부끄러움인지 그녀의 얼굴이 조금 붉어졌다.

"미안해요. 좀 더 신중을 기했어야 하는데……."

진용이 의외라는 눈으로 그녀를 바라보았다.

자신의 약점을 지적당하고 기분 나빠하지 않을 사람이 몇이나 될까. 아마 무인이라면 더할 것이다. 그런데 운아영은 순순히 자신의 잘못을 인정하고 있지 않은가.

그녀의 강한 성격을 생각하면 의외이지 않을 수 없었다.

'흠, 유 어르신이 왜 운 낭자를 아끼는지 알 만하군.'

그리 생각하니 진용도 은근히 흥이 돋았다.

"자, 다시 해볼까요?"

운아영이 전보다 훨씬 편안한 표정으로 검을 가볍게 말아 쥐었다.

"좋아요. 이번에는 조금 다를 거예요. 다시 가요!"

그녀가 검을 뻗었다. 완전히 몸과 하나가 되어서.

지나가던 실바람도 그녀와 한 몸이 되어서 춤을 추기 시작했다.

곁에서 지켜보던 유태청의 얼굴에 흐뭇한 웃음이 떠올랐다.

'녀석, 지적을 고깝게 생각하지 않다니……. 허허허.'

3

깎아지른 듯한 절벽 사이, 교교한 월광이 내리비치는 전각

안. 실눈을 한 중년인이 엎드린 채 음울한 어조로 말했다.

"혈혈구마가 모두 죽었습니다."

"예상외로군. 그래도 몇은 살아올 줄 알았는데……."

"구양무경이 움직인 것 같은데, 아무래도 비밀리에 키웠다는 살귀들을 동원한 듯합니다."

황금빛 수라탈의 눈구멍에서 묵광이 번뜩였다.

"재밌군. 어부지리를 노리겠다는 건가?"

"한 번 경고를 보내는 것이 어떨지……."

"아니야, 그냥 놔둬. 그 역시 외나무다리에 올라선 놈일 뿐이야. 오히려 받아야 할 빚이 하나 생겼으니 우리에게 손해날 것은 없어. 혈혈구마를 모두 잃은 것이 조금 아깝긴 하지만 어쩔 수 없지. 그건 그렇고, 그자는 찾았나?"

"아직… 흔적을 찾지 못했습니다. 하온데 꼭 그자를 찾아야만 하는지요? 그자가 아니라도 소군의 힘은 천하에 넘볼 자가 없을 것이온데……."

"찾아. 그자는 무조건 찾아야 돼! 그래야 완벽한 혈천마신이 탄생할 수 있어. 곧 그 아이가 첫 번째 힘을 얻을 것이다. 그러나 그를 찾지 못하면 반쪽에 그칠 뿐이야."

혈천마신(血天魔神)!

실눈 중년인의 몸이 가늘게 떨렸다.

전설이었다. 천수백 년 전 단신으로 만인을 죽여 천하를 피로 붉게 물들였다는 혈신의 전설. 마계의 힘을 얻어 천하에 그 적수가 없었다는 천세제일마의 전설 말이다.

하지만 지금은 천수백 년 전의 그때가 아니다. 무림의 최전성기라 해도 과언이 아닌 시대다. 그러하기에 비록 두려운 이름이긴 하나 실감을 할 수가 없었다.

'주군께서 너무 과대평가하는 것은 아닌지…….'

그의 마음을 알 리 없는 수라탈인은 주먹마저 움켜쥐며 광망을 쏟아냈다.

"명심해. 혈신의 아들임을 자처한다는 그 미친놈들이 눈치채기 전에 먼저 발견해야 된다. 그래야 우리가 주도권을 쥘수가 있어."

그래서인지 집착처럼 느껴진다. 혈신의 아들이라는 자들이 어떤 자들인지 그도, 그의 주군도 정확히는 모른다. 단지 전설로만 전해지는 자들. 과연 존재하기는 하는지…….

하지만 그들이 누구든 자신들을 어찌할 수 있을 정도로 강하다는 것은 믿기가 힘들었다.

어쨌든 명령은 자신이 내리는 것이 아니다. 명이 떨어진 이상 자신은 최선을 다하면 될 뿐.

"혈접(血蝶)과 혈조(血鳥)들을 최대한 활용해 최우선으로 찾도록 하겠습니다."

만족한 듯 황금 수라탈인의 입에서 묵직한 명령이 흘러나왔다.

"좋아. 숙야명, 그럼 이제 천혈이 세상에 나감을 알려라!

천제성을 끌어내고 정천무맹을 움직이게 만들어라! 천하가 그들만의 것이 아님을 보여줘야 하지 않겠나?'

수라탈인의 나직한 명령에 실눈을 한 중년인, 숙야명이 떨리는 목소리로 대답하며 고개를 숙였다.

이십 년을 기다려 왔는데, 드디어 시작인가?

"존명! 세상이 놀랄 것입니다, 주군."

마침내 그들이 움직이기 시작했다.

그날 저녁, 달조차 가려진 밤에 한 사람이 어둠 속에서 붓을 놀려 서신 한 장을 작성했다. 서신에는 짤막한 글귀 한 줄만이 쓰여 있을 뿐이었다.

천혈이 움직이기 시작했음. 지시 바람. 신혈의 세상을 위해!

그리고 얼마 지나지 않아 한 마리 전서구가 암흑으로 물든 천공을 가르며 하늘로 날아올랐다.

4

엄청난 충격이 강호를 태풍의 회오리 속으로 몰아넣었다. 선혈보다 붉은 비단으로 된 초대장이 일으킨 바람이었다.

초대장은 일월 이십이일, 강호 일백 대문파에 일제히 전달

되었다.

처음에 그 초대장을 접한 강호 대문파 주인들의 반응은 세 가지였다.

어디서 동네 무관이 생기냐며 코웃음 치는 사람,

건방진 문구에 격렬한 분노를 나타내며 이를 가는 사람,

마침내 때가 왔다며 주먹을 불끈 쥐는 사람.

그러나 맨 마지막의 서명을 본 순간, 그들의 반응은 모두가 하나로 통일되었다.

경악!

열하루째가 되던 날, 운가명이 유태청과 함께 진용을 찾아왔다.

"뜻밖의 소식이 들어왔습니다, 수천호령사."

무명의 초식을 들여다보며 세르탄과 함께 골머리를 쥐어짜고 있던 진용은 고개를 들어 운가명을 바라보았다.

"뭔데 그러십니까?"

대답은 유태청이 했다.

"천혈교가 오월 초하루 정식으로 강호동도들을 초청한다고 하네."

"천혈교가요?"

확실히 놀라운 소식이었다. 하지만 시기가 문제였을 뿐 어느 정도는 예상했던 일이었다.

"이미 각파에 그 소식이 전해진 것 같네. 상황으로 봐서는 한날한시에 초대장이 전해진 것 같더군. 작정하고 있었다는 듯이 말이야. 장소는 정확히 알려지지 않았네. 단지 신양(信陽)에서 사자들이 대기할 거라 적힌 걸 보니 신양 근처인 듯하네만……."

"혈혈구마가 몰살당하자마자 초대장이라……. 무슨 뜻일까요?"

운가명이 말했다.

"바람을 일으켜 마도를 결집시키겠다는 것이 아닌가 합니다. 천혈교도인 혈혈구마를 함정에 몰아넣고 죽인 천제성을 치겠다는 소문이 공공연히 도는 바람에 이미 강호가 들썩거리고 있는 판입니다. 게다가 과정이야 어찌 되었든 복수의 명분도 확실하지 않습니까?"

그렇다면 혈혈구마는 그저 사석(死石)에 지나지 않았다는 말이다.

문득 의문이 들었다.

'그들은 도망치던 세 사람을 죽인 곳에 대해서 알고 있을까?'

그럴지도 모른다는 생각이 들었다.

'그럼 왜 그들을 치겠다는 소문은 흘리지 않은 걸까. 한꺼번에 두 군데는 힘들다 이건가? 아니면 적의 적은 아군이라는 생각에 방관?

진용의 눈이 번뜩였다.

'만일 그들과 천혈교가 암묵적인 합의로 동시에 천제성을 공격한다면? 그럼 과연 천제성이 견딜 수 있을까?'

그때 유태청이 무겁게 입을 열었다.

"문제는 그들에게 충분히 그럴 힘이 있을지도 모른다는 것이네."

진용의 눈이 유태청을 향했다.

"그 말씀은… 혹시 천혈교에 대해 밝혀진 것이 있단 말씀입니까?"

"초대장의 말미에 몇 사람의 이름이 적혀 있었네. 그중 몇 사람의 이름 때문에 지금 강호가 지진이라도 난 듯 술렁이고 있다네."

"대체 누구의 이름이 적혀 있기에……?"

유태청은 두 사람의 이름을 말했다. 그것만으로도 진용은 유태청의 우려가 결코 지나친 것이 아니라는 것을 알 수 있었다.

천혈교 수석장로.

유령신마(幽靈神魔) 야율립!

마제(魔帝) 등우광!

"맙소사! 십천존 중에 두 사람이 장로란 말씀입니까?"

진용이 놀라 소리쳤다. 하지만 유태청의 그들의 이름보다 또 다른 이름 하나에 신경을 썼다. 태상호법이라는 지위와 함께 적혀 있는 이름.

"공야무릉이란 이름을 들어봤나?"

"아뇨, 처음 듣는 이름이군요."

유태청은 당연히 그럴 거라는 듯 고개를 끄덕였다.

"그럴 것이네. 강호에서 그 이름을 아는 사람은 다섯도 채 되지 않을 것이야."

"그 이름이 유 노선배님께서 신경 써야 할 정도로 중요한 이름입니까?"

"중요하냐고? 물론이네. 중요하지. 아주. 천외삼비처(天外三秘處)라는 말은 들어봤겠지?"

"천외삼비처요? 예, 들어봤습니다. 오래전부터 세상에 나타나지 않아 이제는 전설이 되어 사라진 곳 아닙니까? 신무곡(神武谷), 밀천궁(密天宮), 명옥(冥獄)이라고 알고 있는데…….. 설마?"

유태청이 무겁게 고개를 끄덕였다.

"그가 바로 명옥의 주인이네. 그리고 내가 알고 있는 대로라면 그의 무공은 결코 나의 아래라 할 수 없다네."

진용의 입이 떡 벌어졌다.

삼태천 중의 하나인 십절검존의 아래가 아닌 자!

삼비처 중 하나인 명옥의 주인!

정녕 믿을 수 없는 말이 유태청의 입에서 흘러나오고 있었다. 유태청의 말이 아니었다면 진용조차 믿을 수 없었을 것이다.

"대체 천혈교의 교주가 누구기에 그런 사람들을 끌어 모을
수 있었단 말입니까?"

진용이 경악한 표정으로 묻자 유태청의 눈매가 가늘어졌
다. 곤혹함이었다.

앞선 두 명의 이름에 놀라고 세 번째 이름에 눈을 부릅떴
다. 그러나 맨 마지막에 적힌 천혈교주의 이름에 대해선 그도
알지 못했다.

그리고 어지간한 무림의 고수들 이름이 다 적힌 풍림당의
인명록에도 그러한 이름은 적혀 있지 않았다.

운가명이 입을 열었다.

"동방휼이라 적혀 있었습니다. 그러나 당금 강호의 누구도
그 이름을 아는 자가 없습니다, 수천호령사."

5

더 이상 머무를 여유가 없었다. 정보는 움직이면서 받아봐
도 될 터였다.

떠날 준비를 한다며 정광과 두충이 밖으로 나가자 차를 한
모금 들이켠 진용이 유태청을 향해 말문을 열었다.

"바로 여주로 갈까 합니다."

뜻밖이었는지 유태청이 의아한 표정으로 물었다.

"여주로?"

"위지 대협에게는 우리가 그곳으로 간다는 것만 알려줘도 될 것 같습니다. 어차피 그들도 그곳으로 움직이게 될 테니까요."

유태청이 천천히 고개를 끄덕였다. 분명 그리할 것이다. 아니, 그들의 마음도 누군가를 기다리기에는 여유가 없을 터, 어쩌면 그들이 먼저 움직였을지도 몰랐다.

정광이 차를 후르륵 마시고는 탁 소리가 나게 찻잔을 내려놓았다.

"그도 그렇군! 그 인간, 먼저 움직이지 않았을지나 모르겠는데?"

진용이 조용히 웃음 지으며 운가명을 바라보았다.

"운 당주님께 부탁 좀 해야 될 것 같군요. 서신을 적어드리겠습니다. 낙양의 성화객잔을 찾아가 위지홍 대협께 서신을 전해주었으면 합니다. 약속 날짜가 이월 초하루니 지금 전하면 하루 정도는 빨리 전할 수 있을 겁니다. 잘하면 여주에서 바로 만날 수 있을지도 모르겠군요."

운가명이 고개를 끄덕였다.

"원하신다면 위지홍이라는 분께 직접 전해 드리도록 하겠습니다."

풍림당의 당원들은 천하에 없는 곳이 거의 없다. 낙양이라면 더 말할 것이 없다.

진용의 입가에 웃음이 짙어졌다.

"그러면 좋지요."

이야기를 마치고 운가명 부자의 배웅을 받으며 방을 나섰다.

한데 어쩐 일인지 정문 밖에서 시끄러운 소리가 들린다. 익히 들어본 목소리들이다.

문을 나서자 사 척 장검을 등에 멘 운아영이 두충과 한창 실랑이를 벌이고 있는 모습이 보였다. 한발 먼저 나가 있던 정광은 그 옆에서 재미있다는 표정으로 구경만 하고 있고.

"위사면 문지기나 같잖아?"

"어떻게 감히 금의위의 위사를 문지기에 비교한단 말이야?"

"그 위사나 그 위사나 위사는 위사잖아?"

"그거야 그렇지만…… 그래도……."

"어쨌든 말단 졸병인 것은 마찬가지 아니야?"

"……."

두충은 눈물이 나올 것 같았다. 지난 열흘, 기껏 생각해서—솔직히 잘못하면 맞을 것 같아서—받들어줬더니 대뜸 졸병 취급을 한다.

한 살 차이니 그냥 말 트자는 것도 순순히 응해줬는데.

한 살이면 어디야? 제기랄! 끝까지 오빠라 부르라고 버틸걸.

그때 구원군이 나섰다.

"두 위사는 돌아가면 백호장으로 승진할 사람이오. 그러니 너무 그렇게 면박 주지 마시오."

진용이었다. 진용의 말에 두 사람이 눈을 휘둥그렇게 떴다. 그중 하나 정광이 말했다.

"그럼 나하고 같은 지위란 말이야, 저놈이?"

"도장님이야 돌아가면 그만둘 거 아닙니까. 그런데 무슨 상관이 있습니까?"

"뭐, 그건 그렇지……."

또 한 사람 놀란 두충이 눈을 동그랗게 뜨고 물었다.

"그게 사실입니까요?"

"살아서 돌아간다면요. 도독께서 그리 말씀하셨으니 틀림없을 거요."

두충의 얼굴이 벌겋게 달아올랐다.

백호장이라니!

'우흐흐흐……. 돌아가면 나 팼던 놈들 다 죽었다!'

그건 나중의 일, 일단은 앞에 닥친 문제부터 해결하고 봐야 했다.

"들었지? 나도 곧 백호장이 된다고!"

하지만 운아영에게 대들기에는 두충의 말발이 너무 약했다.

"흥! 살아서 돌아가야 된다며? 그러니 아직은 그냥 두 위사야!"

안 되겠는지 유태청이 나섰다.

"그런데 왜 이곳에 나와 있느냐?"

운아영이 공손히 고개를 숙이며 대답했다.

"숙조부님을 따라가려구요."

"나를?"

"예, 이 기회에 강호의 경험도 쌓고… 에, 또……."

"안 된다!"

"할아버지이이……."

유태청의 단호한 거부에 운아영은 필살기로 대응했다. 그녀는 반 우는 소리를 하며 유태청의 소맷자락을 붙잡고 매달렸다.

"만일 할아버지가 허락하지 않으시면 저는 혼자라도 강호로 나갈 거예요. 힝!"

어울리지 않는 행동에 두충이 혀를 내밀며 진저리를 쳤다.

'꼭 곰이 아양을 떠는 것 같네.'

당황한 유태청은 짐짓 노한 표정을 지었다.

"어허! 이놈아, 강호가 얼마나 험난한 줄 아느냐? 결코 여자가 마음대로 다닐 곳이 아니란 말이다."

두충이 목까지 움켜쥐었다.

'웩! 저 여자를 어떻게 할 남자가 강호에 어디 있다고. 걱정도 팔자시네, 정말!'

그때 운가명이 나섰다.

"저… 숙부님께서 당분간 데리고 다녀주시면 안 되겠습니까?"

"엉? 자네까지 왜 이러나?"

운가명이 자포자기한 표정으로 한숨을 내쉬며 말했다.

"휴우, 저 애 고집이 하도 세서… 한 번 하겠다고 하면 꼭 하는 애라 분명 저 혼자라도 나갈 것입니다, 숙부님. 그럴 바에야 차라리……."

유태청도 지난 십여 일의 경험으로 운아영의 고집을 익히 알고 있었다. 그런 만큼 운가명의 지금 마음이 어떠한지 이해할 수 있었다. 아마도 고심 끝에 한 말일 터였다.

하지만 자기 마음대로 결정할 수는 없었다. 진용에게 물었다.

"어떤가? 이 애의 무공도 제법이니 그리 방해될 것 같지는 않은데."

이미 유태청의 마음이 돌아선 것을 안 이상 진용도 다른 방법이 없었다.

"어르신께서 그리하시겠다면 그리하시지요."

일단 수용은 하고서 운아영을 향해 무심한 목소리로 말했다.

"단, 함부로 개인 행동을 해서는 절대 안 됩니다."

운아영의 입가로 환한 웃음이 번졌다.

"물론이죠! 걱정 마세요! 음호호홋!"

반면에 두충의 얼굴은 오뉴월 뙤약볕에 물먹은 호박처럼 처참하게 일그러져 버렸다.

'크헉! 망했다! 미친도사만 해도 골머리가 아픈데, 이제는 저 검밖에 모르는 덩치 큰 할망구까지!

그런데…… 이상하다. 왜 가슴이 뛰는 거지?

第二章

봉황거(鳳凰車)

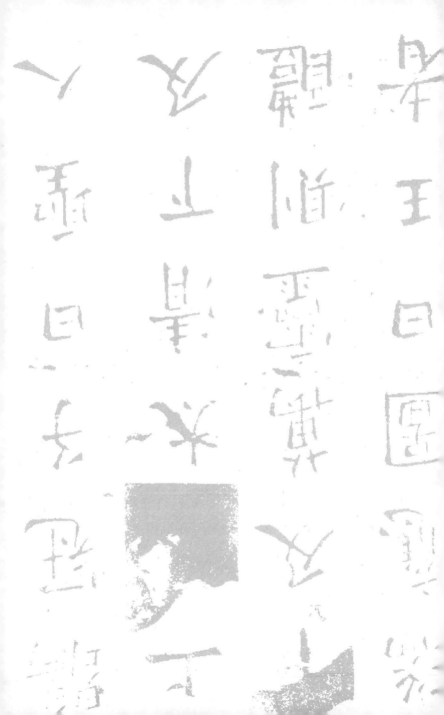

1

숭산 백여 리 남서쪽 여주(汝州)에는 다름 아닌 정파무림의
결집체라 할 수 있는 정천무맹이 있었다.

정주에서 여주로 가는 길은 약 삼백여 리. 얼추 낙양을 가
는 거리와 비슷했다. 그런데도 진용이 낙양으로 가지 않고 바
로 여주로 향한 데는 나름의 이유가 있었다.

어찌 생각하면 낙양에 가서 같이 가나 따로 가서 만나나 비
슷해 보였다. 하지만 거기에는 장단점이 있었다.

장점이라면 위지홍을 만나면 천제성이 가진 정보를 통해
강호의 흐름을 먼저 파악할 수 있다는 점이다.

하지만 자칫 생명력을 잃어버린, 이미 단절된 정보의 함정

에 빠질 수 있다. 그것이 단점이었다. 급박한 상황에서는 치명적인 단점.

진용은 살아 있는, 살아서 펄펄 뛰고 있는 정보를 얻고 싶었다. 그리고 자신의 눈으로 강호의 흐름을 보고 싶었다. 어차피 지나간 정보는 나중에 만나서 얻어도 될 테니까.

그러기 위해선 직접 두 발로 다니며 사람을 만나고, 눈으로 보고, 귀로 들어야 했다.

그렇게 정주(鄭州)에서 남서쪽으로 백 리를 조금 더 가자 신밀(新密)이란 곳이 나왔다. 지금은 비록 황토에 묻혀 버렸지만 고대 하(夏)나라 시절, 한때 영화를 누렸다는 전설이 서려 있는 곳.

진용 일행이 신밀에 도착한 것은 붉은 석양이 마지막 불꽃을 사르며 서산머리에 걸쳐진 채 절규할 때였다. 붉은 석양을 보고 두충이 오랜만에 입을 열었다.

"그놈의 석양, 드럽게 빨갛네."

"기분이 어째 으스스한데?"

정광도 눈살을 찌푸리며 한마디 했다.

"기분 나쁜 소리 하지 마슈. 그러다 무슨 일이라도 일어나면 어쩌려구……."

"너만 조용하면 만사형통이야. 에구, 너를 어떻게 살려서 데려갈지 걱정이다, 걱정."

씨근덕대는 두충은 본 척도 않고 정광이 휑하니 걸어가자 두충이 뒤에서 주먹감자를 먹였다.

'이거나 먹으슈! 누가 댁보구 나 걱정해 달랬수? 패지나 않으면 밉지나 않지.'

그런데 자신의 손끝을 응시하던 두충이 뭘 봤는지 눈을 휘둥그렇게 떴다. 곧이어 입마저 쩍 벌어졌다.

"우와!"

저 멀리, 마을의 남쪽에서 십수 명의 여인이 화려하기 그지없는 한 대의 마차를 호위한 채 중앙대로 쪽으로 들어서고 있었다.

그중 마차의 좌우에 서서 따라가는 여섯 명의 여인은 하얗고 연푸른 궁장을 화려하게 입고 있었고, 전후에 늘어선 채 서릿발 같은 차가운 표정으로 좌우를 훑어보는 여덟 명의 여인은 붉은 경장에 모두가 검을 메고 있었다.

하나같이 두충의 눈이 튀어나올 만큼 아름다운 여인들이었다. 그녀들을 본 것은 두충만이 아니었다. 진용도, 유태청도, 정광도, 그리고 운아영도 보았다.

"흥! 속물은 어쩔 수 없다니까."

운아영이 차갑게 코웃음 쳤다. 때마침 정광이 침을 꿀꺽 삼켰다.

운아영이 한마디를 더 보탰다.

"젊은 남자나 나이 먹은 남자나 남자는 다 똑.같.아!"

놈! 자가 튀어나오지 않은 것이 다행이었다.

그때 유태청이 말했다.

"봉황곡(鳳凰谷)의 봉황거(鳳凰車)군."

한데 매우 곤혹스런 표정이다. 그답지 않게 흔들리는 눈빛
에는 작은 격동마저 담겨 있다.

"저 마차가 봉황곡의 마차라고요?"

진용이 가볍게 놀란 목소리로 물었다. 그도 봉황곡에 대해
선 들어본 바가 있었다.

여인들만으로 이루어진 곳. 그러면서도 강호의 대문파도
무시하지 못하는 곳. 그리고 당금 강호에서 가장 강한 열 개
의 검 중 하나, 봉황신검의 주인, 봉황선자가 있는 곳. 그곳이
봉황곡이었다.

"강호에는 여인들로만 이루어진 문파가 세 곳이 있네. 한
곳은 환밀궁이고, 또 한 곳이 보타암, 그리고 봉황곡이 바로
그곳이네. 하지만 그녀들은 어지간해선 강호에 모습을 드러
내지 않는다네. 특히 봉황곡은… 사람을 구할 때 외에는 거의
모습을 드러내지 않지."

유태청이 봉황곡에 대해 설명을 했다. 한데 잦아드는 마지
막 말 몇 마디에선 왠지 모를 회한이 느껴진다.

'봉황곡과 무슨 사연이 있으신가?'

진용이 의아해할 때다. 그사이 봉황거와의 거리가 이십여
장으로 가까워졌다.

봉황거의 지붕 위에서 휘날리고 있는 깃발이 더욱 선명히 보인다. 붉은 비단 위에 날아갈 듯 황금으로 수놓아진 한 마리 봉황. 봉황의 진녹빛 눈동자가 신비롭게 빛나고 있다.

'꼭 누구 눈 색깔하고 똑같군.'

진용이 속으로 말하자 세르탄이 발끈했다.

'비교를 해도 꼭 저런 잡새하고 비교를 해!'

봉황이 잡새?

훗! 진용은 웃음이 나왔다. 하여튼 뜬금없이 사람을 웃게 만드는 데는 뭐가 있었다. 하지만 그는 끝까지 웃음을 유지할 수가 없었다. 갑자기 뒤통수가 후끈 달아오른 것이다.

'뭐야? 세르탄, 왜 그래?'

'시르, 이상해……'

'뭐가?'

'이상한 기운이 느껴져. 시르는 안 느껴져?'

진용도 가만히 내공을 끌어올리고 주위의 기운을 느껴봤다.

그렇게 특이할 만한 기운은 잡히지 않는다. 여기저기서 몇 몇 무인들의 기가 느껴지지만 그저 그런 기운일 뿐이다. 그걸 가지고 이상하다고 하기에도 그랬다.

'대체 어떤 느낌인데 그래?'

'뭐랄까… 귀신의 기운이라고나 할까? 그런데 그렇게 시시껄렁한 귀신이 아니라 제법 본신의 기운을 갖춘 놈이 어딘가

에 있는 것 같아. 그것도 엄청 센 놈이.'

'귀신이? 어디에? 마차에?'

'아니, 그건 아니고…… 정확히는 모르겠어. 아래인 것 같기도 하고…….'

'그럼 입 다물고 있어. 사람 놀라게 하지 말고.'

'그게 아니라니까…….'

진용이 더 이상 대답을 하지 않자 세르탄도 조용해졌다.

사실 진용도 세르탄이 헛소리를 하는 거라고는 생각하지 않았다. 하지만 그렇다고 정확하지도 않은 일을 가지고 맞장구치며 호들갑을 떨기에는 상황이 묘했다.

그사이 봉황거와의 거리는 더욱 가까워졌다.

그리고 서서히… 인연의 굴레가 진용을 끌어당기기 시작했다.

서산머리에 걸쳐진 채 절규하는 붉은 석양을 등에 지고서 봉황거는 대로의 반 이상을 메운 채 나아가고 있었다.

문제는 그 속도가 진용 일행의 걸음보다 늦다는 것. 자연히 진용 일행의 걸음도 조금은 늦춰질 수밖에 없었다.

그렇게 조금씩 좁혀진 간격이 결국 삼 장의 거리까지 좁혀졌을 때다. 맨 뒤에 처져 있던 붉은 경장에 푸른 옥잠을 꽂은 여인이 고개를 돌리고는 쓰윽, 진용 일행을 훑어봤다.

어느 순간 그녀의 차가운 눈꼬리가 사납게 치켜 올라갔다.

"오 장 이상 떨어져서 따라오도록! 더 가까이 오면 뒷일은 책임지지 못한다!"

앞서거니 뒤서거니 하며 맨 앞에서 멍한 표정으로 걸어가던 정광과 두충이 움찔하며 걸음을 늦췄다.

그 바람에 유태청과 진용도 걸음을 늦춰야만 했다. 앞선 두 사람의 반응에 어이가 없는지 진용과 유태청이 마주 보며 쓴 웃음을 지었다.

"흥! 꽤나 도도하군."

운아영만이 꿈쩍도 않고 그대로 걸으며 차갑게 맞받아쳤다.

여자에 강한 게 여자라더니, 틀린 말은 아닌 듯했다.

하지만 상황은 그로 인해 조금 묘하게 틀어졌다.

"방금 뭐라 했지?"

푸른 옥잠의 여인이 이제는 몸까지 돌리고 운아영을 노려보았다. 그렇다고 기죽을 운아영이 아니었다.

"봉황곡이 이렇게 대단한 곳인 줄 몰랐는데? 길 가는 사람더러 빨리 가라, 늦게 가라 명령을 하다니 말이야."

커다란 키, 아름다운 얼굴, 등에 멘 넉 자 장검, 전신에서 피어오르는 강맹한 기세.

푸른 옥잠의 여인의 눈에 가벼운 놀람의 빛이 떠올랐다. 그러나 그것도 잠시뿐.

"감히 본 곡을 알면서도 시비를 걸겠단 말이냐?"

여전히 싸늘한 그녀의 말에 운아영이 코웃음을 흘렸다.

"흥! 이 길을 그대들이 샀나? 뭐? 감히? 어디서……!"

금방이라도 검을 뽑을 듯한 기세.

그때 봉황거가 멈췄다. 그리고 여덟 명의 홍의 경장 여인 중 후미를 맡고 있던 네 명의 여인이 일제히 진용 일행 쪽을 향해 돌아섰다.

상황이 이상하게 흐르자 유태청이 조용히 나섰다.

"영아야, 물러나거라."

"숙조부님, 이들이……."

"물러나거라."

무거운 음성. 운아영은 푸른 옥잠의 여인을 한 번 쳐다보고는 입술을 지그시 깨물고 뒤로 물러났다.

푸른 옥잠의 여인이 냉소를 지으며 유태청을 바라보았다.

평범해 보이는 백발의 노인. 비록 고색창연한 검 한 자루가 옆구리에 달려 있지만 특별해 보이지는 않는다.

냉소가 조소로 변했다.

"그래도 나이 먹은 자라 그런지 눈치는 빠르군."

유태청의 흰눈썹이 소금에 닿은 송충이처럼 꿈틀거렸다.

그러나 진용이 먼저 고저가 없는 목소리로 나직이 입을 열어 그녀를 나무랐다.

"아랫사람을 보면 윗사람을 짐작할 수 있다고 했거늘, 알 만하군."

"뭐야? 책벌레가 못하는 소리가 없구나!"

책벌레? 정광과 두충이 동시에 진용을 향해 고개를 돌렸다. 정광이 중얼거렸다.

"눈깔이 삐었군. 저 엄지발가락보다 굵은 손가락이 안 보이나?"

"이익! 도사라고 해서 봐줄 줄 아나 보지?"

푸른 옥잠의 여인이 한기가 날리는 표정으로 정광을 쏘아보더니 금방이라도 검을 빼어 들 것처럼 손을 어깨 위로 가져갔다.

팽팽한 긴장이 벼른 칼날처럼 날을 세운다.

누구든 손끝만 움직여도 터져 버릴 것 같은 상황!

그때 유태청이 입을 열었다.

"화설청이 아이들을 잘못 키웠군."

손을 어깨 위로 가져가던 푸른 옥잠의 여인은 한순간 멈칫했다.

방금 저 늙은이가 뭐라고 했지? 내가 잘못 들었나?

그런데 놀란 동료들의 모습이 보인다. 잘못 들은 게 아니다.

순간 그녀는 분노가 치솟았다.

화설청! 저 늙은이는 분명 그리 불렀다.

그 이름은 전대(前代) 봉황곡주이자 강호십검 중의 한 사람으로 천하에 봉황곡의 이름을 드높인 봉황선자의 본명이었다. 결코 일개 별 볼일 없는 늙은이의 입에서 흘러나올 이름이 아닌 것이다.

"늙은이가 감히!"

그녀는 눈을 치켜뜨고 빠르게 검을 잡아갔다.

하지만 거기까지였다.

쿵!

진용이 한 발을 살짝 구르자 대지가 울음을 터뜨리고, 거의 동시 유태청의 전신에서 아지랑이 같은 기운이 피어올랐다.

그녀는 손을 등 뒤로 가져간 상태 그대로 몸이 굳어버렸다. 온몸이 끈끈한 거미줄에 휘감기기라도 한 것마냥.

나락으로 떨어지는 듯한 아득한 느낌. 이해할 수 없는 갑작스런 상황에 그녀의 눈빛이 당황으로 물들었다.

'내가 왜……? 설마 저 서생 때문에? 아니면 저 늙은이?'

이마에서 솟은 땀방울이 콧날을 가르고 가슴으로 뚝 떨어진다.

당황이 경악으로, 경악이 절망으로 변하는 데 걸리는 시간은 찰나에 불과했다.

무형지기에 감싸인 그녀의 입술을 비집고 핏물이 배어 나왔다.

'크윽! 끄어어……'

그런 그녀를 보지도 않고 유태청이 말했다.

"검은 마음으로 뽑아야 하지. 그대 같은 마음으로 검을 뽑으면 애꿎은 피만 볼 뿐이야."

그때다.

"수하의 잘못을 용서해 주시지요, 노선배님."

푸른 옥잠을 한 여인의 뒤에서 옥음이 흘러나왔다. 옥음은
봉황거 안에서 흘러나온 소리였다.

사람들의 눈이 일제히 마차를 향했다.

사라라랑…….

옥구슬 부딪치는 소리가 청량하기 그지없다. 봉황거의 주
렴이 걷히는 소리였다.

오색 주렴이 걷히자 쏟아지는 석양빛을 정면으로 받으며
마차 안에서 두 명의 여인이 모습을 보였다. 젊은 여인과 삼
십 후반으로 보이는 중년의 여인이었다.

순간, 주위가 정적에 잠겼다.

침이 흐르는 것도 잊은 채 멍하니 바라보고 있는 정광과 두
충은 물론이고 진용조차 눈을 휘둥그렇게 떴다.

심지어는 여인인 운아영의 눈매마저 파르르 떨릴 정도였
다. 유태청만이 그럴 줄 알았다는 눈빛으로 고개를 끄덕일
뿐.

중년의 여인도 아름다웠지만 젊은 여인은 아름답다는 말
로도 형용하기에 부족했다.

스무 살이나 되었을까? 흑단 같은 머리를 틀어 올려 봉황
잠으로 마무리한 그녀의 얼굴은, 밤새 내린 백설이 아침 햇살
에 드러난 것처럼 백색 궁장과 어울려 우윳빛으로 은은히 빛

나고 있었다.

범려가 오왕 부차에게 바쳤다는 서시가 저렇게 아름다웠을까? 당현종의 비였다가 안사의 난 때 죽은 양귀비가 저리 아름다웠을까?

화월용태니 뭐니 굳이 여러 말로 표현할 필요가 없었다.

경국지색(傾國之色). 나라를 망하게 할 정도의 아름다움. 마차에서 나온 여인이 그러했다.

그녀가 입을 열었다. 목소리에서 달콤한 화향이 풍겨 나오는 듯하다.

"소녀는 화인화라고 합니다. 노선배님께선 어찌 저희 할머님의 함자를 아시는지요?"

"할머니? 네가 화설청의 손녀란 말이냐?"

여전히 아랫사람 대하듯 말하는 유태청을 보고 화인화는 화가 나기보다는 의아하기만 했다.

가슴을 답답하게 할 정도의 기운이 아니었다면 결코 모습을 드러내지 않았을 것이다. 그녀에겐 개인적인 사정으로 그럴 만한 이유가 있었기에.

그런데도 마차를 나와야만 했다.

그만큼 조금 전에 느낀 기운은 생전 처음으로 대해보는 가공할 기운이었다. 봉황곡의 누구에게서도 느껴보지 못했던, 자신을 압도하는 그런 기운.

막상 진용이 입을 열지 않았기에 그녀는 그 기운이 오직 유태청에게서만 흘러나온 것인지 알고 있었다.

그런 한편으로 그녀는 혼란스런 마음이었다.

저 노인은 어떻게 해서 세상에 거의 모습을 드러내지 않은 할머니를 아시는 것처럼 말하는 걸까. 대체 누구기에……

그때 중년의 여인이 유태청의 전신을 빠르게 훑었다. 그녀는 유태청의 얼굴을 곤혹한 눈빛으로 쳐다보고는, 눈을 내리더니 유태청의 허리에서 달랑거리고 있는 천유를 바라보았다.

그녀의 눈이 화등잔만 하게 크게 떠진 것은 그때였다. 그녀의 입에서 떨리는 목소리가 새어 나왔다.

"설마…… 천… 유?!"

중년 여인, 유모의 말뜻을 화인화가 알아듣는 데는 그리 오랜 시간이 필요없었다.

화인화의 눈동자가 파르르 떨렸다.

"천유검? 그럼……?"

유태청이 화인화의 놀람에 씁쓸한 표정을 지으며 중년 여인을 바라보았다.

그는 알고 있었다. 그녀가 비록 삼십대 후반으로 보이는 얼굴을 하고 있지만 그녀의 실제 나이는 오십이 다 되었다는 것을. 그녀가 바로 화설청의 수양딸인 설봉선자 은서령이라는 것을.

"그대가 이것을 알아보다니 의외로구나. 하나 거기까지만 하거라."

정체를 밝히지 말라는 말.

무릎을 꿇어 인사를 하려던 중년 여인과 화인화는 유태청
의 말뜻을 알아듣고 깊숙이 허리를 숙이는 것으로 인사를 대
신했다.

화인화가 말했다.

"어르신의 분부를 어찌 거역하겠사옵니까. 소련이 어르신
께 죄를 지었으니, 참으로 죄송할 따름이옵니다."

"됐다. 모르고 한 일이니 그냥 넘어가도록 하자."

"감사하옵니다. 어르신, 소녀가 어르신을 모실 수 있도록
허락해 주시어요."

화인화가 고개를 들고 말하자 유태청은 쓸쓸한 표정으로
고개를 저었다.

"아니다. 굳이 그럴 필요 없다. 이미 흔적도 없이 사라진
인연의 끈인 것을……."

그러고는 진용을 향해 말했다.

"고 공자, 가세."

진용은 말다툼이 끝난 게 아쉽기라도 한 것마냥 어깨를 으
쓱하며 대답했다.

"그러시지요."

화인화는 유태청의 말투에서 묘한 차이를 느꼈다.

나이로 보나 명성으로 보나 자신이 본 십절검존과 서생은

여러 면에서 엄청난 차이가 있었다. 한데 십절검존의 말투는 결코 한참 아랫사람에게 하는 말투가 아니다.

그녀는 진용을 바라보았다.

간편한 서생복을 입고 있는 그는 자신과 비슷한 나이일 듯했다.

'누굴까? 일개 서생으로 보이는 사람에게 저 어르신이 평배에 가까운 말투를 사용하다니.'

순간 두 사람의 눈이 마주쳤다.

화인화는 자신의 눈빛이 깊이를 알 수 없는 늪에 빠진 것만 같았다. 선이 굵은 것만 아니라면 특별나게 잘생긴 얼굴이 아닌데도 그녀는 눈을 뗄 수가 없었다.

먹물을 진하게 갈아 부어놓은 듯한 눈동자.

'저 눈동자. 아무것도 읽을 수가 없어. 아무것도……. 도대체 저 사람은 누구지?'

진용의 눈도 가늘게 흔들렸다. 비록 잠시였지만.

'초연향만은 못해도 맑은 눈이군.'

눈이 마주친 시간은 촌각에 불과했다. 그러나 그 촌각의 시간은 운명이었다. 누구도 모르는 그런…….

진용은 유태청과 함께 화인화의 곁을 스치고 지나갔다.

화인화의 눈이 진용을 따라 움직였다. 그러다 진용이 뒷모습을 보일 즈음 그녀의 눈에서 뭐라 형용할 수 없는 푸르스름한 눈빛이 흘러나왔다. 하지만 아무도 그녀의 그 눈빛을 본 사람은 없었다.

'시르, 또 느껴진다.'

오직 세르탄만이 괴이한 기운을 느끼고 중얼거릴 뿐이었다.

진용은 세르탄의 말을 듣고 뒤를 돌아볼까 하다가 공연히 오해를 살까 봐 포기하고 걸음을 옮겼다. 세르탄도 진용이 반응을 보이지 않자 더 이상은 그 일에 대해 입을 열지 않았다.

그렇게 그때는 아무런 일도 없이 운명이 그냥 스쳐 지나갔다.

2

"놈들이 신밀의 객잔으로 들어갔습니다. 어찌할 생각이신지?"

상관욱의 물음에 흑의장포를 걸친 노인이 천천히 눈을 떴다.

"유태청이 심한 내상을 입었다고 했던가?"

"멸혼마가 자신있게 한 말이니 틀림없을 것입니다. 지금은 어떤지 정확히는 모르겠습니다만, 노구에 그토록 심한 내상을 입었다면 아마 지금도 완전한 몸은 아닐 거라 생각하고 있습니다."

흑의장포노인이 눈빛을 번뜩였다.

"그래? 봉황거의 움직임은?"

"그들도 같은 객잔으로 갈 거라 추정하고 있습니다. 이곳에서 제일 크고 깨끗한 곳이 그곳인지라……."

"흠, 유태청과 봉황선자와의 염문이 거짓은 아니었나 보군."

오해일지도 몰랐다. 그러나 그것이 오해든 이해든, 문제는 각기 따로 흐르던 물줄기도 한곳에서 만나면 결과는 같다는 것이다.

흑의장포노인이 손가락으로 탁자를 톡톡 두드리며 다시 눈을 감고 생각에 잠겼다.

상관욱은 그의 눈이 뜨이고 입이 열리기만을 기다렸다.

결정은 암군이 내린다. 그리고 자신은 실행한다.

불만이 없는 것은 아니다. 일의 주관자가 바뀌었으니까.

그러나 상관욱은 그 모든 불만을 가슴속에서 삭여야만 했다.

암군은 만붕성의 삼군 중 한 사람. 자신보다 서열 면에서도 한 단계는 위다.

또한 누군가를 죽이는 것에 대해선 자신보다 눈앞에 앉아 있는 암군이 훨씬 전문가였다. 지금까지 암군이 노린 자 중 살아 있는 자가 없다는 것이 그걸 증명했다.

하지만 그 어떤 것보다 상관욱이 불만을 삭일 수밖에 없는 이유는 따로 있었다. 그는 진용 일행과 가까워질수록, 처음의 투지가 사라지고 가슴이 답답해짐을 느끼고 있었던 것이다.

그날 천암산에서 보았던 광경이 머릿속에서 선명히 떠오른 때문이었다.

자신만만하던 자신들 사이를 무인지경으로 누비며 팔다리를 부수던 서생의 모습.

그리고 하늘에서 쏟아지던 지옥의 불꽃!

'제기랄!'

일각이 지나서야 암군이 눈을 떴다.

"기회가 오면 한 번에 끝낸다. 일단 우리 암황단이 놈들을 외길로 몰아넣을 것이다. 그럼 그대들이 마무리를 지어라."

의외의 말이었다. 자기들이 다 끝낼 거라 할 줄 알았거늘.

"명심하도록. 누군가를 죽이기 위해선 자신의 목숨도 내놓아야 한다는걸."

"잘 알고 있습니다. 우리도 놈들을 죽이지 못하면 살아서 돌아갈 생각이 없습니다."

3

"어? 저 마차도 이곳으로 오잖아?"

두충의 말에 일행은 객잔의 이층에서 창밖을 내다보았다.

마을 사람들의 관심 속에 봉황거가 객잔의 뒷문으로 들어오고 있었다. 이미 연락이 되어 있었던 듯, 객잔의 주인으로 보이는 자가 미리 기다리고 있다가 봉황거를 맞이했다.

객잔 주인을 따라 나와 있던 두 명의 점소이는 마차가 안으로 완전히 들어오자 구경꾼들이 들어오지 못하게 재빨리 문을 닫아걸었다.

진용은 어이가 없었다.

봉황거가 같은 객잔으로 들어올 줄은 미처 생각지 못한 일이었다. 비록 소련이라는 여인의 민감한 반응으로 일어난 일이었지만, 이럴 줄 알았다면 천천히 뒤따랐으면 되었을 일이었다.

그래도 덕분에 화인화를 코앞에서 볼 수 있었으니 어찌 생각하면 행운이라 할 수도 있었다.

이층에서 바라보는 눈길을 느꼈는지 마차에서 나온 화인화가 고개를 들어 이층을 바라보았다.

미처 피할 사이도 없이 그녀와 눈이 마주쳤다.

그녀가 어색한 웃음을 지으며 미미하게 고개를 끄덕였다. 반가움과 당황이 뒤섞인 묘한 표정으로.

진용의 눈빛이 잘게 흔들렸다. 자신을 보며 묘한 표정을 짓고는 뒷문을 통해 객잔 안으로 들어가는 그녀의 눈가에 왠지 모를 그늘이 드리워져 있다.

왜 저런 눈빛을 짓는 걸까?

잠시 후 음식을 가져온 점소이에게 정광이 물었다.

"이봐, 아까 마차 타고 온 아가씨는 어디로 갔는가?"

점소이가 몽롱한 표정으로 말했다.

"그 모란꽃보다 더 아름다운 분은 별원으로 들어가셨습니다요."

길에서 유태청에게 하던 행동을 생각한다면 이층으로 올라오지 않고 바로 들어간 것이 조금은 이상했다. 하지만 누구도 더 이상은 신경을 쓰지 않았다. 두충과 정광만이 별원으로 통하는 회랑을 한 번 힐끔거렸을 뿐.

그리고 그날 밤, 그 일이 일어났다.

멀리서 산부엉이가 울어대는 자시 무렵.

갑자기 어디선가 흐느끼는 듯한 소리가 들려왔다.

흐으으으……

끄아아아……

처음에는 을씨년스러운 바람 소리인가 했었다. 아니면 멀리서 누군가가 고통에 겨운 신음 소리를 토해내고 있든지.

운기를 하느라 감각이 극대화된 상태인데도, 소리가 워낙 작아 아무것도 확신할 수가 없었다.

하지만 그 소리가 점점 선명해지고 솜털을 간지럽히는 기이한 기운이 느껴지자, 천단심법과 건곤의 기를 합치는 데 열중이던 진용은 운기를 멈추고 눈을 뜨지 않을 수 없었다.

'그리 멀지 않은 곳이다!'

신음 소리는 객잔 인근에서 나고 있었다. 그것도 꽤나 가까운 곳에서!

'시르! 바로 그 여자야!'

세르탄이 갑자기 소리쳤다.

'뭐? 설마, 화인화?!'

진용은 놀라지 않을 수 없었다. 화인화가 신음 소리의 주인
이라니. 그녀가 왜 저런 고통에 겨운 신음 소리를 뱉어낸단
말인가?

'확실해?'

'씨이, 그렇다니까! 처음부터 말했잖아, 이상한 귀기가 느
껴진다고.'

'그거하고 저 소리하고 무슨 상관인데?'

'멍청하긴! 지금 이쁘장하게 생긴 계집애가 저러는 것도
다 그 귀기 때문이란 말이야!'

세르탄이 멍청하다고 하는데도 따지고 들 기분이 아니었
다.

진용은 벌떡 일어섰다.

나지막이 들려오는 간절함이 담긴 신음 소리. 그 소리와 함
께 뭔가 괴이한 기운이 미미하게나마 느껴지기 시작한 것이
다.

그뿐이 아니다. 정체를 알 수 없는 강력한 기운이 서서히
객잔을 조여오고 있었다. 자신이 이제야 느꼈을 정도라면 답
은 하나다.

누군지는 모르나 강한 자!

문득 화인화의 얼굴에 드리워졌던 그늘이 떠올랐다.

'누가 화 낭자 일행을 노리는 것인가? 안 되겠다. 일단 가보자!'

덜컹!

진용은 문을 열고 회랑으로 나갔다.

한데 회랑으로 나온 사람은 그만이 아니었다.

진용과 거의 동시에 방을 나온 사람이 있었다. 유태청이었다.

"자네도 그 소리를 들었나?"

"봉황곡의 화 낭자가 내는 소리 같습니다."

"뭐라고? 어떻게 그리 단정하는가?"

"신음 소리와 함께 기이한 기운이 느껴졌는데, 그 진원이 바로 화 낭자가 있는 곳입니다. 그리고 누군가가 화 낭자 일행을 노리는 듯합니다."

진용의 기운을 느끼는 재주가 남다르다는 것을 알고 있는 유태청으로선 그 말을 믿지 않을 도리가 없었다.

"일단 가보세."

이야기를 나누는 사이 정광이 방문을 열고 빼꼼히 고개를 내밀었다.

"고 공자, 무슨 일인가? 이상한 소리가 들려오던데."

"화 낭자가 어디 아픈 모양입니다. 해서 유 노선배님과 함께 가보려던 참입니다."

"그래? 그럼 같이 가보자구."

정광이 후다닥 방을 나서자 옆방의 운아영도 자신의 장검을 들고 방을 나왔다.

"저도 같이 가요."

결국 네 사람이 방을 나섰다. 고단한지 코를 골며 자고 있는 두충만을 남겨놓고.

그들은 회랑을 따라 별원 쪽으로 빠르게 걸음을 옮겼다.

회랑은 이십여 장에 이를 정도로 제법 길었다. 회랑을 지나 별원의 입구에 당도한 순간, 진용의 얼굴이 굳어졌다.

급격한 속도로 사방을 조여오는 기운이 느껴진다.

극한으로 억제된 살기!

"이런!"

진용은 외마디 다급성을 내지르며 땅을 박차고 별원을 향해 신형을 날렸다.

거의 동시, 유태청과 정광도 별원으로 뛰어들었다.

운아영마저 검의 손잡이를 움켜쥐고 별원으로 뛰어들 즈음, 별원 안에서 여인의 비명이 울리며 밤하늘을 갈랐다.

"아악!"

"웬 놈이냐?!"

별원으로 내려선 진용의 눈에 들어온 광경은 극히 짧은 순간에 벌어진 일이라고는 믿을 수 없을 만큼 참혹했다.

흑의인 하나가 홍의 경장 여인의 가슴 사이를 뚫고 나온 검을 빼내고 있는 것이 보였다.

바닥에는 이미 세 명의 여인이 쓰러져 있었다. 눈을 치켜뜬 그녀들의 갈라진 가슴과 반쯤 잘라진 목에서 뿜어지는 핏물!

진용은 분노가 끓어올랐다.

일말의 망설임도 없이 사람을 죽이는 흑의인들. 그들이 사람으로 보이지도 않았다.

"독한 놈들이구나!"

진용은 일갈을 내지르며 당혹감과 공포에 젖어 있는 홍의 경장 여인들과 그녀들을 향해 소리없는 공격을 날리고 있는 흑의인들의 사이로 뛰어들었다.

분노의 힘이 양손에 모아졌다. 뇌전의 기운에 건곤의 기가 합쳐지자 일순간 양손에서 시퍼런 기운이 넘실거렸다.

진용은 찔러오는 흑의인의 검을 그대로 움켜쥐어 부숴 버리고,

쩌정!

뒤이어 일권을 흑의인의 가슴에 틀어박았다.

쾅!

항거할 수 없는 일권!

가슴이 가루로 뭉개진 흑의인이 칠공에서 피분수를 뿜으며 훌훌 날아간다.

동시에 진용의 신형은 잔상을 남기며 또 다른 흑의인을 향

해 옆으로 흘렀다. 동시에 뻗어나가는 손에선 여전히 시퍼런 기운이 넘실거렸다.

느닷없이 커다란 손이 코앞에 들이닥치자 십여 개의 잔상처가 있는 흑의인의 얼굴이 흙빛으로 물들었다.

그가 반사적으로 몸을 틀었다.

콰직!

잡아 비튼 일수에 흑의인은 오른팔이 으스러진 채 뒤로 비틀렸다. 그의 입이 쩍 벌어졌다. 그러나 비명은 나오지 않았다.

"정신 차리고 조심하시오!"

멋모르고 휘두르는 홍의 경장 여인의 검을 피하며 진용이 소리쳤다. 그제야 정신을 차린 여인은 진용을 알아보고 놀라 눈을 크게 떴다.

그사이 진용의 뒤를 따라 들어온 유태청이 흑의인들을 향해 검을 휘둘렀다.

줄기줄기 뻗친 검강이 흑의인들을 휘감았다.

찰나간에 두 명의 흑의인이 허리를 접으며 꼬꾸라졌다.

뒤이어 정광이 날아들며 전력을 다해 쇠 신발을 던졌다.

퍽! 흑의인 하나가 머리가 부서지며 무너져 내렸다.

운아영도 자신의 넉 자 장검을 치켜들고 흑의인들에게 달려들었다.

순식간이었다.

여인들이 공격을 받은 것도, 세 명이 쓰러진 것도, 그리고 진용 일행이 들어서며 살귀처럼 날뛰는 흑의인들을 무너뜨린 것도.

진용 일행이 뛰어들면서 상황은 더 이상 악화되지 않고 있었다.

촌음의 여유. 진용은 빠르게 주위를 훑어보았다.

강기의 폭풍이 사방에서 휘몰아치고 있었다. 유태청과 정광이 손을 쓸 때마다 흑의인들은 물러서기에 정신이 없었다. 바닥에는 봉황곡의 여인 셋과 흑의인 대여섯 명이 쓰러져 있었다.

그러던 어느 순간, 진용의 고개가 별원을 향해 홱 돌아갔다. 강기의 폭풍에 가려져 미처 느끼지 못했지만 주의를 기울이자 기이한 기의 파동이 방 안에서 느껴진 것이다.

진용이 방 쪽으로 다가가려 할 때였다. 어디선가 기이한 소성이 들려왔다.

삐이익!

소성이 들려오자 남은 자들은 약속이라도 한 것처럼 일제히 뒤로 몸을 날려 담을 넘어가 버렸다.

공격을 하자마자 도망갈 줄은 생각도 못했던 일. 사람들은 쫓을 생각도 하지 못한 채 어정쩡하니 흑의인들이 사라진 곳만 쳐다보았다.

뒤늦게 정신을 차린 소련이 다급히 외쳤다.

"소곡주님이 계신 방을 보호하라!"

너무나 빠르게 닥친 상황. 쓰러져서 핏물을 쏟아내고 있는 수하들만 아니라면 꿈이라 치부했을 일이었다.

진용은 곤혹한 표정으로 자신들에 의해 쓰러진 흑의인들을 바라보았다.

'약해! 내가 느낀 기운은 저들이 아니었어. 가만? 그럼 혹시?'

머릿속에서도 세르탄이 소리쳤다.

'시르! 그 계집아이의 기운이 방에서 느껴지지 않아!'

번쩍 정신이 들었다.

흑의인들을 치는 사이 방 안의 기척이 바뀌었다.

기이한 신음 소리도 들리지 않는다.

아무래도 조금 전에 느낀 기의 파동이 수상하다.

진용은 생각이 정리되자 별원을 향해 신형을 날렸다.

두 명의 홍의 경장 여인이 앞을 막아섰다. 진용이 소리쳤다.

"놈들이 노린 것은 그대들이 아니라 저 안이야!"

두 여인이 멈칫하는 사이 진용의 신형은 빨리듯 별원의 문을 차고 들어갔다. 소련이 뭐라 말릴 틈조차 없었다.

우지끈! 별원의 문이 터져 나갔다.

사람들의 눈이 방 안을 향했다.

보였다. 쓰러져 있는 궁장 여인들이. 그리고 한쪽에서 정좌한 채 이를 악물고 있는 은서령이.

다급한 표정에 절박한 눈빛을 담은 채 그녀의 악 다물린 입술이 가까스로 열렸다.

"인화를… 구해……."

조금 전이었다. 그녀가 고통에 몸부림치는 화인화를 안쓰러운 눈으로 바라보고 있을 때였다.

기이한 냄새가 맡아졌다. 처음에는 단순히 화인화의 몸에서 나는 향이라 생각했다. 하지만 향을 깊게 들이마신 순간, 띵하니 머리가 어찔해졌다.

그녀의 감각이 경고를 보냈다.

'아차! 독이다! 위험!'

동시에 밖에서 들려오는 여인의 비명 소리.

그녀는 이를 악물고 일어섰다. 조금 어지럽긴 하지만 그럭저럭 견딜 만했다.

호흡은 멈추고 고개를 돌려 상황을 살펴보았다.

화인화를 수발드는 은향단의 아이들이 비틀거리는 것이 보인다.

뒷문이 소리없이 열린 것은 그때였다.

문이 열리고 다섯 명의 괴한이 그림자처럼 안으로 스며들었다.

은서령이 그걸 느꼈을 때는 이미 그들이 은향단의 아이들을 덮쳐 가고 있을 때였다.

입을 열어 소리를 지를 수도 없었다. 독기가 빠르게 내공을 갉아먹고 있는 상황. 뒷북치며 소리를 지르느니 기운을 한 줌이라도 아껴 자신을 공격해 오는 적을 물리쳐야 했다.

입술 끝을 깨물자 짜릿한 통증이 전신을 치달린다. 몇 번의 공격은 펼칠 수 있을 듯하다.

'간악한 자들! 와라!'

그녀는 남은 기운을 모조리 끌어올리고 공격해 오는 자를 맞이해 쌍장을 내쳤다.

쿠웅!

억눌린 격돌음. 단 일격에 은서령은 뒤로 주르륵 물러섰다.

어지러움이 다시 심해졌다.

미향에 당하지만 않았다면 어림없었을 텐데 너무 방심했다. 하지만 후회한다고 시간이 되돌아오는 것도 아니었다.

그녀는 물러서는 와중에도 채대를 끌러 손에 쥐었다.

내공은 잠깐 사이 반 이상이 흩어졌다. 그래도 이를 악물고 상대를 노려봤다.

이미 은향단의 아이들은 대부분이 힘도 써보지 못하고 무너지고 있었다.

어이가 없다. 대체 이들이 누구기에 자신들을 공격한단 말인가?

그때 또다시 가공할 힘이 밀려오는 것이 느껴진다.

부릅뜬 그녀의 눈에 조금 전 자신을 물러서게 만든 자가 보였다. 그가 하얀 웃음을 지으며 손을 내밀고 있다. 그의 손에서 밀려오는 막강한 경력.

자신이 정상이라 해도 당해낼 수 있을지 모를 정도다.

'맙소사! 은향단의 아이들이 소리없이 당한 것도 무리가 아니다.'

은서령은 입술을 깨물며 자신의 채대에 혼신의 공력을 쏟아 부었다.

자신은 죽어도 화인화만큼은 지켜야 했다.

그것은 약속이었다. 절대 깨져서는 안 되는 약속!

깨문 입술의 비릿한 혈향을 느낄 시간도 없이 그녀는 밀려오는 경력을 향해 채대를 휘둘렀다.

웅웅!

소리없이 두 가닥 경력이 맞부딪쳤다.

"크읍!"

내장이 흔들리고 머리가 멍해졌다.

울컥 솟은 핏물이 입가를 타고 흐른다.

강할 거라 생각은 했지만 이건 강해도 너무나 강하다.

그런데 왜일까? 공격이 더 이상 이어지지 않고 있다. 한 번만 더 손을 쓰면 자신을 죽일 수 있을 텐데도.

그제야 은서령은 어렴풋이 상대의 의도를 눈치 챌 수 있었다.

저들은 소리가 나는 것을 극도로 꺼리고 있다. 그리고 다급해하고 있다. 왜?

눈이 마주치자 상대가 처음으로 입을 열었다. 카랑카랑한 전음이 귀청을 파고든다.

"계집, 제법이구나. 갈길이 급하니 살려주마."

은서령은 그의 말을 새겨들을 정신이 없었다. 다른 자가 혈도를 제압한 화인화를 어깨에 걸치더니 자신이 어찌할 새도 없이 방을 빠져나가고 있었던 것이다.

'아, 안 돼……'

절박한 외침이 입 안을 맴돌았다.

그때 어디선가 짧은 소성이 들려왔다.

삐이익!

소성이 들리자 자신을 바라보던 자도 몸을 돌리더니 유령처럼 사라져 버렸다. 처음부터 없었던 것처럼.

그리고 곧이어 소련이 외치는 소리가 들리고, 얼마 되지 않아 방문이 터져 나갔다.

부서진 방문 앞에는 석양이 지기 전에 보았던 서생이 서 있었다.

순간 은서령의 흐릿해져 가던 눈에 생기가 돌았다.

'저 사람이 있다면 그분도 있을 것이다.'

"인화를… 구해……"

쥐어짜듯 한마디를 내뱉고서 옆으로 쓰러진 은서령을 보고는 유태청의 눈빛이 굳어졌다. 그는 진용을 따라 방으로 들어오더니 방 안에서 나는 냄새를 맡고는 흠칫 이마를 찌푸렸다.

"산공독? 은서령이 당한 것이 그래서였나?"

마음이 다급해졌다. 그 이유는 그만이 알 일이었다.

그는 마치 자신의 손녀가 납치라도 당한 듯 다급히 서둘렀다.

"화가 아이가 납치된 것 같군. 추적해야겠네."

"제가 앞장서겠습니다."

진용이 먼저 신형을 날려 지붕 위로 올라갔다.

달도 뜨지 않은 어둠 속에서 누군가를 추적한다는 것은 쉬운 일이 아니었다. 더구나 그 상대가 내공으로 소리를 가둘 정도의 고수라면 더욱 그러했다.

상대가 그 정도의 고수라는 것을 예측하는 것은 그리 어렵지 않았다.

별원의 방 안에서 싸움이 일었다. 그런데 아무도 알지 못했다.

물론 밖에서의 싸움 때문에 혼란이 일어 그랬을 수도 있었다. 아니면 산공독을 썼기 때문일 수도 있었다.

그러나 진용의 생각은 달랐다.

적이 의도적으로 소리를 가두어 버렸다. 그리고 기운마저
도.

그러지 않고서야 진용 자신과 유태청의 이목마저 속일 수
는 없었을 것이다.

어쨌든 아무리 그래도 진용에게는 나름 추적할 방법이 있
었다. 실피나가 있으니까.

"실피나!"

부르자마자 실피나가 튀어나왔다.

─주인아! 불렀어?

진용은 손으로 앞을 가리켰다.

"적을 쫓는다. 여자를 납치한 놈들이야. 멀리 가지는 못했
을 거야. 빨리 찾아봐!"

─여자를 납치해? 알았어!

웬일인지 화를 내는 것 같다.

납치된 사람이 여자라서 그런가?

좌우간 엉뚱한 정령인 것은 분명했다.

진용은 실피나를 앞장세우고 신형을 날렸다. 유태청과 정
광이 뒤를 따라 움직였다.

운아영은 백여 장을 쫓아가다 말고 유태청의 목소리가 들
리자 뒤따르는 것을 포기했다.

"영아는 객잔에서 기다리거라!"

사실 단 백여 장 만에 세 사람과의 실력 차를 절실히 깨닫

고 있던 터였기에 그녀는 고개를 내저으며 걸음을 멈췄다.

"휘유… 뭐 저리 빨라. 저 도사도 순전히 엉터리인 줄 알았
는데…….'

오 리를 가지 않아 실피나가 납치범들의 행적을 확실히 찾
아냈다.

놈들의 행적은 숭산 줄기의 서쪽 끝에서 갑자기 솟아오른
유봉산 산줄기 쪽으로 이어지고 있었다.

진용을 비롯한 세 사람이 유봉산 입구에 다다랐을 때 실피
나가 나타났다.

─나쁜 놈들이 저 앞에 있는 계곡 안으로 들어갔어, 주인
아!

"수고했어. 가서 놈들이 다른 곳으로 가지 않는지 살펴
봐."

─웅. 걱정 마. 그리고 주인아, 그 나쁜 놈들 실피나가 혼내
주고 싶은데…… 그래도 돼?

나쁜 놈들, 운운하며 슬며시 욕심을 부리는 실피나를 보고
진용은 흠칫 말을 조심했다.

"상황 봐서."

폭주하면 또 천암산에서의 일이 재발되지 말란 법은 없었
다. 비록 그때에 비해 강해졌다곤 해도 겁나는 것은 여전히
마찬가지였다.

실피나가 다시 어둠 속으로 사라지자 진용이 유태청을 향해 입을 열었다.

"놈들이 계곡 안으로 들어간 것 같습니다. 놈들이 얼마나 있는지 모르지만, 제법 강한 자들인 듯합니다. 조심하시길……."

"계곡이라면… 어느 계곡을 말하는가? 아무리 봐도 근처에 계곡은 없는 것 같은데."

진용이 앞을 가리켰다.

"저 앞에……."

곳곳에 솟은 나무들에 가려져 정확한 거리는 진용도 알 수 없었다. 다만 실피나가 저 앞이라 했으니 얼마 되지 않을 거라 생각했을 뿐이다.

세 사람은 삼백여 장을 나아가서야 겨우 계곡의 입구에 도착할 수 있었다.

어둠에 잠긴 계곡을 보며 유태청이 믿을 수 없다는 눈빛으로 진용을 돌아보았다.

'이렇게 먼 곳에서의 기척을 느꼈단 말인가?' 꼭 그렇게 물어보는 눈빛이다.

진용은 못 본 척 슬며시 고개를 돌렸다.

'이렇게 멀 줄 누가 알았나?

그러고는 차가운 표정으로 앞만 노려보며 걸음을 옮겼다.

유봉산은 겉으로 보기엔 완만해 보이지만 안으로 들어가

면 깎아지른 절곡이 곳곳에 도사리고 있는 험산이었다.

화인화를 납치한 자들이 들어간 계곡은 그러한 절곡 중의 한 곳이었다.

세 사람은 조심하면서도 빠르게 안으로 들어갔다.

군데군데 튀어나온 바위가 시선을 막고 굴곡져 흐르며 떨어지는 물소리가 그들의 청각을 방해하고 있었다.

조심에 조심을 더해도 모자랄 상황이었다.

하지만 십 리를 들어가도록 아무런 흔적도 보이지 않았다. 실피나도 나타나지 않았다. 밤새 소리조차 들리지 않아 정적만이 맴돌고 있었다.

하는 수 없이 진용은 건곤흡정진혼결을 끌어올려 주위의 기운을 살펴보았다.

별의별 기운들이 다 느껴진다. 죽음의 기운, 약한 화기, 은은한 냉기. 모든 것이 대자연의 품에 안겨 있다.

그러더니 계곡의 안쪽에서 살아 있는 자들의 기운이 느껴졌다. 상당한 숫자, 그것도 강한 자들의 기운! 놈들이다!

'왜 실피나가 오지 않는 거지?

의아했지만 일단 적의 기운을 발견한 이상 실피나를 기다리고 있을 수만은 없었다.

"놈들이 백여 장 안쪽에 숨어 있는 것 같습니다. 제가 앞장서겠습니다."

겨울의 찬바람이 계곡의 절벽을 타고서 안으로 흐르고 있었다.

진용은 바람의 기운에 몸을 맡기고 안으로 날아들어 갔다.

유태청과 정광도 좌우를 견제하며 진용을 뒤따랐다.

전진한 지 열을 셀 시간도 되지 않았을 때다. 집채만 한 바위를 타넘고 계곡의 굴곡을 따라 꺾어지자 제법 넓은 공터가 나왔다. 사방 넓이가 이십여 장에 이르는 곳이었다.

순간적으로 진용의 눈빛이 차갑게 빛났다.

구석구석에서 인기척이 미미하게 느껴진다. 개중에는 내력을 끌어올리지 않고서는 진용의 능력으로도 바로 찾아낼 수 없을 정도로 은신술이 뛰어난 자도 있다.

그때 하늘에서 실피나의 목소리가 들렸다.

—주인아! 나쁜 놈들이 여기 다 모여 있어!

젠장! 미리 와서 말해주면 덧나나? 대체 여기서 뭐 하고 있는 거야?

—주인이 지키고 있으라고 해서 계속 지켜봤는데, 주인을 기다리고 있나 봐. 죽일려구. 나쁜 놈들!

윽! 내가 지켜보라 했다고 여기에 계속 있었단 말이야?

'저 멍청한 정령 때문에 함정에 빠졌잖아!'

세르탄이 어이가 없는지 빽 소리쳤다.

아니나 다를까, 세르탄의 말이 떨어지기가 무섭게 싸늘한 예기가 어둠을 가르며 소리없이 날아들었다.

진용은 실드 마법으로 방어막을 치고는 양손을 휘둘러 날아드는 예기를 움켜쥐었다.

손에 잡힌 것은 열십 자 형태로 된 암기였다. 암기는 마른 갈대로 만들어지기라도 한 양 진용의 손에서 가루로 부서져 흘러내렸다. 순간!

스스스스……

개미가 기어가는 듯한 소음이 사방에서 일더니 하늘을 가득 메운 암기가 우박처럼 쏟아졌다.

"젠장! 미친놈들, 더럽게 뿌려대네!"

정광이 이를 갈며 양손에 쇠 신발을 움켜쥐고 허공을 휘저었다.

유태청은 아무런 말도 없이 천유를 들어 허공에 커다란 원을 그렸다.

따다다당!

수백 개의 암기가 하늘로 비산하며 튕겨졌다.

"실피나! 암기들을 거꾸로 날려 버려!"

진용의 명령이 떨어지자 실피나가 신이 난 목소리로 대답했다.

─알았어! 마족만큼 나쁜 놈들! 이거나 먹어라!

거기서 왜 마족이 나오나! 세르탄이 열받아 소리쳤다.

'저, 저 멍청한데다 덜떨어진 정령이 감히 위대한……'

하지만 진용은 둘의 넋두리를 들어줄 정도로 한가하지 않았다.

'조용해! 그러잖아도 정신 사나우니까, 싸우려면 나중에 싸워!'

나중에 언제? 어떻게?

실피나의 광풍에 암기들이 사방으로 날아가자 절곡 안에선 순식간에 혼란이 일었다.

누군지 모르는 암습자들도 그렇지만 유태청조차 쏟아지던 암기가 거꾸로 날아가자 어찌 된 일인지 몰라 검을 뻗은 채 허공을 쳐다보았다.

한두 번 경험(?)이 있는 정광이 진용을 힐끔 돌아보고는 전음으로 물었다.

"또 그가 한 짓인가?"

진용은 당연하지 않냐는 듯 고개를 끄덕였다. 세르탄이 열 받아서 뒤통수가 뜨거워지는 것도 모른 척하고서.

그때 절곡의 바위틈에서 이십여 명이 소리없이 빠져나오더니, 공터에 서 있는 세 사람을 향해 쇄도했다.

한데 객잔의 별원에서 봤던 흑의인들만 있는 것이 아니다. 흑의인들의 그림자에 파묻힌 자들. 그들은 흑의인들과는 차원이 다른 자들이었다.

그들을 바라보던 진용의 눈빛이 한순간 싸늘한 한광을 토해냈다.

한 번 봤던 자들이다. 천암산에서 무차별적인 살겁을 자행한 놈들. 삼존맹의 주구들.

진용은 그제야 오늘 일어난 일의 원인을 어렴풋이 짐작할 수 있었다.

어쩌면 놈들이 노린 것은 결코 화인화가 아닐 수도 있다. 어쩌면 자신, 아니면 십절검존 유태청을 노렸을 수도 있다. 그렇지 않았다면 화인화를 데리고 이런 막다른 곳으로 도망치지는 않았으리라.

진용이 나직이 입을 열어 적들의 정체를 밝혔다.

"천암산에서 살겁을 행한 살귀들입니다."

유태청의 안색이 굳어졌다.

진용의 말이 떨어지고서야 정광도 놈들을 알아봤다.

정광은 이를 악 다물고 쇠 신발을 쥔 손에 힘을 더한 채 놈들을 노려보았다.

그는 안다, 놈들이 얼마나 무서운 놈들인지. 자신조차 둘을 감당하기가 어려웠던 놈들이 아니던가.

"저 빌어먹을 놈들이 왜 여기에 있는 거야?!"

자세한 대답을 해줄 시간이 없었다. 놈들이 코앞에 다가왔다.

진용은 대답 대신 지면을 스치듯 날아가며 두 손을 휘둘렀다.

일 장 거리에 들어서자 구슬처럼 뭉쳐진 장력이 폭발하며 터져 나갔다.

쾅!

피떡이 되어 튕겨 나가는 흑의인은 쳐다보지도 않았다. 쳐다볼 시간도 없었다. 동료들이 튕겨져 나가는 것에 아랑곳없이 놈들이 계속 공격해 온다.

진용은 튕겨 나간 흑의인의 자리에서 그림자처럼 솟구치는 갈의인을 향해 손을 뻗었다.

순간, 시퍼런 뇌전이 밤하늘에 번쩍였다.

쩌저적!

어둠이 찢겨져 나가며 비명을 지른다.

갈의인의 어깨 부위가 폭죽처럼 터져 나간다.

그럼에도 갈의인은 덜렁거리는 팔이 자신의 팔이 아니기라도 한 것처럼 일말의 망설임도 없이 진용을 향해 달려든다.

그자뿐이 아니다. 좌우에서 또 다른 자들이 달려든다.

합이 네 명!

진용은 이를 지그시 깨물고 몸을 휘돌렸다.

일순간에 십여 줄기의 뇌전이 진용의 두 손에서 폭사되었다.

쩌저저저적!

네 명의 갈의인이 모두 강기를 뿜어내 진용의 뇌전에 부딪쳐 간다.

콰과과광!

사생결단을 내겠다는 듯 작정한 공격!

강기의 파편이 사방으로 퍼져 나가고, 그 여파에 네 명의 갈의인이 주춤거리자 허공에서 다시 세 명의 흑의인이 떨어져 내린다.

진용은 떨어져 내리는 자들을 향해 쌍장을 올려치고는, 부딪친 반진력을 이용해 옆으로 미끄러졌다.

그러자 다시 사방에서 갈의인들의 공격이 이어졌다.

좌우에 하늘마저 막혔다.

숨조차 쉴 여유가 없는 가공할 공격.

절정고수 일곱의 합공은 무시무시했다.

단 서너 번의 격돌에 가슴이 답답해졌다.

진용은 또다시 뇌전을 쏘아내 상대를 뒤로 물리고는 빠르게 상황을 살펴봤다.

저들의 목적이 유태청인 줄 알았는데 그게 아니다.

유태청에게도 많은 수가 달려들고 있지만 그중에 절정고수는 네 명에 불과하다. 그들은 유태청을 당장 쓰러뜨리려는 것보다는 유태청의 행동 반경을 좁히는 데 주력하고 있을 뿐이다.

유태청이 본래의 무공을 회복했다면 십초지적도 되지 않을 자들. 하지만 현재의 사정은 그렇지가 못했다. 시간을 오래 끌면 거꾸로 당할지도 모르는 판.

정광도 다섯 명의 흑의인과 드잡이질을 벌이고 있었다.

한데 자신의 장기인 풍혼이 아니었다면 벌써 쓰러졌을지 모를 정도로 몰리고 있다. 흑의인 중 유난히 강해 보이는 두

사람 때문이었다. 아마도 그들이 흑의인을 움직이는 자인 듯
했다.

진용은 다급히 실피나를 불렀다.

"실피나! 한쪽을 맡아!"

실피나가 신나서 싸움터로 날아들었다.

—오호호호! 알았어, 주인아!

언제 폭주할지 모르지만 뭔가 방도를 취해야 했다.

'우선 적의 합공을 깬다. 균형이 깨지면 혼란이 오겠지!'

그러기 위해선 눈에 보이지 않는 실피나가 제격이었다.

—바람의 창! 받아라! 나쁜 놈들!

실피나가 바람의 창으로 오른쪽에서 날아드는 갈의인을
공격했다.

난데없이 아무도 없는 허공에서 날아드는 공격에 갈의인
이 대경하며 검을 휘둘렀다.

한쪽이 막히자 약간이지만 여유가 생겼다.

진용은 재빨리 옆구리에서 지팡이를 꺼내 들고 앞을 향해
휘둘렀다.

순간, 강력한 공력이 주입된 제나의 지팡이에서 휘황한 빛
이 뿜어졌다. 갑작스런 빛에 갈의인들이 주춤거렸다.

그 바람에 잠깐의 틈이 생겼다. 이 장의 거리!

"하늘의 신화(神火)! 화염주, 탄(彈)!"

제나의 지팡이 끝이 붉게 물들었다 싶은 순간!

화아악!

주먹만 한 화염주가 시뻘건 불길을 뿜어내며 쏘아졌다.

이미 진용의 마법에 한 번 당한 경험이 있는 척천단의 고수들은 맞부딪치지 않고 대경하며 뒤로 물러섰다. 그러자 화염주가 폭발하며 사방으로 불꽃이 터져 나갔다.

콰과광!

무영천귀조차 달려들지 못하고 엉거주춤 몸을 사렸다.

진용은 마법을 몇 번 더 펼치려다 생각을 바꿨다.

실피나와 힘을 나누고 있는 상황에서는 결코 득이 되지 않았다. 더구나 적이 계속 피하기만 한다면 자칫 내력이 고갈되어 위험만 자초하는 꼴이 될 터였다. 아무리 중단전의 힘을 사용한다 해도 결국은 내 몸 안의 기운이 아니던가.

진용은 마법을 펼치지 않고 가장 가까이에 있는 무영천귀를 향해 신형을 날렸다. 일단은 하나라도 더 숫자를 줄이는 게 중요했다.

스르륵, 흩어진 진용의 잔상이 무영천귀의 앞에 나타났다.

진용은 검을 치켜 올리며 물러서는 그를 향해 일장을 내갈겼다. 그러고는 결과도 보지 않고 신형을 튕겼다.

전신을 찢어발길 듯한 공세가 사방에서 밀려오는 것이다.

퍽! 무언가가 파열되는 둔탁한 소리가 귓전을 울렸다.

동시에 두 줄기의 검강, 도강이 옷자락을 스치며 지나간다.

찰나의 순간, 진용은 몸을 뒤집으며 또 다른 두 명의 무영천귀에게 떨어져 내렸다. 너무나 빨라 잔상이 사방에 넘실거린다.

당황하는 두 명의 무영천귀. 그들 사이로 스며든 진용의 잔상이 춤사위를 펼쳤다.

지팡이로 한 사람의 가슴을 찍고, 휘도는 발이 도를 치켜드는 자의 머리를 스쳐 지나간다.

퍼벅!

"끄억!"

하나는 그 자리에서 무너지고 하나는 답답한 신음을 흘리며 훌훌 날아간다.

그때였다.

허공에서 한줄기 강맹한 기운이 진용을 향해 쏘아져 왔다.

"이놈!"

분노의 목소리! 그자다! 상관단주라는 자!

진용은 허공으로 날아오르며 풍혼의 요결에 따라 몸을 맡겼다.

밀려오는 기운을 따라 신형이 흘렀다. 급박한 상황에 그거면 족했다.

상대에게 타격을 주기는커녕 상대가 자신의 공격을 이용해 이동하자 상관욱의 공격이 흔들렸다.

몸을 휘돌린 진용은 기운이 약해진 검을 우수로 쳐내고 상관욱의 품속으로 파고들었다.

뜻밖이었는지 상관욱의 입에서 다급성이 터져 나왔다.

"헉!"

하지만 상관욱은 산전수전 다 겪은 고수. 그는 당황하지 않고 전력을 쏟아 검을 내리그었다. 만근 바위조차 두 동강을 낼 정도로 강맹한 일격이었다.

진용은 상관욱의 검을 경시하지 못하고 신형을 옆으로 틀며 건곤의 기운이 실린 일장을 내질렀다.

쾅!

절곡을 뒤흔드는 굉음이 울렸다.

그 충격에 두 사람은 약속이라도 한 듯 뒤로 물러섰다.

엇갈린 두 사람.

상관욱은 창백히 질린 얼굴로 물러서긴 했지만 그걸로 끝이었다.

그러나 진용에겐 무영천귀들이 달려들고 있다. 동시에 척천단의 고수들마저 달려든다.

진용은 풍혼에 가속 마법인 헤이스트를 섞어 펼쳤다. 흔들리는 진용의 신형이 둘, 넷으로 갈라졌다.

그럼에도 절정고수 오 인의 조직적인 합공은 피하기가 쉽지 않았다.

그나마 실피나가 두 명의 고수를 지속적으로 공격하는 게 다행이었다.

그렇게 십여 초쯤 흘렀을 때다.

"실피나! 들어가 있어!"

진용이 실피나를 불러들였다. 언제까지고 싸울 수는 없는 일. 모험을 해서라도 끝내야 할 때다.

실피나가 뾰로통한 입을 내밀고 안개처럼 사라졌다.

순간, 진용은 전력을 끌어올렸다. 그러고는 자신에 찬 표정으로 달려드는 전방의 두 사람을 향해 쇄도했다.

두 사람은 진용이 갑자기 쇄도하자 발악을 하는 거라 생각했다.

그리 생각할 수밖에 없었다. 하지만 진용의 손이 자신들의 검과 도를 맨손으로 걷어내는 순간, 진용의 기세가 전과 다르다는 것을 알아채고는 대경하며 뒤로 물러났다.

때늦은 방어였다.

우수가 흔들리며 건곤의 장력이 발출되고 좌수에 들린 지팡이에서 뇌전이 번쩍였다.

떠덩! 쾅!

"크억!"

두 명이 한꺼번에 피를 토하며 날아갔다. 적어도 한동안은 움직일 수 없을 것이다. 남은 자는 셋!

그러나 실피나에게 시달리던 두 사람이 뒤늦게 진용의 공격에 합세하기 위해 날아온다.

진용은 서둘렀다. 이미 상당량의 공력이 손실된 상황. 기회를 잡았을 때 끝내야 했다.

"타앗!"

허공으로 신형을 뽑아 올린 진용은 건곤천단심법을 운용해 모든 공력을 끌어올렸다. 그리고 두 손을 쓸어냈다.

시퍼런 뇌전이 줄기줄기 뻗쳐 나간다.

가공할 강기의 파도가 하늘에서 지상으로 내리꽂혔다.

고오오…… 쩌저저적!

진용을 향해 달려들던 다섯 명이 철벽에 부딪친 쇠구슬마냥 사정없이 튕겨졌다.

진용도 무사하지는 못했다.

어쩌면 당연한 결과였다. 절정에 이른 고수가 다섯. 그들을 동시에 상대했다. 멀쩡하면 도리어 이상할 것이었다.

지상에 내려선 진용은 목구멍을 타고 오르는 핏물을 억지로 눌러 넣고는 비칠거리며 일어서는 적들을 향해 쇄도했다.

입에서 덩어리진 핏덩이가 뭉클거리며 흘러나오는 자도 있고 뻥 뚫린 옆구리를 움켜쥐고 주춤거리며 물러서는 자도 있다.

그렇게라도 움직일 수 있는 자는 모두 셋!

진용은 쇄도하며 이를 악물고 세맥에 잠들어 있는 내력까지 모조리 끌어 모았다. 이어서 신수백타가 펼쳐졌다.

일 수에 한 명! 일 권에 한 명!

막아내면 제치고, 쳐오면 맞부딪치면서.

머리를 부수고 심장을 터뜨려 버렸다.

뇌전과 건곤의 기운이 실린 춤사위, 두 명이 무너져 내린 것은 순식간이었다.

진용은 비명도 지르지 못하고 거꾸러지는 그들을 외면하고 상관욱을 향해 신형을 날렸다.

흙빛으로 물든 얼굴, 두려움에 질린 상관욱의 눈빛이 난파선처럼 흔들린다.

억지로 검을 드는 그를 보며 진용의 손이 허공을 휘저었다. 무명의 초식 중 첫 번째 초식이었다.

회오리치는 대기로 진용의 장력이 빨려 들어갔다.

과아아아!

한데 바로 그때였다! 등골을 타고 서늘한 기분이 느껴졌다.

형체도 없고 기세도 없는 막대한 뭔가가 밀려오고 있었다.

본능이 위험신호를 보낸다. 온몸의 털이 올올이 곤두섰다!

세르탄도 느꼈는지 대경해서 소리쳤다.

'시르! 암습이야! 조심해!'

진용은 손해를 감수하고 내치던 공력을 급히 회수했다. 동시에 몸을 허공으로 튕기며 홱 몸을 돌려 일장을 내질렀다.

순간, 어느새 코앞까지 밀려온 기운과 진용의 일장이 일성 꽹음을 일으키며 부딪쳤다.

쾅!

"크읍!"

가공할 충격이 전신을 치달렸다.

홀홀 날아간 진용의 입에서 억눌러 놓았던 핏물이 분수처럼 뿜어졌다.

"웩!"

벌떡 일어선 진용은 흐트러지려는 정신을 집중하고 앞을 바라보았다.

삼 장 앞에는 아무런 특징도 보이지 않는 흑의노인이 유령처럼 서 있었다. 그가 얼굴을 찡그린 채 감탄한 표정으로 입을 열었다.

"어린놈이 대단하구나. 그런 상황에서도 암천무흔장(暗天無痕掌)을 눈치 채다니."

암군이었다.

상관욱이 일을 마무리 짓지 못하자 마침내 그가 직접 손을 쓴 것이다. 미끼 역할을 다한 화인화는 한쪽 구석에 처박아두고.

"정말 굉장했어. 설마 척천단 둘과 무영천귀 다섯의 합공을 혼자서 물리칠 줄은 생각도 못했는데 말이야. 하나 거기까지다."

"당신은……?"

진용이 물었다. 암군은 비릿한 미소를 지으며 두 손을 들어 올렸다.

"죽을 놈이 그건 알아서 뭐 하겠느냐? 후후후……."

그의 손에서 십성 내력이 실린 암천무흔장이 다시 진용을 향해 펼쳐졌다.

역시 아무런 기척도 느껴지지 않는다. 어둠에 동화된 무형의 장력!

그러나 진용은 그 장력에서 가공할 위력을 느낄 수 있었다. 무형의 장력에 담긴 엄청난 위력으로 인해 대기가 진저리를 치고 있었던 것이다.

진용은 남은 공력을 모조리 끌어올려 제나의 지팡이에 밀어 넣었다.

기회는 그리 많지 않았다. 어쩌면 단 한 번의 기회일지 몰랐다.

눈앞의 노인이 부상당한 자신을 얕보고 있는 지금!

진용은 해일처럼 밀려오는 거력을 향해 지팡이를 내밀었다.

동시에 뇌전의 능력을 최대치로 펼쳐 냈다.

"뇌전의 폭풍! 가라!"

번쩌저적!

지팡이 끝에 뭉친 수십 가닥의 뇌전이 폭풍처럼 터져 나갔다.

뇌전은 암천무흔장을 한입에 삼킬 듯이 덮쳐 버렸다.

"헛!"

생각지도 못했던 상황에 암군의 안색이 잿빛으로 물들었다.

일순간! 강력하기 그지없는 두 줄기 기운이 정면으로 부딪쳤다.

콰아아앙!

절곡을 뒤흔드는 굉음과 함께 두 사람의 신형이 뒤로 튕겨졌다.

그제야 상대하던 적들을 쓰러뜨린 유태청이 진용을 향해 날아왔다.

"고 공자, 괜찮나!"

당연히 괜찮을 리가 없었다. 이미 모든 심맥이 뒤틀려 정신이 몽롱해지고 있었다.

그래도 벌떡 몸을 일으킨 진용은 입에 든 핏물을 침 뱉듯 뱉어내곤 씩 웃었다.

"저는 걱정 마시고 저 노인네나 처리하십시오."

유태청이 노한 눈으로 암군을 노려보았다.

"네놈들이 감히 봉황곡의 아이를 납치하다니, 간덩이가 부은 놈들이로구나!"

그는 소리치며 천유를 치켜들었다. 백색 검강이 천유에서 줄기줄기 뻗어 나오더니 석 자에 이르렀다.

천하에 십절검존의 이름을 무시할 수 있는 사람은 아무도 없었다. 비록 그가 부상으로 인해 그 능력을 다 쓸 수 없는 처지라 할지라도.

어둠의 제왕이라는 암군 역시도 그러했다. 진용과의 격돌로 내부가 흔들린 그는 십절검존의 검강에 부딪쳐 가는 모험을 할 생각이 추호도 없었다.

더구나 자신의 느낌대로라면 목표했던 놈은 심맥이 뒤틀리고 내부가 부서진 것이 분명했다. 단시일 내에 정상을 회복할 가능성은 전무했다.

그러면 됐다. 이빨에 발톱까지 빠진 호랑이 새끼는 두려울 것이 없다. 마음만 먹으면 언제든 죽일 수 있을 테니까.

그는 유태청이 노성을 지르며 검을 치켜들자 유령 같은 몸놀림으로 거리를 넓혔다. 그러더니 죽 허공으로 빨리듯 떠올랐다.

"흐흐흐……. 유태청, 다음에는 네놈 차례다."

갑자기 암군이 어둠 속으로 멀어지자 유태청이 소리치며 천유를 내던졌다.

"이놈! 감히 어딜 도망가려는 것이냐!"

쐐에엑!

천유가 백색 검강을 뿜어내며 어둠을 갈랐다.

그러나 유태청이 전력으로 펼쳐 낸 이기어검은 허공만 가르고 되돌아왔다.

되돌아온 천유를 거머쥔 유태청은 재빨리 사방을 둘러보았다.

진용과 자신과 정광에 의해 죽은 시신들이 널려 있었다.

흑의인들과 갈의인들 중 보이는 자는 죽은 자들뿐이었다.

살아서 움직일 수 있는 자들은 암군이 사라짐과 동시 함께 사라져 버렸다.

그러자 계곡에선 정광이 숨을 헐떡이며 씩씩거리고 있는 소리만이 울렸다.

"개 같은 놈들! 어딜 도망가! 이리 안 와!"

마음에도 없는 소리. 다시 올 것 같으면 절대로 하지 않을 말이었다.

정광은 한참을 씩씩거리다 혈도를 찍어 지혈을 하고, 그래도 피가 많이 나오는 곳은 도복을 찢어 동여맸다. 그의 도복은 걸레쪽처럼 찢어진 데다 몸에서 배어 나온 핏물로 벌써부터 혈의가 되어 있었다.

"씨불! 산 지 얼마 안 되었는데 또 걸레가 됐네."

그래도 하는 수 없었다. 뼈가 드러나 보일 정도의 상처만 해도 두어 군데, 잔상처는 십여 군데가 넘을 정도다. 출혈로 죽기 전에 지혈부터 하고 봐야 했다.

"쿨럭! 쿨럭!"

유태청이 더 이상 참지 못하고 기침을 토해낸 것은 그때였다.

기침을 토해낸 유태청의 입에서 선혈이 가늘게 흘러나왔다. 엄중한 내상으로 인한 선홍빛 선혈이. 그에 비하면 도검에 의해 난 상처는 아무것도 아니었다.

암군에게 시위를 하기 위해 무리하게 이기어검을 펼친 때문이었다. 비록 그로 인해 암군은 다시 오지 않을 테지만 그에 대한 대가는 작지 않았다.

유태청이 선홍빛 선혈을 흘리자 정광이 걱정스런 목소리로 물었다.

"괜찮습니까?"

유태청은 고개를 저으며 진용을 가리켰다.

"나보다… 고 공자가……."

"예? 저 친구야 멀쩡히 웃고 서 있……."

정광이 무슨 소리냐는 듯 의아한 표정으로 진용을 돌아볼 때다.

쿵!

진용이 씩 웃는 표정 그대로 앞으로 쓰러져 버렸다.

멍청히 그 모습을 바라보던 정광은 뒤늦게 놀라 소리쳤다.

"아니! 이봐! 고……."

유태청이 황급히 손을 저으며 쥐어짜듯 입을 열었다.

"쉿! 소리 지르지 말게. 아직 놈들이 멀리 가지는 않았을 게야."

밤에 울리는 소리는 십 리도 더 간다. 더구나 정광의 목소리라면 이십 리 밖에서도 들릴 판이었다.

그제야 정광은 목소리를 죽이고 절뚝거리며 진용에게 다가갔다.

"고 공자. 이보게, 정신 차려."

사실 암군이 사라지고 유태청이 이기어검을 날린 순간부터 정신을 잃고 있던 진용이었다. 머릿속에서는 세르탄이 고래고래 소리를 지르고 있었지만 그 정도로는 진용의 정신을 깨우지 못했다.

그나마 다행이라면 앞으로 쓰러졌다는 것이다. 뒤로 쓰러졌다면 세르탄까지 정신을 잃었을 텐데…….

정광은 일단 진용의 맥을 짚어봤다.

맥은 비록 약하지만 정상적으로 뛰고 있었다.

"휴, 약해서 그렇지 맥은 정상입니다."

"우선은 그냥 놔두게. 공력이 고갈된 상태에서 계속된 충격으로 심맥이 흔들려 정신을 잃은 것 같네. 당장 내력을 집어넣어 줘봐야 오히려 흔들린 심맥에 충격만 줄 뿐이야. 고공자 정도의 내력이라면 상황이 더 악화되지는 않을 것이니 우리가 먼저 공력을 회복하는 것이 급선무인 것 같네."

차분한 유태청의 말에 정광은 걱정스런 눈으로 진용을 바라보았다. 그러다 유태청이 선홍빛 선혈을 흘렸다는 것을 상기하고는 급히 물었다.

"선배님도 내상이 심하신 것 같은데."

"선천진기를 조금 손상당하긴 했지만 생각보다는 괜찮은 듯싶네. 걱정 말고 내력을 다스리게나."

"알겠습니다."

결코 괜찮지 않았다. 엎친 데 덮친 격으로 두 번에 걸쳐 선천진기가 손상되었다. 그러나 그렇게라도 말해야 정광이 안심하고 운기할 것 같았던 것이다.

유태청은 정광이 운기에 들어간 지 얼마 되지 않아 대주천에 들어간 듯싶자 조용히 눈을 감고 내력을 휘돌렸다.

'아무래도 이번 내상은 쉽지 않을 것 같군.'

쓰러진 진용을 그대로 놔둔 채 유태청과 정광이 운기를 시작한 지 이각이 지났다.

두 사람은 이각이 지났어도 운기를 멈추지 않았다. 그만큼 심각한 공력의 손실을 입었다는 뜻이었다.

다시 일각이 지났을 즈음이었다. 짙은 혈향만이 가득한 계곡의 고요가 난데없이 들려온 기이한 소리에 의해 깨어졌다.

"흐으으으…… 읍. 흐으으으……."

그 소리는 숨을 들이쉬는 소리였다.

결코 운기를 하고 있는 두 사람의 숨소리가 아니었다.

놀랍게도 숨소리의 주인은 쓰러져 있던 진용이었다. 진용의 입에서 거칠면서도 흐느끼는 듯한 괴이한 숨소리가 길게 흘러나오고 있는 것이다.

그렇게 괴이한 숨소리가 들리기 시작한 지 반 각 정도 지났을 때다.

번쩍! 진용의 눈이 떠졌다.

순간, 붉은 빛이 진용의 눈동자에서 쏟아졌다.

눈에서 붉은 빛을 쏟아내던 진용은 멍하니 허공을 바라보더니 어느 순간 힘겹게 천천히 몸을 일으켰다.

축 늘어진 어깨, 힘없이 늘어뜨린 두 팔. 마치 제 몸이 아닌 것마냥 진용의 몸은 힘이 하나도 없어 보였다.

휘청거리는 몸을 바로 세운 진용은 시뻘건 눈동자를 돌려 주위를 둘러보았다.

돌아서 앉아 있는 유대청과 정광은 운기에 열중해 있었다. 그래선지 자신들의 뒤에서 그가 일어선 것을 미처 느끼지 못한 듯했다. 그의 입가에 희열에 찬 기이한 웃음이 맺힌 것은 그때였다.

"된다, 돼! 우히히……. 시르, 내가 도와줄게."

시르? 설마……?!

맙소사! 믿을 수 없게도 세르탄이다! 세르탄이 진용의 몸을 자신의 의지로 움직인 것이다!

세르탄은 진용의 몸을 움직여 진용이 무영천귀와 척천단을 맞아 싸웠던 곳으로 걸어갔다. 그곳에는 진용이 죽인 여섯 명의 시신이 여기저기 널려 있었다.

그는 시신들을 한 번 훑어봤을 뿐, 그들을 지나쳐 어느 한 곳을 향해 계속 걸어갔다.

오십여 장을 걸어가자 높이가 삼 장에 달하는 바위가 앞을 가로막았다. 그가 바위를 돌아가며 좌우를 훑어봤다.

'여기 어디에서 느껴졌는데…….'

천천히 주위를 살펴보던 붉은 눈동자가 어느 한곳에 멈췄다.

'저기 있군.'

붉은 눈동자가 멈춘 곳은 바위와 바위 사이에 난, 다섯 자정도 되는 작은 틈바구니였다. 그곳에 화인화가 죽은 듯이 누워 있었다.

그는 화인화를 조심스럽게 끄집어내며 중얼거렸다.

"우히히, 이 계집아이에게 씌워 있는 귀혼은 보통이 아니야. 아마 생전에 대단한 능력을 지닌 인간이었던 것 같아. 귀신이면서도 여전히 대단한 기운을 지니고 있거든. 그러니 이 계집아이에게 달라붙어 있는 귀혼의 기운을 흡수하면 시르의 몸도 빨리 나을 거야. 뭐, 좀 찝찝하긴 하지만 할 수 없잖아? 유태청이란 늙은이나 정광이란 말코의 기운을 흡수할 수도 없으니."

중얼거리던 그는 화인화를 평평한 곳에 누이고는 그녀의 머리를 움켜쥐었다.

그리고 붉은 눈으로 화인화의 감겨진 눈을 응시했다.

"얼마 전에 생각났는데 말이야… 건곤흡정진혼결과 비슷한 능력에 대해서 들었던 기억이 떠올랐어. 뭔 줄 알아? 바로 마계의 십대능력 중 하나인 지옥제혼(地獄制魂)의 능력이야. 마계의 십대수호전사만이 익힐 수 있다는 최고위의 능력. 한데 이상하지? 어떻게 이런 고위 능력이 인간계에 있는 걸까?

이상해……."

말을 하는 와중에도 그의 눈에서 쏟아지는 붉은 빛은 더욱 강렬해졌다.

그리고 어느 순간!

스르르르…….

화인화의 머리에서 뿌연 기운이 아지랑이처럼 새어 나왔다.

아지랑이 같은 기운은 마치 공포에 떠는 것처럼 잘게 흔들리고 있었다. 그리고 실제로 공포에 떨고 있었다.

—으으으……. 어떤 놈이 감히!

"우히히히! 귀혼 따위가 감히 마계의 대전사 어른에게 대항하겠다는 건가? 건방진…… 꼭, 시.르. 같.은. 놈.이……. 크크크……."

—너는 웬 놈이냐? 웬 놈이 감히 본 마존의 혼령을 무시하는…….

"마존?"

갑자기 그의 붉은 눈동자가 화르륵 타올랐다.

'마존'이라는 단어가 그의 감정을 극한으로 자극한 것이다.

"건방진 놈! 마존?! 개 풀 뜯어 먹는 소리 하고 있네. 네가 마존이면 나는 마신이다! 지랄 말고 네놈의 힘을 내놔!"

잡스런 소리를 신경질적으로 내뱉은 그는 귀혼을 빨아들

이는 힘을 배가했다.

　―아, 안 돼! 끄아아아……

아지랑이 같은 기운이 급속도로 붉은 눈동자 속으로 빨려 들었다.

한순간이었다.

화인화의 머리에서 새어 나온 아지랑이는 순식간에 붉은 눈동자 속으로 사라져 버렸다.

마지막 한 가닥의 아지랑이까지 빨아들인 그는 만족스런 웃음을 지으며 고개를 들었다.

"켈켈켈, 이거 잘하면 얼마 지나지 않아서 다음 단계로 넘어갈 수 있겠……? 헉!"

한데 그렇게 웃던 그가 갑자기 부르르 몸을 떨더니 화인화는 그대로 놔둔 채 부리나케 유태청과 정광이 있는 곳으로 달려갔다.

"너무 빨리 깨어나는 것 아냐? 저기 갈 때까지 깨어나면 안 되는데."

진용의 정신이 깨어나려 하고 있었다.

만일 진용이 지금 벌어진 상황을 안다면?

"안 돼! 안 돼! 시르 성질에 가만두지 않을 거야. 분명 그걸 핑계로 또 뭘 뺏으려고 할 거야. 헉, 헉!"

오십여 장의 거리는 멀고도 멀었다. 그래도 열심히 양발을 조종한 덕에 겨우 본래 있던 곳 가까이까지 갈 수 있었다.

하지만 더 이상의 시간이 없었다.

털썩!

세르탄은 본래의 위치보다 삼 장가량을 남겨두고 진용의 몸을 쓰러뜨렸다.

"으음……."

동시에 진용의 입에서 신음 소리가 흘러나왔다.

진용은 정신을 차리자 기억을 떠올려 봤다.

화인화의 납치, 추적, 계곡에서의 격전, 그리고 마지막에 나타난 흑의노인과 나눈 두 번의 격돌까지.

'그 노인은 유 노선배님이 날아오자 도망을 갔지.'

모든 것이 선명해졌다.

바닥의 딱딱한 감촉, 은은히 콧속을 파고드는 혈향, 자신은 아직도 계곡 안에 있었다. 그럼 다른 사람들은?

고개를 돌리자 유태청과 정광이 앉아 있는 것이 보였다. 아마도 운공조식을 하고 있는 듯했다.

진용은 누운 상태에서 제일 먼저 내부를 점검해 봤다.

쓰러지기 전 흑의노인에 의해 극심하게 흔들린 심맥이 걱정되어서였다. 다행히 생각보다 내상이 심하지는 않은 듯했다.

비록 공력은 바닥을 보이고 있었지만 심맥이 끊기거나 특별하게 심각한 이상이 보이는 곳은 없었다.

한데 이상하다. 알 수 없는 기운이 온몸의 구석구석에서 꿈틀대고 있는 것이 느껴진다.

'뭐지, 이건?'

세르탄이 다급히 말했다.

'시르, 일단 운기를 해서 몸이나 추슬러 봐.'

옳은 말이었다. 자신의 몸속에 깃든 기운에 대해선 나중에 생각해도 될 일이었다. 지금은 몸을 회복하는 데 전력을 쏟아야 할 때다.

진용은 의문을 접고 조금씩 내력을 돌리기 시작했다.

뿌연 기운이 진용의 몸을 감싼 채 천천히 휘돌 때쯤 유태청과 정광이 차례대로 운기를 마치고 눈을 떴다.

먼저 눈을 뜬 유태청이 기이한 눈으로 뒤를 돌아보았다.

운기를 하고 있는 진용이 보였다. 한데… 쓰러진 곳이 아니다.

조금 전에 뒤에서 진용이 움직이는 것을 느꼈다. 운기 중이라지만 주위의 기척을 모를 정도는 아니었다. 자신이 잘못 느낀 것은 아닌 듯했다.

'저기까지 기어갔나? 아닌데… 걸어갔던 것 같던데. 더 멀리…….'

때마침 정광도 눈을 뜨더니 진용을 바라본다. 그의 눈에도 의아하다는 눈빛이 가득했다. 자신과 같은 생각인 듯했다.

하지만 그러한 의문에 대한 해답을 얻는 것은 그리 중요한 것이 아니었다. 우선은 화인화를 찾아야 했다.

흑의노인이 떠나갈 때 화인화는 데려가지 않았다. 그러면 둘 중 하나다. 다른 곳에 숨기고 자신들을 이곳으로 유인했거나, 아니면 이곳 어딘가에 방치했을 것이다.

유태청은 두 번째에 더 무게를 두었다. 놈들의 목적이 결코 화인화의 납치가 아니라는 것을 확신했기 때문이다.

놈들은 자신, 또는 진용, 아니면 둘 다를 제거하는 것이 목적이었을 것이다. 막다른 계곡으로 몰아넣고 암습을 한 것만 봐도 뻔했다. 화인화는 단지 자신들을 유인하기 위한 미끼였을 뿐.

그리고 미끼는 항상 원하는 목표 가까이 두는 것이 기본이었다.

"화가 아이를 찾아봐야겠네."

유태청이 일어나자 정광도 어정쩡한 자세로 일어섰다.

두 사람은 적들이 튀어나온 곳을 뒤지기 시작했다. 그리고 얼마 되지 않아 유태청은 바위틈에서 꺼내져 있는 화인화를 발견할 수 있었다.

그녀는 평온한 표정으로 누워 있었다. 한밤의 추위도 그녀의 평온함을 방해하지는 못한 것 같았다.

유태청은 떨리는 손으로 화인화를 안아 들었다.

"아이야, 다행이다. 정말 다행이야. 네 어미에게 죄를 지은 것 같아 걱정이 이만저만이 아니었거늘."

화인화를 발견한 유태청이 조심스럽게 그녀를 안아 들 때쯤, 진용도 운기를 마치고 몸을 일으켰다.

공력은 삼성도 채 돌아오지 않았지만 그럭저럭 몸은 움직일 만했다. 하긴 그 정도만 해도 생각했던 것보다는 훨씬 나은 상황이었다.

그런데 한 가지, 운기하기 전부터 들었던 의문은 여전히 풀리지가 않았다.

정체를 알 수 없는 이 기운은 대체 뭐지?

덕분에 삼성의 공력을 찾기는 했지만 왠지 불안한 마음이 든다.

그것은 어디서 생긴 기운일까? 왜 내 몸속에 들어와 있는 걸까?

어쩌면 세르탄은 알지도 모른다는 생각이 들었다.

'세르탄.'

'……'

'세.르.탄!'

'…왜.'

'무슨 일이 있었지? 왜 내 몸속에 이상한 기운이 들어 있는 거지?'

'……'

'세르탄은 알고 있지? 말 안 할 거야?'

세르탄이 조심스럽게 입을 열었다.

'그건…… 시르가… 건곤흡정진혼결로 근처에 있는 기운을 흡수했기 때문에 생긴 거야.'

세르탄은 거짓말을 하지 않고도 훌륭한 변명을 했다. 자신이 생각해도 만족스런 변명이었다.

'정말이야?'

'그럼! 대전사는 거짓말을 안 한다는 거 시르도 알잖아!'

'그럼 내가 죽은 사람의 귀기를 흡수했다는 거야?'

'바로 그거야!'

세르탄이 자신감 넘치는 말투로 말했다. 진용은 그것이 조금 신경에 거슬렸다. 그래도 귀기를 흡수했다는 말에 찝찝한 마음이 들어 세르탄을 더 이상 추궁하지 않았다.

'좋아, 일단 믿어주지. 기운이 탁한 걸로 봐서 세르탄의 말이 사실인 것 같으니까.'

'당연히 사실이지. 시르가 흡수한 것은 분명 귀신의 기운이거든! 단순한 귀기가 아니어서 그렇지! 켈켈켈!'

그때 계곡의 절벽 쪽에서 누군가가 다가오는 소리가 들렸다.

진용은 고개를 돌려 어둠 속을 바라보았다.

유태청이 누군가를 안아 든 채 오고 있었다. 그 뒤에선 정광이 절뚝이며 따라온다.

진용은 유태청의 품에 안긴 사람이 화인화란 것을 알아보고는 다행이라는 표정으로 말했다.

　"찾으셨군요! 화 낭자는 괜찮습니까?"

　"다행히 놈들이 해치지 않고 그냥 갔더군."

　"놈들도 최후의 상황을 염두에 두었겠지요."

　그랬을 것이다. 암습이 실패하면 도주해야 하는데, 인질이 죽은 것과 산 것은 천양지차다. 인질이 죽어 있으면 바로 추적이 시작되지만 살아 있으면 일단 인질을 챙기기 위해서 추적이 늦춰지지 않겠는가.

　그러한 목적이었든 아니든 어쨌든 간에 화인화가 살아 있다는 것은 천만다행이었다.

　화인화마저 찾자 세 사람은 더 이상 혈향이 가득한 계곡에 있고 싶지가 않았다.

　화인화의 상태도 그렇고 자신들의 부상도 기초적인 응급 처치만 했을 뿐 엄중한 상태. 일단은 객잔으로 돌아가야 했다.

　그렇게 세 사람은 자신들에게 죽은 십여 구의 시신을 남겨 놓은 채 계곡을 떠나갔다.

　그리고 계곡은 다시 정적에 잠겨 들었다.

　아침 햇살은 여느 날과 다름없이 밝게 세상을 비췄다. 그러나 별원의 분위기는 침통하기 그지없었다.

객잔의 사람들이 한밤의 소란을 확인하기 위해 수군거리며 별원으로 다가왔지만 봉황곡의 여인들은 어느 누구도 근처에 접근을 하지 못하게 했다.

그녀들의 표정이 어찌나 살벌한지 사람들은 함부로 접근을 못하고 근처만 배회하다 포기하고 돌아갔다.

간혹 배포를 자랑하는 자들이 그녀들을 무시하고 별원으로 들어가려는 경우도 있었지만, 두어 명이 반 죽도록 얻어맞고 돌아간 이후로는 별원 주위로 아무도 다가오지 않았다.

진용 등은 화인화를 별원에 데려다 준 이후 방에 틀어박혀 아침나절까지 운기를 하며 몸을 추스르는 데 총력을 기울였다.

그런 세 사람의 수발을 들기 위해 두충과 운아영은 새벽녘부터 동분서주했다.

두충은 진용에게는 따뜻한 물을, 정광에게는 따뜻한 물이 떨어졌다며 찬물을 가져다주었다. 그나마 미운 정도 정이라고 따뜻한 물을 쪼끔 섞어서.

"정말 없냐?"

"떨어졌수. 지금 끓이고 있으니까 쫌만 기다리쇼."

"옷도 좀 사 와라."

"돈 주쇼."

"니 돈 써."

씨불, 그럼 그렇지.

그래도 운아영과 함께 옷을 사러 갈 때는 입이 함지박만 하게 벌어졌다. 비록 들고 올 때는 혼자서 들고 왔지만. 남자라는 이유로.

물론 정광의 도복은 제일 싼 걸로 샀다.

"왜 도장님 것은 싼 걸로 산 거야?"

"그 양반은 옷을 험하게 입어서 비싼 것 사봐야 소용없어. 금방 또 찢어질 텐데 뭐."

사시 무렵 소련이 찾아왔다. 그녀는 전날과 다르게 더할 수 없이 공손한 자세로 은서령이 뵙고자 한다는 말을 전했다.

상처가 심한 정광을 놔두고 진용과 유태청이 별원으로 찾아가자 은서령이 직접 두 사람을 맞이했다.

산공독을 몰아내기는 했지만 내상은 치유하지 못한 터라 그녀의 얼굴은 창백함이 완연했다.

"아이는 어떤가?"

"여전히 잠들어 있습니다, 어르신."

"아직까지?"

"새벽에 잠깐 깼을 때 약을 먹였는데, 아마 약 기운 때문인 것 같습니다."

"음……."

유태청은 은서령의 말을 들으며 침상의 화인화를 바라보았다. 잠들어 있는 화인화의 표정은 매우 평화로워 보였다.

한데 은서령은 그것이 이상한지 유태청에게 물었다.

"혹시 인화를 데려오기 전에 무슨 일은 없었는지요?"

유태청이 의아한 표정으로 물었다.

"무슨 일 말인가?"

"그게… 인화의 몸이 좋지 않다는 것은 알고 계셨는지요?"

"어제 봤을 때 조금 이상하다는 것을 느끼긴 했네만, 심각할 정도인가?"

은서령은 잠시 머뭇거렸다. 화인화의 몸에는 비밀이 있었다. 함부로 아무에게나 말해서는 안 되는 비밀이.

그러나 의문을 풀기 위해선 어쩔 수 없었다. 유태청에게 말하는 것이라면 화종경이라 해도 뭐라 하지 않을 거라는 생각도 들었다.

결심을 굳힌 그녀는 조심스럽게 입을 열었다.

"인화가 열 살 무렵, 봉황곡 근처에서 고대의 무덤이 발견되었습니다. 아이들이 놀던 중에 갈라진 틈에 빨려들면서 발견된 것이지요. 그 당시 인화도 함께 무덤에 빨려 들어갔었습니다. 그곳에서 무슨 일이 있었는지 몰라도 그날 이후로 가끔씩 잠을 자지 못하고 고통에 시달리며 식은땀을 흘리곤 했지요."

그녀는 차마 발작이라는 말은 하지 못하고 돌려 말했다.

"그때마다 인화의 얼굴엔 짙은 그늘이 져서 인화를 아끼는 저로선 차마 마주 보기가 어려울 정도였습니다. 최근에 인화를 본 어느 분의 말로는 매우 강력한 기운을 지닌 혼령이 인화의 몸에 스며든 것 같다고 하더군요. 제가 인화와 곡을 나선 것은 바로 그분의 말을 듣고 소림의 요법선사를 만나려 함이었습니다. 그런데…….”

은서령은 잠시 말을 끊고는 화인화를 바라보았다. 그리고 천천히 말을 이었다.

“어제 어르신이 데려온 이후로는 비록 한기로 인해 몸이 많이 약해져 있기는 했어도 그런 일이 있을 때마다 보이던 얼굴의 그늘이 온데간데없이 사라졌습니다. 마치 어린아이 때의 모습처럼 너무도 밝아 보여서 도대체 꿈인지 싶을 정도입니다. 해서 묻는 것입니다. 대체 무슨 일이 있어 이 아이의 표정이 이리도 밝아졌는지 알 수가 없어서요.”

유태청은 의아한 눈으로 은서령을 바라보았다.

그가 한 일이라고는 단지 한쪽 구석에 놓여 있던 화인화를 안고 온 것 뿐이다. 그러니 무슨 일이 있을 리가 없지 않은가.

그때 옆에 있던 진용이 물었다.

“혼령이라 하셨습니까?”

“그래요, 공자.”

세르탄이 말했었다. 화인화의 몸에서 이상한 귀기가 느껴진다고. 본신의 기운이 심상치 않을 정도로 강한 귀신의 기운이. 은서령의 말대로라면 세르탄이 잘못 느낀 것이 아니었다.

“그 무덤의 주인에 대해선 알려진 것이 없습니까?”

은서령의 눈빛이 흔들렸다.

"미안해요, 공자. 그것은 본 곡의 비밀인지라 제 마음대로 말씀드릴 수가 없군요."

비밀이라는데 윽박질러 물을 수도 없는 일. 진용은 잠시 생각을 한 후에 은서령의 질문이 가지는 가장 핵심적인 사항에 대해 물었다.

"선자께서 보시기에, 화 낭자의 몸에서 화 낭자를 괴롭히던 혼령이 빠져나간 것 같습니까?"

은서령은 천천히 고개를 끄덕였다. 명확한 답을 얻지 못하니 답답한 마음이 가시지 않는 그녀였다

"제가 보기에는 그런 것 같아요, 공자. 그 때문에 어르신을 청한 것이기도 하지요."

"어쨌든 잘된 일이군요. 그나마 좋은 소식인 것 같아 다행입니다."

기뻐해야 하는 일임에도 기뻐하지 못하는 은서령을 향해 유태청이 물었다.

"이제 어찌할 생각인가? 소림에 가려던 일이 저절로 해결되었으니 굳이 그곳까지 갈 필요는 없을 듯한데."

"일단 곡에 연락을 넣었습니다. 연락이 올 때까지 이곳에서 기다릴까 합니다."

"이곳에서? 놈들이 또 오면 위험할 텐데?"

"인화를 그냥 놔둔 걸로 봐서는 더 이상 저희를 공격할 것

같지는 않습니다. 혹시 어르신께선 놈들이 누군지 짚이는 것이 없는지요?"

"음, 그 정도의 고수들을 동원할 곳은 그리 많지가 않네. 기껏해야 서너 군데에 불과하지. 사실 짚이는 곳이 없는 것은 아니나 아직 확신을 할 수가 없네. 너무 급하게 움직여서는 안 될 것이네."

사실 확신은 하고 있어도 확증이 없다. 소문이 돌면 오히려 꼬리를 끊을 기회만 줄 뿐.

유태청조차 한밤의 암습자들을 확실하게 알지 못한다고 하자 은서령은 실망한 표정으로 입을 열었다.

"사흘이면 곡에서 사람들이 도착할 테니 그때 가서 움직일 생각입니다. 놈들이 누군지는 몰라도 본 곡을 건드린 것을 후회하게 될 것입니다."

말을 맺는 그녀의 얼굴에선 싸늘한 한기가 흘러나왔다.

은서령에게 설봉선자라는 별호가 붙은 데는 그만한 이유가 있었다.

하지만 밝혀지지 않은 상대가 삼존맹임을 아는 진용으로선 그녀의 한기가 허공에 스러질 덧없는 아지랑이라는 것을 잘 알고 있었다.

진용이 냉정한 표정으로 은서령에게 말했다.

"어제 우리가 상대한 자들 중 절정에 이른 고수들만 열 명이 넘었습니다. 봉황곡이 얼마나 강한지 모르지만 신중을 기해야 할 것입니다."

그 말에 은서령의 얼굴이 굳어졌다.

그녀도 적이 강하다는 것은 안다. 그래도 진용의 말은 충격이었다. 무시당했다는 생각에 화내는 것조차 잊을 정도였다. 절정의 고수가 열 명이 넘을 정도면 그것만으로도 대문파 수준이 아닌가 말이다. 도대체 어느 문파이기에 그런 자들을 암습자로 쓴단 말인가.

그때 유태청이 침중한 표정으로 진용의 말을 거들었다.

"분명한 사실이네. 그들이 내 생각과 같은 자들이라면 결코 봉황곡만으로는 그들과 싸울 수 없을 것이네. 그래도 그들과 싸울 결심이 서거든, 곡주에게 언제 한 번 보잔다고 전해주게."

순간 은서령의 얼굴에 희망이 떠올랐다.

십절검존의 도움이라면 천하의 어느 문파와도 싸울 수가 있다.

유태청은 그런 뜻으로 한 말이 아니지만 그녀는 그렇게 생각했다.

"곡주께선 꼭 어르신을 뵙고 싶어하실 거예요."

"글쎄……."

말을 흐리는 유태청의 음성에는 세월을 거스른 씁쓸한 회상이 담겨 있었다.

진용은 무슨 사연인지 궁금했다. 하지만 묻지는 않았다.

어떤 사연인지는 모르나 말을 하지 않을 때에는 묻어두고 싶기 때문일 터.

결국 방 안의 공기가 무거워지기 전에 유태청이 자리에서 일어났다.

"그만 가보겠네. 쉬게나."

진용도 엉덩이를 털고 일어났다.

나오기 전 화인화를 한 번 더 바라보았다. 그녀는 여전히 잠들어 있었다. 세상에서 가장 편안한 표정으로.

별원을 나온 즉시 진용은 세르탄을 불렀다.

'세르탄!'

'⋯⋯.'

'대답 안 할 거야?'

'⋯왜?'

'솔직히 불어.'

'뭘?'

'내 몸속에 있는 기운, 화 낭자의 몸속에 있던 혼령의 기운이 맞지?'

귀신같은 시르!

세르탄은 얼버무리며 자신의 생각을 우겨댔다.

'글쎄, 정확히는 모르는데 맞을 거야. 어쨌든 덕분에 시르는 몸이 좋아졌고 저 계집아이는 혼령을 떨쳤으니 잘된 거잖

아? 나는 거짓말 안 했어! 분명히 죽은 사람의 기운을 흡수했다고 했으니까!'

그건 그랬다. 틀린 말은 아니었다. 누이 좋고 매부 좋은 일임에는 분명했다. 다만 사자의 혼령을 몸속에 받아들였다는 것이 기분 나쁠 뿐이었다. 그것도 자신의 의지와 상관없이.

'설마 그 혼령이 날뛰지는 않겠지?'

'걱정 마. 마계의 대전사인 내가 있잖아. 음하하!'

그래서 더 걱정이 되는 거다. 이 말썽꾸러기 최루탄아!

부상을 치료하며 하루를 더 객잔에서 보내기로 했다.

유태청과 진용의 내상도 내상이지만 정광의 외상이 생각보다 심했다. 하긴 뼈까지 보일 정도의 상처를 입었으니 하루아침에 낫기를 바란다는 것이 무리였다. 그나마 신경과 힘줄을 상하지 않은 것이 다행이었다.

의원 말로는 보름은 정양해야 한다고 했지만 따로 혼자만 남으라 해서 남을 정광이 아니었다. 다행히 봉황곡의 은서령이 효과가 뛰어난 금창약을 보내주어 저녁 무렵이 되자 정광의 상처는 별 탈 없이 달라붙었다.

그날 밤, 화인화가 긴 잠에서 깨어났다. 그리고 유태청과 진용이 차를 마시며 앞일을 논의하고 있는데 찾아왔다.

"저 인화예요."

"들어오너라."

문이 열리고 그녀가 은서령과 함께 들어왔다.

창백한 가운데서도 붉은 기가 도는 그녀의 얼굴은 전에 봤을 때와는 또 다른 아름다움을 보여주고 있었다. 그것은 생기였다.

진용은 감탄하지 않을 수가 없었다. 심지어 세르탄마저 더듬거리며 말할 정도였다.

'시르, 저 계집아이는 분명 사람이 아닐 거야.'

'사람이 아니면, 여우야?'

'여우는 무슨. 꼭 엘프 같아.'

'엘프? 마계에서는 예쁜 여자를 보고 엘프라고 하나?'

'케케케, 멍청하긴. 엘프는…….'

딱!

한 방에 세르탄이 조용해졌다.

'멍청한 마족이 어디서.'

진용이 갑자기 자신의 뒤통수를 때리자 화인화가 고개를 돌렸다.

두 사람의 눈이 마주쳤다.

'역시 눈은 초 소저가 나아.'

그런 생각을 알지 못하는 화인화는 진용이 빤히 바라보자 얼굴을 붉혔다.

"도와줘서 고맙다는 인사를 하러 왔어요."

"몸은 좀 어떠십니까?"

"많이 좋아졌어요. 열 살 이후로 이렇게 상쾌한 기분은 처음이에요."

정말 상쾌한 웃음을 지으며 그녀가 말했다.

'대신 내가 걱정이라오. 세르탄 말대로 그 혼령이 조용히 있어야 하는데……'

속마음은 그래도 겉으로는 웃으며 말했다.

"다행이군요. 한데 괴이한 혼령이 침습하셨다고 했는데 어쩌다가……?"

유태청도 궁금한지 화인화에게 물었다.

"서령에게 대충은 들었다. 비밀까지는 원치 않는다. 괜찮다면 조금이라도 더 알고 싶구나."

유태청마저 청하자 화인화는 은서령을 바라보았다. 그리고 은서령이 머뭇거리자 조용히 웃으며 고개를 저었다.

'괜찮아요. 말씀드려도 될 분들이잖아요' 라고 말하듯이.

그러고는 기억을 더듬어 그날의 일을 떠올렸다.

"봉황곡 옆에는 사람들이 잘 가지 않는 황폐한 계곡이 하나 있어요. 그 너머로 구릉이 펼쳐져 있는데 옛날부터 귀신이 산다고 해서 봉황곡 사람들은 그곳에 발을 딛는 것조차 싫어했지요."

"유령곡 말이구나."

유태청은 그곳을 알고 있는 듯 아무렇지도 않게 지명을 내뱉었다.

그런데 기이하다. 화인화 역시 유태청이 그곳을 알고 있다는 데 아무런 의문도 표하지 않는다.

짐작은 하고 있었지만 생각보다 더 가까운 사이 같다.

진용이 골똘히 두 사람의 관계에 대해 생각하고 있을 때다. 화인화가 고개를 끄덕이며 말을 이었다.

"예. 하지만 봉황곡의 아이들은 그곳을 놀이터 삼아 자주 놀러 가곤 했어요. 저는 그곳의 자그마한 동산에서 미끄럼 타며 노는 것을 아주 좋아했지요. 어머니는 자꾸 가지 못하게 했지만 저는 몰래 빠져나가 놀았어요."

갑자기 화인화의 표정이 심각해졌다.

"그런데 유난히 비가 많이 온 그해, 동산이 반쯤 무너져 내렸어요. 그래도 별다른 생각 없이 무너지지 않은 쪽에서 미끄럼을 타며 놀고 있는데, 미끄러져 내려가던 아이들이 갑자기 사라진 거예요. 깜짝 놀랐죠!"

그녀는 정말 놀랐다는 듯 눈을 동그랗게 뜨고 어깨를 들썩이며 놀란 표정을 지었다.

풋! 진용은 하마터면 웃음을 터뜨릴 뻔했다.

자신의 이야기에 스스로 도취된 화인화가 빠르게 말을 이었다.

"급히 따라 내려갔는데 그만 발밑이 쑥 빠지더니 아무것도 보이지 않았어요. 저는 무서워서 소리를 막 질렀죠. 그리고 한참 만에야 정신을 차렸어요. 주위는 깜깜했어요. 이상한 한

기가 저를 꼼짝도 못하게 했어요. 한데 그때였어요. 누군가가 저에게 말을 거는 거예요. '나를 받아들이면 너는 살 수 있다. 나를 받아들여라. 그것만이 네가 살 수 있는 길이다!' 라고 말이에요."

그녀는 두려움에 질린 표정으로 실감나게 이야기를 전개했다. 어찌나 실감나게 이야기를 하는지, 유태청과 진용은 어느 순간부터 숨도 쉬지 않고 화인화의 말에 귀를 기울이고 있었다.

"저는 살고 싶었어요. 어머니도 보고 싶고, 이모도 보고 싶고, 친구들도 보고 싶었어요. 그래서 말했죠. '정말 당신이 절 살려주실 수 있나요?'"

화인화는 열 살 때의 표정으로 그 말을 하고는 한참 동안 말을 멈췄다.

꿀꺽! 거의 동시에 진용과 유태청이 침을 삼켰다. 그게 신호라도 된 듯 그녀가 말했다.

"조금 있다가 제 몸이 떠오르는 것을 느꼈어요. 그리고 정신을 잃었구요. 제가 정신을 차렸을 때는 어머니와 이모를 비롯해서 많은 사람들이 저를 둘러싸고 있었어요."

갑자기 그녀가 부르르 몸을 떨었다.

"그리고… 그때부터 가끔씩 이상한 꿈을 꾸고 몸이 아프기 시작했어요. 바로 어제까지……"

이야기가 끝났다. 하지만 누구도 입을 열지 않았다.

잠시 후 유태청이 손을 내밀었다.

"손을 내밀어보거라."

화인화가 손을 내밀었다.

유태청은 화인화의 손목을 잡고 지그시 눈을 감은 채 화인화의 내부를 살펴봤다. 정순한 기운이 느껴졌다. 제법 강한 기운이다. 그러나 특별한 기운은 느껴지지 않았다. 유태청이 물었다.

"봉황의 무공을 익히지 않았더냐?"

화인화가 고개를 저었다.

"어떤 무공도 제 몸에서 받아들이지 못했어요. 어머니를 비롯해서 많은 분들이 노력을 해봤지만 소용이 없었어요."

"그래도 네 몸에는 제법 많은 공력이 쌓여 있구나."

"그게 의문이었어요. 저는 무공을 익히지 않았는데 한 번씩 아프고 날 때마다 내공이 늘었거든요. 꼭 꿈속에서 무공을 익히는 것처럼 말이에요."

신기한 일이었다. 누구라도 그리 생각할 수밖에 없었다.

그러나 진용만은 아니었다. 세르탄을 머릿속에 집어넣고 사는 그만큼은 대충 그 이유를 짐작할 수 있었다.

누군가 화인화의 몸속으로 들어갔다. 그리고 그가 화인화를 괴롭혔다. 아니, 어쩌면 괴롭힌 것이 아니라 무공을 가르쳤는지도 모른다. 화인화를 위해서가 아니라 자기 자신을 위해서. 무엇 때문인지는 몰라도 고통은 그 부산물이었고 말이다.

그때 화인화가 말했다.

"한 번도 익혀보지 않은 초식을 쓰는 것을 보고 사람들이 많이 놀랐었어요."

역시 자신의 생각이 맞는 것 같다. 어느 정도는.

문득 동병상련 비슷한 감정이 들었다. 머릿속에 세르탄을 집어넣고 사는 자신과 귀신의 혼령을 몸속에 넣고 살았던 여인.

'이제 걱정 마시오, 화 소저. 당신의 몸속에 들었던 혼령을 내가 거두었으니.'

진용이 조금은 안쓰러운 표정으로 화인화를 바라보고 있을 때다. 유태청이 잔잔한 목소리로 입을 열었다.

"이제 어떻게 할 생각이냐?"

"아직 잘 모르겠어요. 일단 곡에서 사람들이 오면 그분들하고 상의를 해보고 움직일 생각이에요. 들으니 별원에서 은향단원을 죽인 자들이 굉장히 강한 사람들이라고 들었어요. 무리하게 복수를 한다고 했다가 더 많은 사람을 잃을까 겁이나요. 그렇다고 참고 있을 수도 없고 말이에요."

유태청이 고개를 끄덕였다.

"잘 생각했다. 놈들은 강하다. 봉황곡 전체가 나선다 해도 어찌할 수 없을 정도로. 물론 놈들을 잡을 방법이 없는 것도 아니다만."

화인화의 봉목이 밝게 빛났다.

"조부님께서 도와주신다면······."

느닷없이 튀어나온 말에 유태청도, 진용도 움찔거렸다. 그러나 뜻이 다른 몸짓이었다.

유태청은 처음으로 들어보는 호칭에, 진용은 그제야 두 사람의 관계를 알고 놀란 것이다.

은서령의 태도를 보고 단순히 십절검존이라는 위명에 고개를 숙인 것과는 다르다는 느낌을 받았었다. 한데 조부라니!

'그랬었나? 어쩐지······.'

진용이 내심 '두 사람이 친혈육일까, 아닐까' 까지 생각의 폭을 넓히고 있을 때쯤, 유태청이 보일 듯 말 듯 흔들리는 눈으로 화인화를 보며 말했다.

"내 힘으로는 놈들을 어쩔 수 없다."

"예?"

화인화뿐만 아니라 은서령까지 놀라 유태청을 바라보았다.

유태청이 누군가! 삼태천의 일인인 십절검존이 아니던가!

그런 유태청이 도와줘도 안 되다니.

그때 유태청이 진용을 바라보았다.

"하지만 놈들이 천제성과 여기 고 공자를 적으로 삼은 이상 복수가 불가능한 것만은 아니지. 곡주가 오거든 나를 찾아오라 한 것도 그 때문이다."

두 여인의 동그래진 눈이 약속이라도 한 듯 진용을 향했다. 천제성이 그들과 적이라는 말도 놀랍지만, 우선 당장은 눈앞에 있는 진용을 천제성과 같이 놓는 유태청의 말이 이해가 안 되는 것이다.

아름다운 두 여인의 눈이 자신을 향하자 진용은 무슨 소리냐는 듯 손까지 저으며 말했다.

"무슨, 노선배님께선 잘못 말씀하셨습니다. 말도 안 되는 소립니다."

두 여인의 눈빛이 푹 가라앉았다.

그럼 그렇지, 저 서생이 강하다는 것은 수하들의 말을 들어 알지만, 아무렴 십절검존조차 어려워하는 일을……. 말도 안 되는 소리.

그때 진용이 과장된 몸짓을 하며 말을 이었다.

"그들이 저를 적으로 삼은 게 아니고 제가 먼저 그들을 적으로 삼았지요."

어이가 없는지 화인화가 픽, 웃었다. 은서령도 설레설레 고개를 내저었다.

그런 두 여인을 향해 진용이 고개를 쓱 내밀고 심각한 말투로 말했다.

"정말입니다. 다른 사람은 몰라도 천수무적 구양무경은 제가 죽여주기로 제 조부님하고 약속했거든요."

순간 두 여인의 얼굴이 딱딱하니 굳었다. 그리고 유태청

도. 그들은 그제야 자신들의 적이 누군지를 정확히 안 것이
다.

"설마 그들이 삼존맹의 무사들이었단 말이에요?"

화인화가 눈을 동그랗게 뜨고 물었다.

진용이 조용히 고개를 끄덕였다.

봉황곡의 금창약 덕분인지, 다음날 정광은 걸어다니면서
절뚝거리지 않을 정도가 되었다. 그래도 먼 길을 가기에는 무
리일 수밖에 없었다.

"두가야, 마차 하나 사자."

"좋죠. 그런데 도장님 돈으로 사는 겁니다?"

"내가 돈이 어딨냐? 알잖아! 그 양반이 전부 고 공자 줬다
는 거."

"녹봉은 따로 받았을 거 아닙니까!"

"녹봉?"

그러고 보니 깜박했다. 돈 쓰는 것은 무조건 진용에게 맡겨
놓다 보니 생각을 하지 못했다는 게 옳았다. 원래 돈에 대한
개념도 좀 희박했고.

근데 왜 자신에게는 녹봉을 안 줬지? 공짜로 부려 먹으려
했단 말인가?

홱 고개를 돌리고 방에서 나오는 진용을 바라보았다.

"고 공자, 자네는 녹봉 받았나?"

"받았죠. 어떤 멍청한 사람이 공짜로 일해줍니까?"

멍청!

화가 나도 알 건 알아야 했다.

"근데 나는 왜 안 줬지?"

"무슨 말씀이세요? 도장님 녹봉을 왜 안 줘요?"

"나는 안 받았는데?"

"그야 저한테 다 줬죠. 요즘 쓰는 돈, 도장님 돈과 제 돈 반 반씩 쓰는 거예요. 물론 임무 수행을 위해 나온 경비도 함께 말이죠."

정광의 입이 슬며시 벌어졌다.

"그, 그럼… 반이 내 거란 말이네?"

"그렇죠."

"여태 내가 돈을 반씩 내고 다녔단 말이지? 두가 밥 먹는 것까지?"

"맞습니다. 뭐, 두 형 앞으로 나온 경비도 쓰긴 했지만."

멍하니 생각에 잠겨 있던 정광의 고개가 다시 두충에게로 획 돌아갔다.

"들었지? 여태 내 돈 썼다잖아. 마차는 니 돈으로 사!"

"내 앞으로 나온 경비도 썼다잖아요! 그리고 마차가 어디 한두 푼이에요?!"

두충은 끝까지 우겼다. 아니면 또 자기의 돈으로 마차를 사야 했다. 그것은 문제가 아니다. 진짜 문제는 분명 자신에게 또 마차를 몰게 할 거란 점이다.

한데 그때.

다그닥, 다그닥.

마차 한 대가 객잔의 뒷문 앞으로 다가와 서더니 운아영이 마부석에서 내려섰다.

"뭐 해요? 안 갈 거예요? 고 공자님, 마차 사 왔어요."

결국 두충은 또 마부석에 앉아야 했다. 그나마 다행이라면 전의 허름한 마차에 비하면 엉덩이도 아프지 않고 훨씬 편하다는 것이다. 햇빛가리개도 있고.

그리고 무엇보다도 좋은 점은 운아영과 함께 앉아서 마차를 몬다는 것이었다. 그 모습이 부러운지 정광이 한 시진도 되지 않아 고개를 내밀었다.

"두가야, 내가 몰아볼까?"

"그냥 안에 있으슈!"

第三章

마령(魔靈)

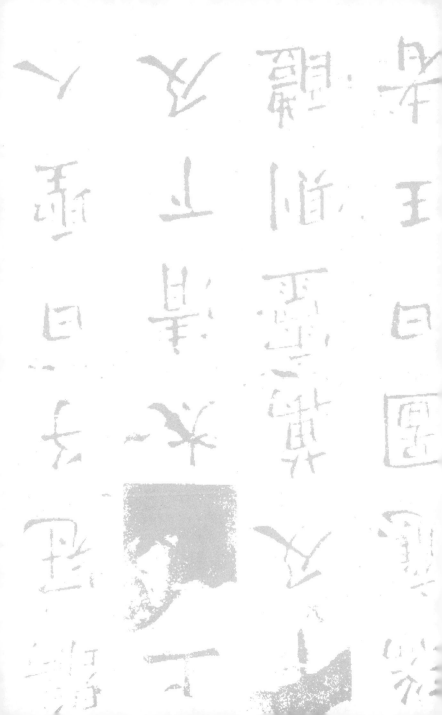

1

세상에서 가장 깨끗한 기운이 머물러야 할 곳에 시커먼 마
기가 넘실대고 있었다. 한 명의 중년승으로 인해서였다.

중년승을 바라보는 노승의 눈에 회한이 서려 있었다.

"효망아… 네 어찌……."

중년승의 전신은 이미 새까맣게 물들어 있었다.

마기의 침습이 골수에까지 이르렀다는 증거였다.

노승은 안타까움이 물든 눈으로 중년승을 바라보다가 천
천히 중년승의 머리 위에 손을 얹었다.

"내가 지옥에 가지 않으면 누가 가랴."

수백 년간 풀리지 않았던 마령의 봉인을 제자인 효망이 풀

줄은 생각지도 못한 일이었다. 선대의 조사들이 목숨을 던져 봉인한 마령이거늘.

그러나 어쨌든 마령의 봉인은 풀렸고, 풀린 마령의 기운이 제자의 몸을 침습했다. 이대로 놔둘 수는 없는 일.

방법은 하나뿐이다. 제자보다 뛰어난 내력을 지닌 사람이 제자의 마기를 뽑아내는 것. 그러나 제자인 효망보다 뛰어난 사람이 얼마나 있을 것인가.

결국 그 일을 할 수 있는 사람은 자신뿐이었다.

노승은 망설이지 않고 마기를 받아들여 자신의 육신 한곳에 뭉치기 시작했다. 뭉친 마기는 나중에 시간을 두고 해소할 생각이었다.

하지만 마령의 기운은 생각보다 더 지독했다. 시간이 지나자 노승의 전신도 새까맣게 물들어갔다.

그리고 어느 순간, 마기가 어느 정도 빠져나가자 중년승이 두 눈을 번쩍 떴다.

두 눈을 뜬 중년승 효망은 자신의 몸에서 마령의 기운을 뽑아내고 있는 스승을 바라보았다.

'누구 말이 옳은지는 모릅니다. 하나 분명한 것은 당신께서 나의 어머니를 죽였다는 것.'

갈등의 눈빛이 떠올랐다. 하지만 그것은 잠깐뿐이었다.

눈의 흰자위 전체가 시커멓게 물든 순간, 그의 손이 들리고, 손가락 끝 마디마다 새카만 연꽃이 피어났다.

다섯 개의 묵련(墨蓮). 전설의 오지묵련화(五指墨蓮花)가!

그렇게 피어난 묵련화가 향한 곳은 노승의 가슴이었다.

손짓에는 조금의 망설임도 없었다.

푹!

묵련화가 스승의 가슴에 깊숙이 꽂혔다. 그제야 효망의 어깨가 보이지 않는 동요를 일으켰다.

'굳이 용서해 달란 말은 하지 않겠습니다. 용서받고 싶지도 않습니다. 모든 것은 제가 지고 갈 업이니……. 지옥타불!'

순간 노승의 눈이 잘게 떨렸다. 움직일 수가 없었다. 운기가 마지막 정점에 이르렀기에.

그런데 하필 가격당한 부위가 마기를 뭉쳐 놓은 곳이다. 설마 알고 친 것인가?

뭉쳐 놓은 마기가 혈맥을 통해 빠르게 퍼져 나간다. 절대 일어나서는 안 될 일이 일어나려 한다.

"효망아……?"

노승의 표정이 거세게 흔들렸다. 믿을 수 없는 일을 당했음에도 그의 표정에는 안타까움뿐이다.

그런 노승을 향해 효망이 말했다.

"저는 이제부터 효망이라는 법명을 버릴 것입니다. 오래전부터 어머니의 죽음을 알고 있었습니다. 그동안 많은 고뇌를 했었지요. 그러니 제가 왜 이런 일을 벌였는지는 아마 저보다 더 잘 아실 터."

절대무변할 것 같던 노승의 얼굴이 경악으로 일그러졌다.

"네, 네가… 어찌……."

중년승은 천천히 몸을 일으키며 노승을 향해 합장을 했다.

"더 이상 소림에 죄를 묻지는 않겠습니다. 하나 그렇다고 해서 모든 것을 용서할 수는 없습니다. 소림은 스스로의 힘으로 오늘의 일을 해결해야 할 것입니다. 그럼……."

노승은 달마동을 나서는 제자의 등을 바라보며 혼신을 다해 입을 열었다.

"안 돼… 너는 그래선 안 된다……."

하지만 돌아서서 나가는 효망의 발길을 붙잡기에는 역부족이었다.

"너는… 잘못 알고……. 끄어억!"

미처 말이 끝나기도 전이었다. 마기가 꿈틀거리며 눈을 뜨기 시작했다.

2

강호에 나와 태산북두라는 소림을 가보고 싶은 것은 누구나 같은 마음이다.

진용도, 정광도, 두충도 그러한 마음은 마찬가지였다. 특히 운아영은 틈만 나면 북쪽에 병풍처럼 둘러서 있는 숭산을, 마치 그곳에 사모하는 사람이라도 있는 것마냥 열기 가득한 눈으로 바라보았다.

그러다 유태청이 진용에게 숭산에 들렀으면 한다는 말을 하자 괴성을 지르며 좋아했다.

그렇게 등봉현을 그냥 지나친 말 머리가 북쪽으로 향하자 유태청이 말했다.

"세상은 소림을 잠자는 늙은 거인이라고 말하지. 하지만 소림은 결코 잠을 자지도, 늙지도 않았다네."

"성승을 만나뵈려 하시는 겁니까?"

"꼭 그 이유만은 아니네. 사람들은 소림에 성승만 있는 듯이 말하지만, 사실 성승은 소림의 일부분일 뿐이야. 아마 가 보면 내 말이 무슨 뜻인지 알게 될 거네."

숭산은 준극봉을 중심으로 동쪽의 태실산과 서쪽의 소실산으로 나뉘어져 동서로 백오십여 리를 뻗어 있었다.

태산북두 소림은 그중 소실산의 깊은 수림에 엎드려 천하를 굽어보고 있었다.

얼마 되지 않아 마차가 소실봉으로 향하는 관도로 들어섰다.

숭산은 삼 리에 사찰이 하나씩 있다 할 정도로 수많은 사찰을 품고 있었다. 그래선지 겨울임에도 넓은 관도에는 지나다니는 사람들이 제법 많았다.

한데 무인들은 그다지 눈에 들어오지가 않았다. 정천무맹이 창설된 이후로 소림의 위상이 많이 쇠퇴했다고 하더니 헛소문만은 아닌 듯했다.

그래도 유태청이 한 말이 있어 진용은 그리 실망하지 않았다.

'가보면 알겠지.'

마차는 소림을 앞두고 넓은 공터에서 멈추어야만 했다.

하마(下馬). 소림에 대한 예의였다.

일행이 마차에서 내리자 두충은 마차를 한쪽에 일렬로 세워놓은 기둥에 고삐를 묶었다. 그리고 보따리를 짊어졌다.

마침내 일행이 소림을 향해 산을 오르자 사람들의 눈길이 진용 일행을 향해 몰렸다.

칼을 찬 노인, 부리부리한 눈을 크게 뜬 도사, 괴상한 지팡이를 옆구리에 꽂은 서생, 남자들보다 훨씬 키가 크고, 큰 키만큼 커다란 검을 멘 여인, 커다란 보따리를 짊어진 청년.

사실 구경거리가 될 만도 했다.

미처 자신들이 구경거리가 될 줄은 몰랐던 일행은 점점 발걸음을 빨리 놀리기 시작했다. 덕분에 경공을 펼치지 않는데도 얼마 되지 않아 소림의 산문 앞에 도착할 수 있었다.

소림의 이대제자로 두 명의 사형제와 산문 앞을 지키고 있던 원정은 저만치서 오인오색의 사람들이 다가오자 눈을 빛냈다.

'전혀 어울리지 않는 일행들이군.'

수많은 사람들이 찾는 소림이었다. 요즘에야 찾아오는 무인들이 뜸하지만 십 년 전만 해도 무인들이 자주 찾아왔었다.

청년승이었던 원정은 그때도 산문을 지키고 있었다. 그래서 잘 안다, 강호에는 조심해야 할 사람들이 있다는 것을. 노인과 아이와 여자가 바로 그들이었다.

그들을 무시하다 큰코다친 사람들이 사형제들 중에도 몇 있었다.

그런 만큼 원정은 다가오는 사람들을 절대 무시하지 않았다. 더구나 노인과 여자가 검을 차지 않았는가 말이다.

원정이 정중하게 물었다.

"어떻게 오셨는지요, 시주 분들."

정광이 제일 먼저 입을 열었다.

"구경하러 왔지."

대부분의 사람들이 그렇지. 그런데 말투가 왜 저래?

원정은 기분이 조금 안 좋았지만 그래도 검을 찬 무인이 섞여 있으니 다시 정중하게 물었다.

"어느 문파에 계신 분들이신지, 혹 본 사에 아는 분이 있으신지요?"

문파? 그런 데 속한 사람은 아무도 없다. 두충이 고개를 갸웃거리며 말했다.

"문파에 속해 있지 않으면 못 들어가는 거유?"

"허허허, 만일의 경우를 생각해 미리 알아두자는 거지요."

'참 덜떨어진 시주구만.'

그때 유태청이 나섰다. 주위에서 쳐다보는 눈길이 부담스러워 빨리 안으로 들어가야겠다는 생각에서였다.

"성승을 만나러 왔네."

원정이 눈을 휘둥그렇게 떴다.

"사조 어르신을 말씀입니까?"

곁에 있던 두 명의 승려도 놀란 눈을 크게 떴다. 사람들이 더 쳐다본다.

유태청은 결국 전음으로 입을 열었다.

"유태청이란 친구가 오랜만에 뵙고자 한다고 전해주게나."

원정은 잠시 그 이름을 생각하는 듯하더니, 갑자기 입을 쩍 벌렸다.

'십절검존 유태청! 이 노인이?'

하지만 그는 입 안에서 맴도는 이름을 뱉어낼 수가 없었다. 유태청이 그의 입을 미리 막아버린 것이다.

"소란스러운 것은 원하지 않네. 그냥 안에 기별만 넣어주게나."

"잠시만 기다려 주십시오, 노시주."

떨리는 음성으로 답한 원정은 사형제들의 의아해하는 눈길도 아랑곳하지 않고 안으로 뛰어들어 갔다.

그리고 얼마 되지 않아 한 명의 중년승이 뛰듯이 밖으로 나왔다.

그는 유태청을 보고는 감격에 겨운 표정으로 반장을 하며 허리를 숙였다.

"효운이 이십이 년 만에 유 노시주를 뵙습니다."

그 광경에 원정의 눈이 커졌다.

원정이 다른 사람이 아닌 효운을 데려온 것은 이유가 있었다. 유태청이라는 노인이 정말 자신이 생각한 그인지, 아니면 이름을 사칭한 사기꾼인지 확인을 해야 장로원에 기별을 넣을 텐데, 마침 사숙인 효운이 한 말이 생각난 것이다.

효운 사숙은 이십이 년 전 자신과 마찬가지로 산문을 지키고 있었는데, 그때 십절검존 유태청을 봤다고 했다.

"참으로 영광이었지."

그런 사숙이 감격에 겨워하고 있다. 눈앞의 노인을 유태청이라 부르며.

진짜로 그였다.

맙소사! 내가 십절검존과 이야기를 나눴다니!

3

당금의 정천무맹을 주도하고 있는 곳은 구대문파와 오대세가였다. 그중 구대문파에서는 무당과 화산이, 오대세가 중에서는 남궁세가와 제갈세가가 가장 큰 힘을 발휘하고 있었다.

처음 정천무맹의 창맹을 주도했던 소림은 이제 잠든 거인에 지나지 않는다 했다. 대부분의 사람들이 그리 말했다.

삼태천 중 하나라는 성승 요공이 있음에도 그 사실은 변하지 않았다. 아니, 어쩌면 그가 있기에 그리되었는지도 몰랐다.

그가 너무 뛰어났기에, 그렇게 뛰어난 그가 달마동에 이십 년째 은거해 있기에 최소한 사람들의 눈에는 그렇게 보였는지도 몰랐다.

소림은 무엇 때문인지 그 사실을 부인하려 하지 않았다. 그리고 정말 잠에 빠져들기라도 한 것마냥 눈을 감고 염불만 외워댔다.

겉으로 보기에는 분명 사람들의 말이 틀리지 않은 듯 보였다.

'하지만 십절검존은 아니라 했다. 보면 알겠지…….'

진용은 맨 뒤에 처진 채 드넓은 경내를 가로지르며 천천히 주위를 둘러보았다.

소림은 조용했다. 제법 많은 향배객들이 오가고 있었지만 들리는 것은 발자국 소리와 향배객들의 염원을 비는 웅얼거림뿐이었다. 앞쪽은 그저 평범한 불사의 모습 그대로였다.

그래도 진용은 실망하지 않았다.

문제는 뒤였다. 불전 너머 저쪽, 숭산의 장중함만큼이나 맑고도 거대한 기운이 가라앉아 있는 곳.

효운을 따라 커다란 불전을 돌아가자 작은 문이 하나 나 있는 붉은 벽돌담이 보였다. 작은 문이 보이자 앞서 가던 정광이 말했다.

"소림에는 일반인이 들어갈 수 없는 곳이 많다고 들었는데… 학승과 무승이 따로 생활한다고도 하고……."

효운이 고개를 돌리고 공손하게 입을 열었다.

"저곳부터는 무승들이 있는 내소림(內少林)입니다, 시주."

"우리도 들어갈 수 있나요?"

운아영이 궁금하다는 표정으로 묻자 효운이 어색한 웃음을 지었다.

"허락을 받지 않고는 누구도 들어갈 수 없습니다, 여시주."

효운은 유난히 '누구도' 라는 말에 힘을 주어 말했다.

안을 보고 싶은 진용은 그 말에 신경이 쓰였다.

"허락만 받으면 된다는 말이군요."

진용의 말에 효운이 여전히 웃음 진 얼굴로 말했다.

"문제는 허락을 받기가 쉽지 않지 않다는 것이네. 장로 이상의 신분을 지닌 분께 허락을 받아내야 하는데, 그분들께서 쉽게 허락을 내어주실 리도 없고……."

그러면서 서생이 무승들이 있는 곳에 뭔 관심이냐는 눈빛으로 진용을 바라보았다. 사실 유태청의 일행이 아니었다면 대꾸도 하지 않았을 그였다.

정광이야 중년의 나이에 도복을 입고 있으니 혹시 몰라 무시할 수 없었고, 운아영은 여인의 몸임에도 엄중한 기세가 사뭇 대단해 보여 예를 갖추었다.

하지만 뒤에 처져서 두리번거리며 따라오는 진용은 아니었다.

깨끗하긴 하지만 평범한 서생복에, 건은 어디로 갔는지 머리를 질끈 동여맨 끈은 무명천이었다. 아무리 잘 봐줘도 낙방서생 정도로 보였다.

저런 자가 어떻게 십절검존하고 함께 다니는 걸까?

문득 자신도 모르게 마음의 한구석에서 의문이 일었다.

그때 유태청이 입을 열었다.

"고 공자를 가로막을 곳이 어디 있겠나?"

효운이 눈을 크게 뜨고 유태청을 바라보았다. 유태청의 말에 숨은 뜻을 짐작한 때문이었다.

그는 가고 싶은 곳은 어느 곳이든 갈 수 있는 사람이다.

진용을 다시 보았다.

자신이 무엇을 못 본 것이지?

여전히 똑같은 차림, 평범한 체구, 유약하지는 않지만 그렇다고 강해 보이지도 않는 기세.

별것은 없어 보이는데…….

그때다. 진용이 고개를 돌렸다. 두 사람의 눈이 마주쳤다.

맑은 눈, 너무 깊어 끝도 보이지 않는 눈.

순간, 효운은 심장이 조여드는 기분이 들었다. 진용의 두 눈은 정체를 알 수 없는 거대함이 잠들어 있는 눈이었다.

머릿속에서 천둥이 울렸다.

효운은 부르르 몸을 떨었다. 오랜 세월 정진했음에도 그는 자신이 평생을 노력하며 깨려 했던, 자신의 고질적인 마음의 벽이 깨어지지 않았다는 것을 깨달은 것이다. 이제는 깨어져 없어졌다 생각했거늘.

이놈! 효운아! 부처가 눈에 보이더냐!

사부이신 요수 대사의 호통 소리가 귀청을 울리는 것만 같았다. 그리고 평생 숙원처럼 깨려 했던 벽에 금이 가는 소리가 들렸다.

"아미타불…….."

이십여 장을 더 가자 네 채의 불전이 나왔다.

그곳부터는 간간이 무승들도 보였다. 비록 손에 든 것은 염주뿐이었지만 진용은 그들의 전신에 깃든 내력이 대단함을 느낄 수 있었다. 하지만 어느 누구도 효운의 앞을 가로막는 사람은 없었다.

이미 진용 일행에 대한 것을 알고 있기라도 한 것마냥.

네 채의 불전 중 보광전이라 쓰인 불전을 돌아가자 다시 담이 나오고 작은 문이 하나 나왔다. 그 안에는 그리 크지 않은 건물이 하나 서 있었다.

묘하게도 주위를 둘러싼 불전들이 그 건물을 가리고 있어, 만일 누군가가 막는다면 접근이 불가능한 곳이었다.

그곳이 바로 소림의 방장실이었다.

방장실을 바라보는 진용의 눈 깊은 곳에서 놀란 눈빛이 순간적으로 떠올랐다가 사라졌다.

몸을 숨긴 채 경계하는 사람들은 없었다. 그럼에도 주위의 기운은 방장실을 중심으로 나선형으로 휘돌고 있었다.

효운 스님의 안내가 아니었다면 설령 자신이나 유태청이라 해도 쉽게 들어오지 못했을 거라는 생각이 들었다.

'과연 대소림!'

하긴 오죽하면 수많은 사마외도들이 몰래 소림의 방장을 해하려 왔다가 지금껏 단 한 차례도 성공하지 못했을까.

그 생각을 하니 새삼 소림이 다시 보였다.

효운이 무거운 표정으로 다가가자 건물에서 나오던 어린 사미승 하나가 효운을 향해 고개를 숙였다.

"효운 사숙을 뵙습니다."

효운은 가볍게 고개를 끄덕여 주고는 안을 향해 입을 열었
다.

"장문인, 유 노시주님을 모시고 왔사옵니다."

창노한 목소리가 바로 들려왔다.

"모시고 들어오도록 하거라."

효운은 유태청을 향해 반장을 하며 깊게 허리를 숙였다.

"들어가시지요, 노시주."

"수고하셨네."

유태청은 효운에게 가볍게 고개를 끄덕이고는 진용을 돌
아보았다.

"들어가세."

"예, 노선배님."

진용은 대답을 하면서도 조금 의외라는 생각이 들었다.

아무리 소림의 방장이라 해도 십절검존의 방문을 앉아서
맞다니. 안에 누가 있는 것이 느껴지지만 그렇다고 해도 이해
할 수 없는 일이었다. 십절검존의 이름에는 그만한 무게가 있
는 것이다.

안에는 다섯 사람이 서 있었다. 세 사람은 나이가 육십이
넘어 보이는 소림의 장로들이었고, 두 사람은 오십이 넘어 보
이는 초로의 속인들이었다.

뭔가 회의를 하고 있었던 듯했다.

'그래서 나와 보지 못한 것인가?'

유태청을 필두로 진용 일행이 안으로 들어가자 다섯 사람의 눈길이 일제히 진용 일행을 향했다.

그중 붉은 가사를 입은 노승이 유태청을 향해 반장을 취했다.

"아미타불. 유 시주를 다시 뵙게 되다니, 부처의 가호에 감사드릴 따름이오이다."

유태청은 소림의 장문인인 요료의 인사에 마주 고개를 숙였다.

"오랜만이오, 장문인. 그리고 두 분 장로도 오랜만이외다."

천천히 고개를 든 유태청은 두 명의 속인을 바라보았다.

"손님이 계실 줄은 미처 몰랐구려."

유태청이 바라보자 두 명의 초로인은 공손히 포권을 취하며 인사를 했다.

"삼가 황보가의 황보염이 십절검존 유 선배를 뵈오이다."

"강녕하셨습니까, 유 선배."

황보염은 황보세가의 장로로 전대 가주인 황보청의 동생이었다. 유태청은 황보염의 이름을 듣고서야 그가 이십수 년 전 황보청의 오십 회 생일 때 만난 적이 있는 자임을 알아보았다.

그리고 다른 한 사람은 그가 익히 알고 있는 사람이었다.

백호수사(白虎修士) 여정. 세인들은 그를 그저 황보가의 군사 정도로 평가한다. 하지만 유태청은 그의 능력을 알고 있는 몇 안 되는 사람 중 하나였다.

　그는 머리도 좋지만 무공은 더욱 뛰어난 사람이었다. 황보청이 당시 삼십대에 불과했던 그에게 자신의 아들을 믿고 맡길 정도로.

　"정말 오랜만이군. 한데 황보가의 책임을 지고 있는 사람들을 소림에서 보게 되다니, 황보가에 무슨 문제라도 있는 건가?"

　황보염이 여정을 바라보았다. 여정이 조용한 목소리로 입을 열었다.

　"소림과 본 가의 관계가 어디 하루 이틀이겠습니까?"

　유태청은 고개를 끄덕였다.

　그건 그랬다. 소림과 황보가는 거리가 가까운 만큼 돈독한 관계를 맺고 있었다. 비록 지금 보이는 모습이 그런 단순한 것은 아닌 듯했지만, 유태청은 더 이상 신경을 쓰지 않았다.

　때마침 조금 전에 보았던 사미승이 찻잔을 들고 안으로 들어왔다.

　그제야 요료가 유태청에게 자리를 권했다.

　모두가 자리에 앉자 여정이 유태청에게 물었다.

　"하온데 유 선배님께선 어인 일로……?"

유태청은 순순히 그 물음에 답해줬다.

"성승을 만나러 왔네."

여정의 눈에 놀람이 가득했다. 유태청은 여정의 표정은 아랑곳하지 않고 요료를 바라보았다.

"장문인, 성승을 만날 수 있겠소?"

"아미타불. 허허허, 유 시주의 청을 어찌 거절할 수 있으리오마는 사형께서 달마동에 들어 계신지라……."

"이미 이십 년 폐관은 끝난 것으로 알고 있소만."

"들고나는 것은 사형의 뜻. 우매한 빈승은 그저 사형의 뜻에 따를 뿐이외다."

"음……."

나오지 않겠다면 어쩔 도리가 없다. 그렇다고 그냥 물러설 수도 없는 일.

"그럼 내 말 하나만 전해주겠소?"

"말씀하시지요."

"공야무릉이 세상에 나왔다는 말을 전해줬으면 하오."

진용의 얼굴에 의외라는 표정이 떠올랐다.

명옥(冥獄)의 주인. 유태청과 비슷한 고수. 그것만으로도 놀랄 일이었거늘, 그가 성승과도 관계가 있단 말 같지 않은가.

다섯 사람 중에서도 그 이름을 알아들은 사람이 있었다.

"공야무릉이라면… 그 천혈교라는 곳에서 보낸 배첩에 쓰인 이름이 아닙니까?"

여정이었다. 그는 의혹이 가득한 표정으로 유태청을 바라보며 물었다.

"맞네."

"유 선배께서 그 이름에 신경을 썼을 때는 그만한 이유가 있음이겠군요."

"그도 맞네. 그는 충분히 내가 신경을 쓸 만한 사람이지."

여정이 놀란 눈빛을 빠르게 굴리고 있는 사이 조용히 있던 노승 하나가 참지 못하고 입을 열었다.

"아미타불, 그의 이름이 요공 사형을 불러낼 수 있을 정돈지요?"

"요양……."

요료가 책망하는 눈빛으로 자신의 사제인 요양을 바라보았다. 그러나 이미 뱉어진 말을 주워 담을 수는 없는 일.

그때 유태청이 나직한 음성으로 말했다.

"어쩌면 나올 것이오."

'세상의 모든 것을 해탈할 정도의 깨달음을 얻었다면 모를까…….'

사람들이 놀란 눈으로 유태청을 바라보았다. 무엇이 저런 확신을 심어주는 것인지 궁금해하는 눈빛으로.

"그가 바로 명옥의 주인이오, 장문인."

단순한 전음 한마디에 요료는 경악하며 떨리는 목소리로

불호를 외웠다.

"아.미.타.불. 그가……?"

십절검존의 말이었다. 믿지 않을 도리가 없었다.

요료가 격동하자 모두가 입을 닫았다. 한편으로는 공야무릉이라는 이름이 더욱더 가슴에 다가왔다.

잠시 후, 요료가 자리에서 일어났다.

"따라오시지요, 유 시주. 그분의 마음이 움직일지는 모르겠으나 일단 찾아뵐까 하오이다."

그러고는 황보가의 두 사람을 향해 말했다.

"두 분께서는 돌아가셔서 가주의 말을 잘 알아들었다 전해 주시오."

명백한 축객령이었다. 그럼에도 두 사람은 불만을 표할 수 없었다.

일의 경과를 볼 수 없어 아쉽기는 했지만 그렇다고 천불성 승과 십절검존 사이의 일에 끼어들어 가타부타 할 정도로 어리석지는 않았다.

"장문인의 말씀, 허락으로 알아듣고 그대로 전하겠습니다. 그럼."

여정이 일어서자 황보염도 일어섰다.

두 사람이 나가자 요료는 진용 일행에게 고개를 돌렸다.

"네 분 시주께서도 잠시 객사에서 기다려 주시구려."

그러자 유태청이 말했다.

"고 공자만 나를 따라오도록 하고, 세 사람은 장문인의 말씀에 따르도록 하게나."

정광이 요료를 힐끔 쳐다보고는 고개를 끄덕였다.

"그러죠, 뭐. 가봐야 재미도 없을 것 같은데 우리는 그저 부처님하고 눈싸움이나 하고 있겠소이다."

요료가 의외라는 눈으로 유태청을 바라보았다. 유태청의 체면을 생각해 모두 안으로 들였지만 도복을 입은 도사를 제외하면 덩치 큰 여아가 조금 대단하단 생각이 들었을 뿐이다.

한데 아예 마음에도 두지 않았던 서생을 남으라 하자 의아하지 않을 수 없었다. 문제는 그마저도 허락하기가 어렵다는 것.

"유 시주……?"

"이유가 있음이니 이해해 주시구려. 어차피 달마동 안에 들어가는 것은 아니지 않겠소?"

유태청이 저리 말할 때는 그만한 이유가 있을 터. 더구나 그의 말대로 안으로 들어가지 않을 테니 사실 크게 문제될 것은 없었다. 어렵긴 하지만 절대 불가 또한 아닌 일.

요료가 진용에게 말했다.

"번거로운 일이 생기지 않게 주의해 주시게. 달마동을 지키는 호법승에게는 빈승의 명도 통하지 않는다네."

함부로 행동하지 말란 말.

"그리하지요."

조용한 대답. 그제야 요료는 뭔가 이상함을 느꼈다.

이곳이 어딘가. 대소림의 장문인이 머무는 방장실이 아니던가. 이곳에 들어오는 것만으로도 격동을 하는 게 일반적인 반응이었다.

한데 너무 고요하다. 더구나 장문인인 자신을 대하는 태도도 한 점 흔들림이 없다. 말투로 봐서 십절검존 유태청의 제자는 아닌 듯 보이거늘.

'허, 대체 저 젊은이가 누구기에⋯⋯?'

잠시 잠깐이었지만 요료가 진용에게 관심을 가지자 유태청의 입꼬리가 슬며시 올라갔다.

'허허허, 그 정도로 놀라기는⋯⋯.'

요료와 요양, 요선이 앞장서고 유태청과 진용이 뒤를 따랐다.

장문인이 움직이자 주위를 어슬렁거리던 네 명의 중년승이 자연스럽게 합류하더니 앞뒤로 호위를 맡았다.

진용은 유태청의 전음으로 그들이 소림의 자랑이라는 십팔나한 중 네 명이라는 것을 알 수 있었다.

가벼운 발걸음, 엄정한 기세. 이름 모를 계곡에서 싸웠던 삼존맹의 살귀들에 비해 그리 떨어지지 않는 고수들이다. 저들 하나하나가 저러할진대 열여덟 명이 모여 시전한다는 십팔나한진은 또 어떠할 건가.

'과연 소림!'

진용은 감탄하지 않을 수가 없었다.

―소림은 잠을 자지도 늙지도 않았다네.

유태청이 결코 빈말을 하지는 않은 듯했다.

그렇게 오 리를 산길을 타고 올라가자 거대한 암벽군들이 나타나기 시작했다. 길은 가파르고 험하기 그지없었다.

유태청이 진용에게 나직이 말했다.

"저곳이 오유봉이네."

달마동이 오유봉의 정상 아래에 있다 했던가?

반 각을 더 올라갔다. 끝도 보이지 않는 암벽은 구름을 뚫고 하늘로 솟구치고 있었다. 엄청난 장관에 진용은 자신이 무척 왜소하다는 생각이 들었다.

하지만 미처 그 느낌을 정리할 시간도 없었다. 가파른 길의 끝에서 갑자기 파란 대나무 잎이 살랑거리는 죽림이 나타난 것이다.

죽림 사이로는 좁은 오솔길이 나 있었다. 오직 그 오솔길을 통해서만이 안으로 들어갈 수 있었다. 요료와 소림의 노승들이 걸음을 멈춘 것은 바로 그 오솔길 앞에서였다.

걸음을 멈춘 요료가 죽림 안을 향해 입을 열었다.

"소림의 요료가 삼가 요공 사형을 뵙고자 하오이다."

쏴아아아……

바람이 스치자 대나무 잎이 스산한 소리를 내며 한쪽으로 몰렸다.

안에서는 아무런 대답도 들려오지 않았다.

진용의 이마에 깊은 골이 생겼다.

'죽음의 기운. 왜지?'

죽림 안에 산 자의 기운은 없다. 있다면 오직 죽은 자의 기운뿐! 그런데도 요료는 마치 죽림 안에 누군가가 있다는 듯 입을 열고 있다. 이유는 하나다.

―요료는 죽은 자가 살아 있다고 믿고 있다!

진용이 옆에 있는 요양에게 물었다.

"죽림 안에 누가 있어야 합니까?"

요양은 눈살을 가볍게 찌푸렸지만 고승답게 곧 정상을 되찾고 진용의 물음에 답했다.

"안에는 수호법승인 빈승의 사제들이 있네."

"혹시 두 분이셨습니까?"

"둘이 아니라 셋이네… 만……?'

요양은 대답을 하다 말고 의아한 눈빛으로 진용을 돌아보았다.

'그게 무슨 상관인가?' 하는 눈빛이다.

진용이 굳은 눈으로 죽림을 바라보며 말했다.

"들어가 보셔야 할 것 같군요. 두 사람이 죽어 있습니다."

일 장 앞에 있던 요료가 홱 고개를 돌려 진용을 바라보았다. 노한 눈에는, '감히 그대가 소림을 능멸하려는 건가?' 하는 뜻이 담겨 있다.

유태청이 한 걸음 앞으로 나섰다.

"고 공자가 그리 느꼈다면 들어가 봐야 할 것 같군."

요료가 유태청을 보며 굳은 눈으로 말했다.

"안에 있는 사람들이 누군지 유 시주는 아시지 않습니까?"

유태청이 말했다.

"나도 죽을 뻔했다가 겨우 살아났네."

다른 말이 필요없었다. 그 말에 오십 년 정진을 한 요료의 눈이 가늘게 떨렸다.

'십절검존이 죽을 뻔했다가 살아났다니, 그게 무슨 말?'

그때 눈을 반쯤 감고 주위의 기운을 탐지하고 있던 진용이 눈을 번쩍 떴다. 세르탄이 입을 연 것이다.

'시르, 저 안에 죽은 인간들은 죽은 지 얼마 되지 않았어. 아직 혼령이 완전히 육신을 벗어나지 않은 것 같거든.'

세르탄의 말이 뜻하는 말은 하나였다. 눈앞에서 벌어지는 일이 아직은 진행형이라는 말이다.

"혹시 성승께서 저 앞에 계십니까?"

"그건 아니네. 달마동까지는 아직 더 들어가야 하네. 이곳은 관문일 뿐……."

요료의 말을 끊으며 진용이 다급히 말했다.

"일이 벌어진 지 얼마 되지 않았습니다. 혹시 모르니 서둘러야 할 것 같습니다. 성승께서 앞에 계시지 않는다면 아직 상황은 끝난 것이 아닙니다."

그 말은 뇌성벽력이었다.

요료는 진용의 말을 완전히 믿지는 않았다. 그러나 유태청이 옹호하고 안에서는 대답이 없다. 더 이상 망설일 수가 없었다.

"나한은 안으로 들어가라! 요양, 요선! 안으로 들어간다!"

네 명의 나한승은 말이 떨어지기 무섭게 안으로 미끄러져 들어갔다. 그 뒤를 따라 요양과 요선이 움직였다.

요료는 유태청과 진용을 번갈아 보고는 천천히 고개를 끄덕였다.

"들어와도 됩니다만, 제 말이 떨어지기 전까지는 나서지 마시기 바랍니다."

소림의 일. 그것도 소림 최고의 금지 안에서 벌어지는 일이다. 외부인을 들이는 것만으로도 요료는 자신의 재량을 모두 내놓았다 할 수 있었다.

유태청과 진용이 고개를 끄덕이며 답하자 요료가 한 걸음에 오 장을 미끄러져 들어갔다.

진용이 따라 들어가려는데 먼저 안으로 들어간 사람 중 누군가가 떨리는 음성으로 불호를 외우는 소리가 들렸다.

"아.미.타.불……. 요근 사숙과 요안 사숙께서 열반에 드셨습니다, 장문인."

요료의 신형이 일직선으로 죽 뻗어 날아갔다. 진용은 유태청과 함께 그 뒤를 따라 신형을 날렸다.

죽림의 오솔길은 삼십 장이나 되었다. 하지만 마지막 오 장은 평지로 변해 있었다. 대나무는 물론이고 바위조차 남아 있는 것이 없었다.

쪼개진 대나무들이 가루처럼 부서져 수북이 쌓여 있는 곳, 그곳에는 두 명의 노승이 엎어져 있었다. 이미 숨이 끊어진 채.

네 명의 나한승은 버릇처럼 네 방위를 선점한 채 사방을 쓸어 보고, 요양과 요선은 침통한 표정으로 두 노승의 전신을 살펴보고 있었다.

"아미타불, 관세음보살. 오! 맙소사! 어찌 이런 일이! 한데 요경은?"

죽림을 지키는 사람은 셋. 그중 둘이 죽고 하나가 사라졌다.

요료의 얼굴에 근엄한 표정은 사라지고 없었다. 경악과 분노의 표정만이 남아 있을 뿐이었다.

그는 그 와중에도 재빨리 명을 내렸다.

"두 명의 나한은 이곳에 남아 두 사제의 법신을 지켜라! 나머지 둘과 두 사제는 나를 따라 달마동으로 간다!"

일은 이미 벌어진 상황. 요료의 결정은 정확하고도 신속했다.

요료가 먼저 신형을 날렸다. 그만큼 그는 마음이 급했다.

이번에는 오고 감을 정하지 않았는지라 진용은 지체없이 그 뒤를 따랐다.

달마동은 암벽 사이로 난 길을 따라 백여 장을 더 올라가야 했다.

전력을 다해 달마동 앞에 도착한 사람들 눈에 보인 것은 부서진 석문과 쓰러져 있는 한 사람의 노승뿐이었다.

요료가 쓰러져 있는 노승을 보고 소리쳤다.

"요경!"

그가 바로 죽림에 있어야 할 요경이었다.

요료를 앞질러 요선이 요경에게 다가갔다. 그는 요경의 혈맥을 짚어보고는 천천히 고개를 저었다.

"이미… 늦었습니다."

한데 곤혹한 표정이다. 그는 요경의 가슴을 한차례 더 바라보고는 벌려진 옷자락을 덮으며 요료에게 전음으로 자신의 곤혹한 마음을 전했다.

"보리무상공에 당했습니다, 장문인."

요료의 몸이 폭풍을 만난 듯 거세게 떨렸다.

보리무상공이라니! 그게 무슨 말인가!

"분명하더냐?"

"입가에 희미한 웃음이 떠올라 있는데, 혈맥이 심장 부위부터 굳었습니다. 그리고 믿을 수 없게도 무상연화지(無常蓮花指)의 흔적이 있습니다."

요선은 백의전주였다. 의술에 관해선 약왕당주에 뒤처지지만 무공의 흔적을 알아내는 데는 가장 뛰어난 사람이 바로 그였다.

요료는 급히 요선의 옆으로 다가갔다. 요선이 살짝 가슴의 옷자락을 들쳐 보여줬다. 그곳에는 다섯 개의 손가락 자국이 붉은 연화 문양처럼 찍혀 있었다.

분명히 무상연화지였다. 보리무상공을 익혀야만 펼칠 수 있다는 소림의 최고 절예 중 하나.

요료는 놀람을 가라앉히려 애쓰며 석문이 부서진 달마동을 바라보았다. 그 앞에는 두 명의 나한이 자신의 명을 기다리며 서 있었다.

'보리무상공을 익힌 사람은 본 사에 셋뿐이다. 나와 각은 사숙… 그리고 요공 사형. 대체……'

그때 문득 든 생각에 요료는 주위를 둘러보았다.

"효망은 어디 있느냐?"

그제야 나한과 요 자 배의 두 노승은 주위를 살펴보았다.

효망은 단 하나뿐인 요공의 제자다. 오직 요공의 수발을 드는 그만이 달마동을 자유롭게 드나들고 있었다.

한데 없다, 지금 이 시간에는 반드시 있어야 할 그가.

그럼 그도 죽었단 말인가?

"조사께 죄를 짓는 한이 있더라도 안으로 들어간다. 나머지는 밖에서 지키도록 하라!"

요료가 지그시 입술을 깨물며 명을 내리고는 천천히 달마동 안으로 걸음을 옮겼다. 그 즉시 두 명의 나한이 요료가 들어간 달마동 앞을 가로막았다. 요양과 요선은 요경의 시신을 한쪽으로 옮겨놓고는 석상처럼 굳은 채 달마동의 입구를 바라보았다.

정적이 오유봉의 거암보다 더 무겁게 내려앉았다. 누구도 입을 열지 않았다. 모두의 마음은 이미 달마동 안에 있었다. 대체 저 안에서 무슨 일이 벌어진 것일까?

한편, 진용은 조금 전부터 뒷머리가 묵직해짐을 느꼈다. 달마동에 가까워질수록 점점 더 그 느낌이 강해졌다. 세르탄이 뭔가를 느끼고 격동하고 있음이 분명했다.

'세르탄, 무슨 일이야?'

세르탄이 대답을 하지 않았다.

'세르탄? 대답 안 할 거야?'

두 번째 부르자 그제야 들릴 듯 말 듯 나직이 떨리는 목소리로 대답을 했다.

'마기…… 원초적 마령…….'

'뭐?'

그때였다.

쾅!

달마동 안에서 굉음이 들려왔다.

두 명의 나한승이 고개를 돌린 사이 요양과 요선이 안으로 뛰어들었다. 상황이 상황인 만큼 두 사람의 진입이 어쩔 수 없다는 태도였다.

그러나 유태청과 진용이 달마동 앞으로 다가가자 즉시 앞을 가로막았다.

"두 분은 안 됩니다."

그 이유를 모르지는 않는다. 그러나 머릿속에서 세르탄이 소리치자 진용은 앞으로 나서지 않을 수가 없었다.

'시르, 봉인된 마령이 풀려났어. 위험해, 들어가지 마!'

"안에 계신 분들이 위험합니다!"

"그래도 안 되오."

단호한 음성에는 목숨을 초월한 의지가 담겨 있었다.

상황이 대립각을 이루자 유태청이 나섰다.

"왜 그런가?"

"달마동 안에 혹시 봉인된 뭔가가 있지 않습니까?"

나한승들이 의혹에 찬 표정으로 진용을 노려보았다.

"그런 말은 들은 적이 없소. 공연한 말로 본 사를 능멸하지 마시오."

하지만 유태청은 심각한 얼굴로 생각에 잠기더니 고개를 천천히 끄덕였다.

"예전에 요공에게 들은 말이 하나 있네. 달마동을 가리킨 말은 아니었네만, 마왕의 혼이 잠들어 있는데 언제 깨어날지 몰라 불안하다는 그런 말이었지. 장난으로 한 말은 아니었지 싶은데……."

진용은 달마동의 깊은 곳을 응시했다. 머릿속의 세르탄은 계속 떠들어대고 있었다.

'들어가지 마! 아직 몸도 완전하지 않잖아!'

'떠들지 말고 방법이나 생각해 봐!'

'위험하다니까……'

세르탄이 조용해지자 진용은 내력을 끌어올리며 나직이 말했다.

"그게 풀린 것 같습니다. 늦으면 모두 죽습니다."

화르르르!

갑자기 주위의 대기를 떨어 울리는 강맹한 기운이 진용의 몸에서 뿜어지자 두 나한승의 눈이 경악으로 크게 뜨였다.

"소림의 고승 세 분의 주검을 보고 싶습니까? 아니라면 비켜주시지요."

경악으로 크게 뜨인 눈이 거세게 흔들렸다.

두 나한승은 이를 악물고 그래도 어쩔 수 없다는 듯 비켜서지 않았다. 그렇다고 죽이고 들어갈 수도 없는 일. 진용이 마지막 패를 꺼냈다.

"천자의 명이 내려져도 비키지 않겠단 말인가!"

"무슨……?"

"본인은 천자의 명을 이행하는 수천호령사, 본인의 말은 곧 천자의 의지요, 본인의 행동은 곧 천자의 행동이다! 소림이 감히 천자의 명에 반하겠다는 말인가!"

찢어질 듯 부릅떠진 나한승의 눈이 진용의 손으로 향했다. 눈높이로 쳐든 진용의 커다란 손에는 수천호령금패가 들려 있었다.

수천호령사가 무엇인지는 모른다. 그러나 한 가지만은 안다. 천자의 명을 거역함은 곧 반역이다! 그걸 모르지 않는 나한승으로선 방법이 없었다.

마침 유태청이 진용의 말을 거들었다.

"소림은 고 공자를 막아서는 안 되네. 소림이 잘못되는 것을 바라지는 않겠지?"

쿠구궁!

달마동 안에서 나는 굉음은 더욱 거세지고 있었다. 언뜻 신음 소리가 들리는 듯도 했다.

진용은 거침없이 앞으로 나아갔다. 막으면 부수고라도 들어갈 기세였다. 더구나 진용의 기세에는 결코 두 나한승이 막아낼 수 없는 거대함이 담겨 있었다.

"아미… 타불……. 들어가시오."

끝내 나한승이 한쪽으로 물러섰다.

순간 진용의 신형이 사라졌다. 뒤이어 유태청의 신형도 달마동 안으로 빨려 들어갔다.

이십여 장을 들어가자 야광주가 천장에 박혀 빛을 발하는 제법 넓은 광장이 나왔다. 그곳에서 세 명의 노승이 시커먼 기류에 휩싸인 중년승의 공격을 막아내고 있었다.

　야광주 빛이 밝지는 않아도 진용에게 그 정도면 대낮과도 같았다.

　진용은 재빨리 상황을 살펴보았다.

　요료는 이미 입가에 진한 피를 흘린 채 얼굴이 일그러져 있고, 요양과 요선도 비틀거리며 안간힘으로 중년승의 공격을 막아내고 있었다.

　한수한수에 거대한 힘이 실린 공격은 이미 부상을 당한 세 사람이 막아내기에는 역부족이었다.

　요료는 후회가 막심했다. 하지만 때늦은 후회였다.

　처음부터 조심했다면 결코 이리되지 않았을 상황이다.

　누워 있는 중년승이 사형인 요공인 것을 알고 놀라지 않을 수 없었다. 정신없이 다가갔다. 그 바람에 눈을 뜬 요공의 일장에 노출되어야만 했다. 그 결과, 단 한 수에 치명적인 부상을 당한 것이다.

　요양과 요선도 상대가 요공인 것을 알고 손속을 늦췄다가 기선을 놓치고 말았다. 전력을 다해도 모자랄 상대에게 여유를 부린 덕분에 두 사람은 마기의 침습으로 내상을 입은 상태였다.

그리고 지금은 모든 것이 절망적인 상황이었다.

요양은 자신에게 다가오는 거대한 손바닥을 바라보며 이를 악물었다. 금강미타공(金剛彌陀功)을 끌어올린 손이 파르르 떨렸다.

이미 두 번 부딪쳐 본 손이었다. 그 두 번에 자신의 내력이 반은 무너졌다. 이제 다시 부딪친다면 삶도 보장할 수 없었다.

그래도 하는 수 없었다. 자신의 목숨을 내놓아 사형의 정신을 되돌릴 수만 있다면!

"사형! 정신을 차리시오!"

콰광!

요양과 요공의 묵빛 장력이 정면으로 부딪친 순간, 요양의 신형이 뒤로 튕겨지며 훌훌 날아갔다.

상상을 초월한 고통에 정신이 아득해졌다. 훌훌 날아가는 중에도 가슴이 타 들어가는 고통에 입을 쩍 벌렸다.

한데 그 순간, 요양은 자신의 옆으로 뭔가가 빠르게 스쳐가는 것을 느꼈다. 그것은 뇌전이었다.

진용은 요양이 튕겨지자 기회라 생각했다. 한 번 공격을 펼친 이상 찰나의 틈이 생기리라 생각한 것이다.

아니나 다를까, 중년승은 요양을 공격하고는 뒤에서 달려드는 요선을 향해 몸을 틀었다. 그러다 진용과 유태청이 다가

가자 고개를 돌렸다.

아주 잠깐의 멈칫거림! 기회였다!

진용의 두 손에 모아져 있던 뇌전이 중년승을 향해 벼락처럼 튕겨진 것은 그때였다.

시퍼런 뇌전이 대기를 찢어발기며 요공을 향해 짓쳐들었다.

요공이 얼떨결에 손을 들어 한 손으로는 요선의 공격을 막고 다른 한 손으로는 진용의 뇌전을 후려쳤다.

쩌저적! 콰앙!

달마동을 뒤흔드는 굉음!

묵기에 휩싸인 요공의 신형이 뒤로 날아갔다.

진용도 요공을 향해 신형을 날렸다. 전력을 다한 풍혼은 삼장의 거리를 눈 깜짝할 사이에 좁혔다.

진용의 커다란 두 손이 허공을 터뜨릴 듯이 움켜쥐었다. 요공이 마주 손을 뻗었다.

쾅!

주르륵, 진용과 요공이 동시에 일 장을 물러섰다.

그제야 요료가 놀라 소리쳤다.

"그대가 왜 이곳에……?"

지금 그따위 것을 따져야 할 땐가?

진용은 요료의 물음에는 대답을 하지 않고 모든 내력을 끌어올리며 요공을 바라보았다. 그때 유태청이 천유를 떨치는 것이 보였다.

"요공! 정신을 차리게!"

하얀 검강이 요공을 향해 일직선으로 뻗었다. 하지만 유태청의 공력이 예전 같지 않음을 잘 아는 진용은 걱정이 되지 않을 수가 없었다.

"조심하세요!"

떠덩!

유태청의 검강과 요공의 묵빛 강기가 정면으로 부딪쳤다. 유태청의 신형이 뒤로 이 장여 밀려났다. 야광주에 비친 안색도 창백하게 변해 있었다.

역시 생각대로다. 유태청은 예전의 십절검존이 아니었다.

"물러서세요! 제가 상대하겠습니다!"

진용은 이미 자신이 끌어낼 수 있는 모든 힘을 끌어낸 상태였다.

완전치 않은 몸으로 끌어낼 수 있는 힘은 구성에 불과했다. 그 정도면 여러 차례의 격전으로 충격을 받은 상대와 비슷한 힘이라 할 수 있었다.

하지만 방법이 꼭 그거 하나만은 아니었다.

진용은 자신을 마치 평생의 적인 양 노려보는 요공을 향해 다가갔다.

"당신이 성승 요공입니까?!"

달마동의 공기가 파르르 떨리며 진용과 요공 사이의 대기가 일그러졌다. 절대음의 능력!

요공을 둘러싸고 있던 묵기가 거세게 요동쳤다.

"소림의 제자 요공이 맞습니까?!"

두 번째 펼쳐진 절대음에 요공의 얼굴이 일그러졌다.

"소…… 림……? 나는…….”

묵기가 광란을 일으키며 불꽃처럼 솟구쳤다.

"당신은! 소림의 제자! 요공이 맞지요!"

콰아아아!

광란을 일으키며 넘실대던 묵기가 마치 살아 있는 것마냥 괴이한 소리를 내며 꿈틀댔다.

"나는…… 요공…….”

"나무아미타불! 관세음보살! 당신은 부처를 잊으셨습니까?"

진용은 불호에 절대음을 담아 요공을 향해 쏘아 보냈다.

순간, 요공이 벌벌 떨더니 머리를 움켜쥐었다.

진용의 이마에도 땀방울이 맺혔다.

머릿속에서는 세르탄이 어이가 없다는 듯 중얼거리고 있었다.

'세상에! 절대음을 그런 식으로 쓰다니!'

이제 끝을 내야 할 때다.

진용은 무명의 무공 중 네 번째 초식을 떠올렸다.

다름이 아니었다. 다섯 번째 초식, 그것은 상대의 기를 흐트러뜨리는 성질을 가지고 있기 때문이었다. 아직 완성하지는 못했지만 크게 상관은 없었다. 그 본질만 이용하면 될 터였다.

진용의 오른손이 하늘로 향했다. 왼손은 땅을 향했다.

하늘과 땅을 가리킨 손이 한 바퀴 휘저어졌다. 건과 곤이 뒤바뀌었다. 대기가 뒤틀리며 야광주에서 뿌려지던 빛조차 뒤틀렸다.

건곤미기(乾坤彌氣)!

진용은 그 무공에 건곤미기라는 이름을 붙였다.

하늘과 땅의 기운을 뒤집어서 흐트러뜨려 나의 기로 만든다.

건곤흡정진혼결을 익힌 진용에겐 가장 어울리는 무공이었다.

"요! 공!"

기합 대신 절대음이 진용의 입에서 터져 나왔다.

동시에 두 손이 다시 거꾸로 건과 곤을 뒤집었다.

"크어어어……."

요공의 두 눈이 뒤집어졌다. 요공이 흔들리자 그를 감싸고 있던 묵기가 더 이상 견디지 못하고 요공의 몸속으로 숨어들기 위해 발악을 했다.

순간 진용의 신형이 앞으로 쏘아졌다.

뒤틀린 대기를 한껏 움켜쥐고 있던 양손이 요공의 가슴을 향해 뻗어갔다. 한데 그때였다.

"안 돼!"

갑자기 요료가 몸을 날리며 진용에게 일장을 휘둘렀다.

'이런!'

그대로 요공의 가슴을 치면 모든 것이 끝이었다. 금강불괴라 하여도 견딜 수 없을 것이다. 건곤천단심법의 강맹한 기운이 서린 진용의 손을 무엇이 견딘단 말인가.

더구나 요공은 마기가 흐트러진 상태가 아닌가 말이다!

하지만 대신 자신의 옆구리를 요료의 대금강수에 내줘야 했다. 그럴 순 없었다.

진용은 오른손을 뻗어 요료의 장력을 막고 왼손만으로 요공의 가슴을 때렸다.

쾅! 콰광!

두 마디 굉음이 일고 세 사람이 동시에 튕겨졌다.

홀홀 날아가는 요공, 비칠거리며 연신 뒤로 물러서는 요료.

진용은 그 두 사람을 보며 세 걸음을 물러섰다.

울컥! 핏물이 목구멍을 타고 입 밖으로 쏟아졌다. 요료의 대금강수를 막기 위해 무리를 한 대가였다.

'젠장! 차라리 똑같이 힘을 나눴어야 하는데.'

요공을 처리할 욕심으로 사 할의 힘만을 썼다. 그 바람에 혈맥이 터져 나간 것이다. 진용은 요료를 바라보며 냉랭히 말했다.

"성승의 몸은 이미 성승의 것이 아닙니다. 마기를 제압하지 못하면 모두가 죽는다는 것을 모른단 말입니까?"

요료도 뒤늦게 자신의 실책을 느끼고 입을 다물었다. 요공이 죽는 것을 볼 수 없어 엉겁결에 손을 썼지만, 그라고 해서 모르는 바는 아니었다.

'이미 사형은 사형이 아니다. 차라리 그냥 놔두었던 게 나았을지도…….'

하지만 일은 거기에서 끝난 것이 아니었다.

'시르! 놈이 움직인다!'

"조심하게!"

세르탄과 유태청이 동시에 소리쳤다.

오른쪽 가슴이 부서진 요공이 움직이고 있었다. 아니, 요공의 몸속에 숨은 마기가 움직이고 있는 것이다. 심장이 부서졌으면 끝날 일이었을지도 모르거늘!

"타앗!"

유태청이 무리를 하면서까지 검을 날렸다.

쩡!

검이 울음을 터뜨리며 튕겨졌다. 내력이 제대로 실리지 못한 이기어검은 단순한 비검(飛劍)일 뿐이었다. 그 정도로는 요공을 잡아두지 못했다. 그래도 주춤거리게는 할 수 있었다.

그사이 진용은 이를 악물고 뇌전의 능력을 끌어올렸다. 시퍼런 뇌전이 양손에 모였다. 진용은 주춤거리는 요공을 향해 전력을 쏟아냈다.

쩌저적!

힘이 완벽히 실리지 않은 뇌전이었다. 하지만 심각한 부상을 당한 요공이었다. 게다가 유태청의 일검에 주춤거린 상태. 잠깐 걸음을 멈추게 하기에는 족했다.

요공이 주춤거리자 진용은 재빨리 옆구리에서 제나의 지팡이를 꺼내 들었다.

'제기랄! 이제는 어쩔 수 없다! 다른 사람이 이상하게 봐도 일단은 요공을 제압하고 보자!'

왼손을 들어 허공을 내리그었다.

붉은 기운이 칼날처럼 허공을 갈랐다.

진용은 그 속으로 제나의 지팡이를 밀어 넣었다.

"기폭(氣爆:에어 블래스터)!"

일순간,

콰앙!

가슴의 승포 자락이 터져 나가며 요공의 몸이 뒤로 날아갔다.

진용은 풍혼을 펼쳐 요공을 향해 움직였다. 가속 마법이 함께 펼쳐지자 본래부터 그곳에 있었던 것처럼 진용의 신형이 요공의 다섯 자 거리에 나타났다.

마치 순간 이동이라도 한 것마냥 진용의 모습이 삼 장 밖에서 나타나자 요양과 요선이 동시에 소리쳤다.

"이형환위!"

"금강부동신법!"

그 어느 것도 아니었지만 거기에 대답해 줄 정신은 없었다.

진용의 오른손이 들렸다. 제나의 지팡이가 진용의 손에 들려 있었다. 제나의 지팡이에서 시퍼런 벼락이 석 자 크기로 뻗었다.

검강보다도 강력한 뇌전의 기둥이!

콰직!

"끄아아악!"

뇌전의 기둥이 요공의 심장을 파고들자 처절한 비명이 달마동을 뒤흔들었다.

쩍 벌린 요공의 입에서, 전신 모공에서 시커먼 묵기가 새어 나왔다.

마기였다. 아니, 마령이었다.

마령은 처절한 비명을 토하며 진용에게 달려들었다.

거센 회오리가 진용과 요공의 몸을 감싸고 휘돌기 시작했다.

한데 이런! 지팡이가 심장에서 빠지지 않는다. 지팡이에 달라붙은 듯 손도 떨어지지가 않는다.

마령의 마지막 발악! 묵기가 진용의 전신으로 스며들었다.

'젠장!'

제나의 지팡이를 통해 본신의 내공을 증폭시킨 진용은 뜻밖의 상황에 눈을 부릅떴다.

세르탄이 소리쳤다.

'일단 받아들여! 건곤흡정진혼결을 펼쳐! 내가 책임질게!'

세르탄이 책임진다고? 뭘? 어떻게?

의문을 품을 겨를도 없었다. 이미 마령은 진용의 전신 모공을 통해 스며들고 있었다.

'젠장! 나도 모르겠다!'

모든 것은 운명에 맡겨 버렸다.

진용은 건곤흡정진혼결로 마령의 기운을 모조리 빨아들였다.

그 시간은 그리 오래 걸리지 않았다. 악착같이 진용의 몸에 스며들려는 마령이었기에 진용이 적극적으로 받아들이자 한순간에 빨려 들어와 버린 것이다.

거센 회오리는 어둠처럼 짙은 묵빛. 게다가 너무 빨리 일이 진행되었다. 그 바람에 삼 장 밖에 있던 소림의 노승들과 유태청은 마기가 진용의 몸으로 빨려 들어가는 것을 볼 수가 없었다.

회오리가 조금씩 잔잔해지자 그제야 그들은 궁금함이 가득한 눈을 부릅뜨고 앞을 노려보았다.

하지만 그들이 볼 수 있는 것은 천천히 쓰러지고 있는 진용과 요공의 모습뿐이었다.

이미 달마동을 공포의 도가니로 몰아넣었던 시커먼 마기는 자취를 감춘 이후였다.

유태청이 쓰러지고 있는 진용을 향해 몸을 날렸다.

"고 공자!"

요료와 요양, 요선은 요공에게 달려갔다.

"요공 사형!"

쿨럭!

요공이 한 사발도 넘는 선지피를 토해냈다.

그의 입에서 가느다란 목소리가 흘러나왔다.

"요료……."

"사형!"

요료는 떨리는 손으로 요공의 심장 부위를 막았다.

"대체 이게 어찌 된 겝니까, 사형……."

"시간이…… 유 시주는……?"

진용은 이를 악문 상태에서 유태청에게 눈짓을 했다.

빨리 가보세요.

유태청은 진용의 맥이 비정상으로 뛰고 있기는 하지만 보기에 내상이 그리 심하지 않은 듯하자 고개를 끄덕이고는 급히 요공에게 다가갔다.

"이 늙은이는 여기 있소. 말을 해보시오."

요공이 가망없음은 모두가 알고 있었다. 요공의 손을 잡고 맥을 짚던 요양조차 이미 요공의 손을 놓은 터였다. 그러니 그의 입에서 한마디라도 더 듣는 것이 중요했다.

"효망… 마기…… 구해……."

정확한 뜻을 알 수는 없었지만 자신의 제자를 구해달라는 뜻으로 알아들은 유태청은 고개를 끄덕였다.

"걱정 마시오. 내 어떻게 해서라도 구해낼 것이니……."

"그… 그… 녀의 아… 들……."

순간적으로 유태청의 표정이 굳어졌다.

"무슨 말이시오? 그녀의 아들이라니? 설마 효망이……?"

하지만 요공은 그 말에 대답하는 대신 불호를 외우며 이해할 수 없는 말을 남겼다.

"아… 미…… 타… 불……. 어리… 석은… 내 죄……."

"요공! 정신 차리시오!"

"업보를…… 어찌……."

목소리가 잦아들자 요료가 참지 못하고 큰 소리로 요공을 불렀다.

"요공 사형!"

"고맙… 미안……."

들릴 듯 말 듯한 미안하다는 말이 마지막이었다.

그리고 성승 요공의 눈이 감겼다. 심장의 박동은 벌써부터 멎어 있던 상태. 그나마 몇 마디 말이라도 남긴 것이 다행이었다.

삼태천 중 하나이며 소림의 살아 있는 전설. 천불성승 요공은 의혹만 남긴 채 그렇게 최후를 마쳤다.

천하가 경동할 일이었다. 성승의 죽음이 알려진다면 만인이 달려와 애도를 표할 것이다.

하지만 그가 죽은 달마동은 극락왕생을 비는 세 노승의 나직한 불호 소리만이 감돌 뿐이었다.

너무도 허망한 성승의 죽음에 누구도 선뜻 말을 하지 못했다.

대체 성승의 정신을 지배한 마기는 무엇이란 말인가?

성승의 수양이 마기도 이기지 못할 정도였단 말인가?

아니다, 아닐 것이다. 그럼 왜?

효망은 또 어찌 된 것이란 말인가?

지었다는 죄는 뭐란 말인가?

온통 의혹이었다.

한참의 시간이 그렇게 흘렀다.

그사이 진용은 몸속에 들어온 마령의 기운을 건곤천단심법을 이용해 정화시키느라 정신이 없었다. 세르탄 때문인지는 몰라도 마령은 힘을 쓰지 못하고 있었다. 책임진다더니 헛소리는 아니었던 것 같다.

'세르탄, 마령의 정체가 뭐지?'

'나중에 이야기해 줄 테니까, 일단 마령의 기운이나 녹여서 흡수해.'

어째 세르탄의 말이 섬뜩하게 들린다. 녹여서 흡수하라니.

자신이 실제 행하고 있으면서도 께름칙한 마음은 없어지지가
않았다.

'흡수해도 괜찮겠어? 설마 뒤탈은 없겠지? 부작용인 살기
는?'

'뒤탈은 무슨…… 잘만 하면 굴러들어 온 복이지 뭐.'

복? 정말 복이 될지, 아니면 화가 될지는 모른다. 하지만 여
기까지 온 마당에 이제는 어쩔 수가 없었다. 세르탄 말대로
화를 복으로 바꾸기 위해 노력하는 수밖에.

젠장! 귀혼에 이어 이제는 마령마저 흡수한 몸이 되었다.
어쩌자는 건지…….

일각이 지나자 세 노승의 염불 소리가 멎었다.

진용도 막바지 대주천을 마치고 눈을 떴다.

염려스런 눈으로 유태청이 물었다.

"괜찮나?"

멀쩡합니다, 라고 말할 수는 없는 일.

"견딜 만합니다."

그때 염불을 마치고 요공의 시신을 향해 절을 올린 요료가
진용을 향해 돌아섰다. 소림의 장문인답게 수양이 깊어서인
지 그는 모든 감정을 처음 그대로 가라앉힌 상태였다.

"조금 전에는 미안하게 되었소, 고 시주."

자신으로 인해 진용이 부상을 당했으니 미안도 했을 것이

다. 그러나 미안함을 표하는 요료의 표정에는 아무런 감정도 실려 있지 않았다. 하긴 아무리 마기에 정신을 잃었다고 해도 외인의 손에 소림의 전설이 죽었으니 어쩌면 그럴 만도 했다.

진용으로서도 어차피 지난 일인데다 몸에 큰 이상은 없으니 굳이 그 일을 따지고 싶지는 않았다.

"성승의 열반이 가슴 아플 따름입니다."

"사형께선 고 시주께 고맙다는 말을 하셨소. 하나 빈승은 수양이 얕아서인지 빈승의 목숨을 구해줬는데도 고맙다는 마음을 가질 수 없으니 이해해 주시기 바라겠소."

"각오하고 처리한 일이니 마음 쓰실 것 없습니다."

"대신 달마동에 무단으로 들어온 것은 더 이상 따지지 않겠소."

진용은 더 이상 이러쿵저러쿵 길게 말하고 싶지 않았다. 어쨌든 자신이 세 사람의 목숨을 구해준 것은 분명한 사실이었다. 한데 그런 사람에게 하는 말치고는 너무 메마른 말투가 아닌가 말이다.

진용의 말투도 조금 싸늘해졌다.

"나한승들께는 죄를 묻지 마십시오. 그들로서는 본인의 앞을 막을 수 없었으니 말입니다."

세 노승의 이마가 꿈틀거렸다. 진용의 말투가 귀에 거슬린 듯했다. 그러자 유태청이 나서서 입을 열었다.

"고 공자는 천자의 명을 받드는 수천호령사외다. 그것이 뜻하는 바가 무엇인지는 장문인께서도 익히 아실 터, 밖의 나한승들은 분명 죄가 없소이다."

요료는 놀란 눈으로 진용을 바라보았다.

소림은 무당과 마찬가지로 수백 년에 걸쳐 황궁과 지대한 관계를 맺어왔다. 그러니 장문인쯤 되는 사람이 수천호령사에 대해 모를 리 없었다. 눈앞의 어린 사람이 천하의 고수인 것만도 놀랄 일이거늘, 천자의 명을 수행하는 수천호령사라는 것은 놀라고도 남을 일이었다.

그러나 요료는 곧 눈빛을 가라앉히고 진용을 향해 가볍게 고개를 끄덕일 뿐이었다. 나한승이 죄가 없다는 진용의 말을 인정한다는 듯이. 마치 모든 것을 초탈한 듯한 표정으로.

하지만 진용은 그러한 요료의 눈빛 깊은 곳에서 원념(怨念)의 불길이 타오르는 것을 놓치지 않았다.

'복수의 불길인가, 마도에 대한 적의의 불길인가? 어떤 것이든 당신은 부처의 길을 벗어난 것 같군요.'

진용이 요료의 눈빛에 대해 고찰을 하는 사이, 요료는 유태청에게 고개를 돌리고 입을 열었다.

"유 시주, 사형이 말한 것에 대해 아는 게 있으신지요?"

"후우… 나도 온통 의문일 뿐이라오."

"효망에 대해선…… 그녀가 누군지 말씀해 주셨으면 합니다만."

뚫어지게 바라보는 요료의 눈을 마주 보며 유태청이 말

했다.

"미안하오. 그 일은 요공과의 개인적인 일이외다. 이해해 주셨으면 하오."

십절검존이 입을 다물겠다면 요료로선 열 수 있는 방법이 없었다. 당장 강제할 힘이 없는 이상은.

또한 갈 길을 막을 수도 없었다. 십절검존이라는 이름보다도 진용의 신분이 더 마음에 걸렸기 때문이다.

"알겠습니다. 하나 언제고 기회가 오기만을 기다리겠습니다. 그리고 한 가지, 오늘 일에 대해서는 함구해 주시기 바랍니다."

"걱정 마시오, 장문인. 내 입은 그리 가볍지 않소이다."

"아미타불, 소림을 대신해 감사드리겠습니다."

반장을 한 채 고개를 숙인 요료는 고개를 들더니 자신의 두 사제에게 말했다.

"당분간 사형의 시신과 세 사제의 시신은 달마동에 안치할 것이니 그리 알도록 하고, 밖의 나한승들에게도 입조심을 시키도록 하게나."

"장문인."

"아직은 소문이 나서는 안 되네. 장로들만 모아 따로 이야기를 할 것인즉, 일단은 본 장문인의 말을 따르도록 하게."

잘못된 결정은 아니었다. 요양과 요선은 따르지 않을 수 없음을 알고 고개를 숙였다.

그렇게 일단락되는 듯싶었다. 겉으로 보기에는 그랬다. 그러나 천불성승의 죽음이 그리 간단히 마무리되지 않을 것임을 모르는 사람 또한 없었다.

어떤 식으로든 잠자던 거룡이 움직이기 시작할 테니까.

달마동을 내려오자 요료가 유태청을 청했다.

두 사람만이 방장실에 머문 지 일각, 조금 침중해진 표정의 유태청이 방장실을 나섰다. 그리고 얼마 지나지 않아서 백팔 번의 타종이 울리기 시작했다.

뎅! 뎅! 뎅……!

진용 일행은 더 이상 있지 못하고 소림을 나서야만 했다. 백팔 번의 타종이 끝나면 소림의 산문이 잠기기 때문이었다.

누구든 마찬가지였다. 밖으로 나갈 수는 있어도 안으로 들어올 수는 없었다. 많은 사람들이 산문 밖에서 웅성거렸지만 소림의 선택을 왈가왈부할 만큼 간이 큰 사람은 없었다.

한 시진 후, 백팔 번의 타종이 끝나자 소림의 문은 굳게 잠겼다. 그리고 노을이 소림을 붉게 물들였다.

"받게."

"뭡니까?"

"소환단이네. 대환단만은 못해도 내상을 치료하는 데는 더 없는 성약이지."

유태청이 진용에게 소환단을 내밀자 정광이 목을 빼고 유태청의 손바닥을 쳐다봤다.

손바닥에는 두 개의 소환단이 들려 있었다.

"그게 저 유명한 소림의 소환단이란 말이오?"

목울대로 침 넘어가는 소리가 마차를 흔들었다. 안 주면 잡아먹겠다는 듯한 눈빛이다.

유태청은 피식 실소를 흘리며 그중 하나는 진용에게, 다른 하나는 정광에게 내밀었다.

"어르신은?"

"마침 세 개 얻었네. 나는 이미 복용했으니 걱정 말게."

"아이고! 감사합니다, 어르신!"

살아 돌아온 조상보다 더 반갑다는 듯이 정광이 유태청의 손에서 소환단 한 알을 집어 들었다.

반가울 수밖에 없었다. 말은 하지 않고 있었지만, 내상을 치료하는 데 운기만으로는 한계가 있었던 것이다. 그러던 차에 성약이라는 소환단이 눈앞에 있으니 어찌 반갑지 않을 건가.

"오늘 소림에서 있었던 일을 함구한다는 대가로 준 것이야. 물론 나야 본래부터 말할 생각이 없었지만, 자네도 입을 다물어줬으면 싶네."

"제가 뭐 아는 게 있어야 말이죠."

"혹시라도 알게 된다면 말일세."

같이 다니다 보면 조금이라도 알게 될 것이다. 그때를 말함이었다.

나중 일은 하나도 무섭지 않은 사람이 정광이었다.

"걱정 붙들어 매십시오. 원시천존의 이름을 걸라면 걸겠습니다요."

승려가 부처의 이름을 걸고 약속하겠다는 거와도 같았다. 어이가 없는지 끝내 유태청의 입에서 웃음이 나왔다.

"허허, 그 사람 참……."

그런 유태청을 바라보는 진용의 눈빛이 흔들렸다.

웃지만 웃는 게 아니었다. 울지 못해 웃는 것이었다. 진용이 보기에는 그렇게 보였다. 친한 사람이 처참하게 죽었는데 어찌 웃음이 나올까.

게다가 소환단을 복용했다고 했는데도 그리 몸이 나아진 것 같지가 않다. 그만큼 드러내지는 않고 있지만 내상이 심각하다는 말이다. 하긴 얼마나 급했으면 먼저 복용을 했을까 싶다.

'당분간 싸움을 피하고 운기부터 하시게 해야겠군.'

하지만 진용이 모르는 것이 있었다.

요료가 유태청에게 준 소환단은…… 처음부터 두 개뿐이었다.

第四章

정천무맹(正天武盟)

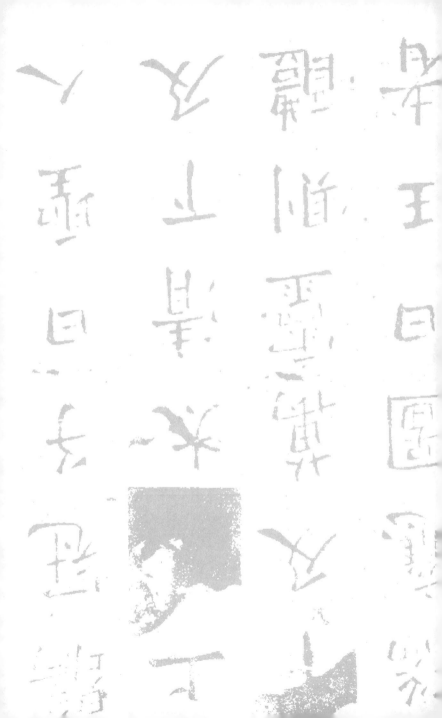

1

정천무맹은 여주의 서쪽 외곽에 있었다.

무려 삼십만 평의 땅에 지어진 무맹의 규모는 상상을 불허할 정도였다. 정천무맹의 부속 건물들이 있는 외곽까지 합하면 백만 평에 가까웠다.

내성에는 모두 백여 채의 건물이 지어져 있었다. 그 건물들은 모두 열네 개의 구역으로 나뉘어 배치되어 있었는데, 건물과 건물 사이에 만들어진 인공 가산이 교묘하게 열네 개의 구역을 가렸다.

땅이 넓고 건물이 많으니 그 안에서 상주하는 사람도 많았다. 정확하지는 않지만 일천오백 정도 된다는 것이 일반적인 정설이었다. 물론 그들이 모두 무인들은 아니었다. 일천오백 중 무인의 숫자는 천이 조금 넘는 정도였다.

외곽까지 합하면 족히 그 다섯 배가 넘는 인원들이 정천무맹이라는 이름으로 붙어 살고 있었으니, 정천무맹은 그 자체만으로도 하나의 거대한 도읍이었다.

그런 정천무맹으로 가는 대로에 한 대의 마차가 나타난 것은 이월의 둘째 날 해가 중천에 떠오를 무렵이었다.

마차가 멈춘 곳은 정천무맹의 외곽에 있는 제법 커다란 건물 앞이었다.

순명원(順命院).

조금 기이한 이름의 현판이 달린 그곳은 약재를 파는 곳이었다.

진용 일행이 순명원 안으로 들어가자 주인으로 보이는 중년의 상인이 한껏 웃음을 지으며 일행을 맞이했다.

"어서 오십시오. 무엇을 찾으십니까?"

진용은 주인을 보지도 않고 주위의 약재들을 살펴보며 입을 열었다.

"금으로 된 봉황의 깃털을 찾소만."

주인의 얼굴이 찰나간 굳어졌다 펴졌다. 그는 웃음을 지으며 주위를 둘러보고는 진용에게 작은 목소리로 말했다.

"그 물건은 안에 있는뎁쇼."

"가봅시다, 직접 보고 고를 테니."

"그럼, 따라오시지요."

진용이 주인의 뒤를 따라 안으로 들어가자 다른 사람들도 일제히 진용의 뒤를 따라갔다. 주인은 잠시 멈칫했지만 어쩔 수 없다 생각했는지 그냥 계속 안으로 걸음을 옮겼다.

안채는 약재를 파는 점포와 외따로 떨어져 있었다. 주인은 안채의 건물로 들어가더니 뒤따라 들어온 진용을 향해 웃음 띤 얼굴로 물었다.

"한데, 공자께선 그 물건의 값을 어떻게 치르실 건지요?"

진용은 안채의 내부를 한 번 훑어보고는 품속에서 손바닥만 한 금패를 꺼내 들었다.

"이거면 될 듯싶은데……."

순간 진용의 손에 들린 금패를 일견한 주인의 안색이 시커멓게 변했다.

"헉! 그것은?!"

"모자라지나 않았으면 싶군요."

진용이 금패를 품속에 집어넣으며 입을 열자 주인의 무릎이 무너지듯이 꺾어졌다.

"삼가……."

"됐습니다. 듣는 귀가 있을지 모르니……. 음, 그래요, 그냥 남들처럼 고 공자라고 부르세요."

"하오나……."

주인이 황송하다는 표정으로 다시 고개를 숙이자 정광이 한마디를 툭 내뱉었다.

"그 사람 참, 됐다면 된 거지."

주인의 고개가 살짝 돌아 정광을 향했다. 꼭 '너는 누구냐?' 라고 묻는 표정이다. 정광은 어깨를 쭉 펴고 말했다.

"백호 정광이 나야, 나."

주인의 입꼬리가 묘하게 틀어졌다. 정광은 그 표정에 왠지 찜찜한 기분이 들었다. 그때 주인이 몸을 일으키며 정광을 향해 웃음기 가득한 표정으로 말했다.

"나는 천호 임진태라고 하네. 요즘 백호들은 다 자네 같은가?"

천호? 정광의 표정이 와락 일그러졌다.

"제기랄, 요즘은 되는 게 하나도 없네."

고개를 뻣뻣이 든 정광이 임진태에게 떨떠름한 표정으로 인사를 걸었다.

"반갑수, 천호 나으리."

임진태의 표정도 냉랭하게 변했다.

"인사가 그게 뭔가? 하극상을 하겠다는 건가?"

그렇다고 기죽을 정광 또한 아니었다.

"이 정도면 공손히 한 거지, 뭘 그렇게 따지는 거요?"

임진태의 눈매가 가늘어졌다. 차가운 기운이 임진태의 전신에서 뿜어져 나왔다. 버릇없는 백호 하나 때려잡아야 직성이 풀리겠다는 듯이.

물론 정광으로선 대환영이었다.

'차라리 덤벼라! 한바탕해 보게!'

두 사람의 기가 팽팽히 맞섰다.

임진태는 놀라움을 금치 못하며 정광을 뚫어지게 응시했다.

'저 엉터리 도사 같은 자가 백호 맞아?'

정광도 임진태가 제법 자신의 기운을 견디자 의외라는 표정을 지었다.

'어쭈? 제법인데?'

그때 진용이 나섰다.

"그만 하시지요. 도장님도 그만 하시고."

일순간에 두 사람의 기운이 씻은 듯이 사라졌다.

임진태가 해연히 놀란 눈으로 진용을 바라보았다.

황궁에서 온 소식은 매우 간단했다. 누군가가 방문할 것이니 적극적으로 협조하라는 것. 그리고 그의 신분은 천호지만 또 다른 신분이 있으니 함부로 대하지 말라는 것 정도였다.

비밀이 새어나갈 것을 걱정해 그리 적은 듯해서 사실 찾아올 사람이 누군지 매우 궁금해하고 있던 터였다.

그러다 직접 보니, 솔직히 나이가 젊어 얕본 면이 없잖아 있었다. 도독이 무슨 뜻으로 저렇게 젊은 자를 보냈는지 의문이 일 정도였으니까.

그런데 그 신분이 수천호령사라는 것만으로도 놀라운 일이거늘, 이제는 그 무공마저 자신과 저 도사의 기운을 동시에 제압할 만큼 대단하지를 않는가.

"언제 지위 무시하고 한번 합시다."

마침 정광이 뜬금없는 도전장을 던지자 임진태는 그제야 정신을 차리고 답했다.

"그거야…… 좋지."

조금 불안감이 깃든 대답이었다. 그러자 정광이 씩 웃었다.

'그려, 한번 붙자고. 쇠 신발로 이마를 그냥!'

진용은 그런 정광을 보며 고개를 저었다. 그리고 임진태를 바라보며 물었다.

"혹시 나에게 온 전서가 없습니까?"

임진태는 황급히 정신을 차리고 고개를 숙였다.

"두 통 와 있습니다. 잠시만 기다려 주시길."

임진태가 휘장으로 가려진 안쪽으로 들어가자 유태청이 조용히 입을 열었다.

"어찌할 셈인가. 정천무맹에 직접 들어가 볼 건가?"

진용이 천천히 고개를 끄덕였다.

"그럴 생각입니다. 중원무림에 대한 것도 좀 익히고, 정천무맹이 어떻게 움직일 건지도 알아볼까 합니다. 게다가 삼존맹의 공격은 당분간이나마 걱정할 필요가 없을 것 같으니까요."

"그도 그렇군. 한데 공적인 신분으로 들어갈 건가?"

어쩌면 그것이 제일 좋을지 몰랐다. 반역에 대한 것을 조사한다는 명목을 대고 금의위의 신분으로 들어가면 별다른 제지도 받지 않고 편하게 지낼 수 있을 것이다.

하지만 진실된 정보를 얻기가 그만큼 어려워진다고 봐야 했다. 황궁의 금의위에 진실된 이야기를 할 자가 몇이나 될 것인가.

그때 문득 든 생각에 진용의 입가로 가느다란 웃음이 맺혔다.

"그냥 한 사람의 무인으로 들어갈 생각입니다. 이래 봬도 북경의 암흑가에서는 고가장이 꽤나 유명하거든요."

"흠, 그것도 나쁘지 않은 생각이군. 그런데 암흑가라니, 무슨 소린가?"

조용히 있던 운아영이 눈을 휘둥그렇게 떴다.

"암흑가에서도 대단한가 보군요?"

두충이 킥킥거리며 웃었다.

"대단하지. 우리 고 공자님이 북경의 암흑가에 나타나면 암흑가의 두목이 납작 엎드릴 정도거든."

딱!

오랜만에 정광의 주먹이 두충의 뒤통수를 후려갈겼다.

"이놈아, 그리 말하면 남들이 진짜로 고 공자를 암흑가의 사람으로 알 것 아니냐?"

두충은 눈물이 찡하니 앞을 가리자 정광을 쏘아보며 속으로 중얼거렸다.

'저놈의 미친 말코, 다리가 아니라 팔모가지가 부러졌어야는데…….'

하지만 두충이 모르는 게 있었다. 정광은 이제 두충의 눈빛만 봐도 그가 무슨 생각을 하는지 알 정도였다.

"너 지금, 내 팔 부러져라 기도했지?"

'컥! 역시 미치면 신기(神氣)가 들린다더니.'

때마침 임진태가 휘장을 걷고 나오는 바람에 정광의 눈이 돌아갔다. 그러자 두충은 재빨리 운아영의 뒤쪽으로 자리를 옮겼다.

"왜 그래?"

운아영이 어리둥절하며 묻자 두충은 보따리를 내려놓는 척하며 딴청을 피웠다.

"무거워서, 보따리 좀 내려놓으려고."

"대체 그 속에 뭐가 들었는데 그렇게 소중히 들고 다니는 거야?"

"너는 몰라도 돼."

아직은 누구에게도 알려주고 싶지 않았다. 특히 보따리 속에 든 몇 가지는 절대 운아영에게 보여줄 수 없는 것이 아니던가.

'에이. 그건 버리든지 해야지 원. 가만? 그냥 버리기는 아깝고… 그렇지! 그렇게 하면 되겠군. 우히히……'

두충이 혼자 속으로 자신의 계획에 만족하고 있을 때 임진태가 진용에게 두 개의 서신을 건넸다.

진용은 서신을 받자마자 그 자리에서 봉인을 뜯었다. 그러자 임진태가 흠칫하며 급히 입을 열었다.

"수천… 고 공자, 방을 드릴 테니 그곳에서……."

진용이 빙그레 웃으며 좌우 벽을 바라보았다.

"임 천호께선 저분들을 믿습니까?"

움찔거린 몸짓으로 눈을 가늘게 뜬 임진태가 고개를 끄덕였다.

"저와 생사고락을 함께한 사람들입니다. 제 목숨을 내맡겨도 좋을 만큼 믿을 만한 사람들입니다."

조금의 망설임도 없었다. 그만큼 절대적인 믿음이었다.

진용은 무저갱처럼 깊은 눈으로 임진태의 눈을 응시하며 말했다.

"이분들도 그렇습니다. 걱정 마세요."

그러고는 아무렇지도 않다는 듯 서신을 펼쳤다.

파라락, 장내에는 서신이 펼쳐지는 소리만이 들렸다.

갑작스런 침묵에 진용은 서신을 바라보다 말고 뒤를 돌아보았다.

모두가 동작을 멈추고 자신을 바라보고 있었다. 유태청은 조용히 웃음 띤 얼굴이었고, 운아영은 살짝 상기된 얼굴로 자신을 바라보고 있었다.

"왜들……?"

정광이 벌건 얼굴로 말했다.

"역시 멋쟁이라니까."

두충은 안개 낀 뿌연 눈으로 진용을 보며 말했다.

"누구도 본 좀 받아야 하는데……. 공자님, 제 보따리, 언제 보여 드릴까요?"

힐끔, 정광이 주책 맞게 두충을 흘겨보았다.

나도 보자! 그런 눈빛으로.

두충이야 됐네, 이 양반아! 하는 표정으로 고개를 싹 돌려 버렸지만.

왠지 모르게 분위기가 이상해지자 진용은 멋쩍은 표정으로 임진태를 쳐다보았다.

"조용한 방으로 가죠."

"예? 예, 따라오시죠."

우르르…….

당연히 다른 사람들도 진용을 따라 자리를 옮겼다.

믿는다고 해놓고 설마 쫓아내지는 않겠지?

모두가 한마음이었다.

대머리 참새가 둥지를 떠났음. 고리를 붙였는데 중간에 짤렸음. 참새들은 사냥꾼들이 움직이고 있는 것을 알고 있음. 참새가 까마귀를 만나러 간 것 같음. 까마귀의 부리가 날카로우니 조심하기 바람…….

피식, 서신을 읽어가던 진용의 입에서 헛웃음이 새어 나왔다.

"그분도 참, 이 서신을 제독태감이 보면 진짜 머리카락 다 빠지겠군."

대머리는 거기에 털 없는 환관을 빗대어 한 말인 듯했다. 참새는 그들의 어리석음을 뜻하는 듯했고.

'삼존맹의 공격이 단순히 전날의 복수만은 아니었던 것 같군.'

진용이 생각에 잠겨 있자 임진태가 조심스럽게 입을 열었다.

"놈들의 방해로 서신이 조금 늦게 정주에 도착한 데다 공자께서 설마 풍림장에 계실 줄 짐작도 못한 바람에 미리 전해 드리지 못하고 이곳으로 왔습니다."

미리 전해졌다면 대비 정도는 했을 것이다. 그럼 유태청이나 정광이 그렇게 큰 부상을 당하지도 않았을 테고.

그러나 이미 지난 일이다. 이제 와서 잘잘못을 따져 봐야

무슨 소용이 있을까.

진용은 서찰의 마지막 부분에 눈을 두었다. 그곳에는 간단하게 두 줄만 쓰여 있었다.

추신:일(一), 구양 노인에 대한 사면령이 내려졌음. 이(二), 정광이 말썽 피우면 작신 패서 태산으로 돌려보내기 바람. 다리를 부러뜨려도 상관없음.

정광이 고개를 삐죽 내밀고 보다가 그 글을 보고는 후다닥 고개를 집어넣었다.

하지만 진용은 정광의 그런 태도에 신경 쓸 정신이 없었다.

'할아버지!'

아마도 육두강이 손을 쓴 것 같다. 그러나 사면령이 내려졌다고 해서 과연 할아버지가 바로 나올지는 자신할 수가 없었다. 그래도 빠른 시일 내에 모셔오고 싶은 게 진용의 마음이었다.

문득 한 가지 생각이 뇌리를 스쳤다.

'그래, 그곳이라면 당분간 할아버지를 걱정하지 않아도 될 거야. 그리고 기왕이면 신 털보아저씨까지 풀어달라고 해야겠군.'

진용은 첫 번째 서신을 한쪽에 놓고 두 번째 서신을 뜯었다.

천혈교에 대한 조사가 시작되었네. 야접을 침투시킬 생각이니 뒷일은 전적으로 그대에게 맡기겠네. 접선 방법은……. 그리고 아직 고 학사에 대한 정보는 없는 상황이네. 미안하군. 최선을 다해서 정보를 모으고 있으니…….

서신을 읽던 진용의 손이 가늘게 떨렸다.

어디에서도 아버지에 대한 소식은 들을 길이 없었다. 대체 어디로 사라지신 건지 짐작도 할 수가 없으니 답답할 뿐이었다.

흑도와 풍림당의 정보망을 동원해 놓았지만, 그들이 찾아낼 수 있을지 그도 자신할 수는 없었다.

'일단 할 수 있는 데까지 모두 해보자. 그래도 찾지 못한다면…….'

진용은 이를 지그시 깨물었다. 하늘로 올라가지 않았거나 땅으로 꺼지지 않았다면 행적이 드러날 것이다. 어떤 모습으로든.

만일 찾지 못한다면 자신이 어떤 마음을 먹을지, 어떻게 변할지 아무도 몰랐다. 자신조차도.

진용은 그것이 두려웠다.

어디까지 뻗을지 모르는 자신의 능력이 얼마나 무서운 것인지 어렴풋이나마 느끼고 있는 지금, 자신의 능력이 더 커졌

을 때까지 아버지를 찾지 못하면 자신의 분노가 어떻게 발산
될지…….

'그러기 전에 찾아야 한다, 어떤 방법을 써서라도!'

진용이 자신도 모르게 서신을 쥔 손을 움켜쥐었다.

스스스스…….

순간 기이한 기운이 방 안을 휘돌았다. 무의식중에 진용의
몸에서 흘러나온 기운이었다.

"크윽!"

내공이 제일 약한 두충이 해쓱하니 질린 얼굴로 신음을 토
했다. 그러자 그 기운의 주인이 진용임을 안 유태청이 경직된
목소리로 급히 소리쳤다.

"고 공자, 기운을 거둬들이게!"

그제야 진용은 자신의 실수를 알고 황급히 기운을 거둬들
였다.

'아차! 이런!'

"죄송합니다. 제가 그만 실수를…….'"

기운을 거둬들인 진용이 미안함이 가득한 표정으로 사죄
했지만 누구 하나 진용을 뭐라 하는 사람은 없었다. 뭐라 하
기는커녕 질린 안색으로 진용을 바라볼 뿐이었다. 특히 임진
태는 멍하니 넋이 빠진 얼굴로 바라보았다.

그런 임진태를 보고 진용이 슬그머니 고개를 돌리며 말했
다.

"그러고 보니 점심때가 된 것 같은데……."

배알도 없는 정광이 즉시 입을 열었다.

"고기가 듬뿍 든 선육탕 맛있게 하는 데 없나?"

그 말에 두충이 주먹을 치켜들었다가 꾹 참고 슬그머니 내려놓았다. 한 대 때리고 맞아 죽기에는 자신의 인생이 너무 억울하지 않은가.

'도사란 작자가…… 으이그…….'

2

정천무맹에는 다음날 가기로 했다.

금의위의 정보를 모아놓은 곳에서 정천무맹에 대한 자료를 보기는 했지만, 그것은 이미 지난 자료들. 진용으로선 아무래도 최근의 상황을 보다 더 정확히 알고 가는 게 나을 거라 판단한 때문이었다. 공손각이 여주의 금의위 비처를 찾아가라 했을 때는 단순히 소식만 전하고자 함이 아닐 터.

아니나 다를까, 그날 저녁 진용은 임진태로부터 두툼한 책자를 두 권 건네받았다.

하나는 정천무맹에 대해 조사한 책자였고, 다른 하나는 천제성과 삼존맹을 비롯해 당금 무림의 판도를 좌우하는 문파들에 대한 간략한 요지였다.

진용은 우선적으로 내일 가게 될 정천무맹에 대한 책자를 펴 들었다.

책자에는 정천무맹의 건물 배치도부터 시작해서 각 건물들에 기거하는 사람들의 인명록까지, 백여 장에 빽빽이 적혀 있었다. 진용은 그 내용을 보고 임진태가 얼마나 심혈을 기울여 이 책자를 작성했는지 알 수 있었다.

"굉장하군. 왜 정천무맹이 정파무림의 총체라 불리는지 알 수 있겠군."

한편으로는 책자를 봄으로써 정천무맹의 단점도 눈에 들어왔다.

정천무맹이 외적으로는 강해 보이지만 안으로 파고들면 그렇지도 않았다. 분열이 너무 심해 보인 것이다. 아마도 거대함 때문에 거꾸로 그리될 수밖에 없는 필연을 안고 있는 듯했다.

그 원인은 진용이 볼 때 한 가지였다.

"중심축이 너무 약한 것 같군."

진용이 책을 덮을 때쯤 문을 두드리는 소리가 들렸다.

"고 공자, 들어가도 되겠는가?"

유태청이었다.

"들어오십시오, 노선배님."

유태청은 방문을 열고 진용에게 다가오다가 탁자 위에 놓인 책자를 보고 말했다.

"정천무맹에 대해 조사한 책인 것 같군."

"예, 맞습니다. 아무래도 모르고 가는 것보단 알고 가는 게 나을 것 같아서요."

"당연히 낫겠지. 하지만 하나만 더 알고 책을 보게나."

유태청은 의자에 앉으며 진용을 바라보았다.

"때로는 눈에 보이는 것보다 눈에 보이지 않는 것이 더 중요할 때가 있다네. 정천무맹은 복마전이네. 결코 모든 것을 내보이지 않는 복마전 말이네. 얼마나 정확한 정보를 담았는지는 모르지만, 절대 그 책에 있는 것이 다가 아니라는 것을 항상 명심해야 하네."

진용이 조용히 웃으며 고개를 끄덕였다.

"저도 알고 있습니다. 이 책은 단지 참고일 뿐이지요."

"그리 생각한다니 괜한 염려였던 것 같구먼. 허허허."

유태청이 조용히 웃음을 터뜨리자 진용이 웃음을 지우고 신중한 표정으로 입을 열었다.

"강호에 십천존만큼 강한 고수들이 또 있다는 것을 알게 된 이상 제가 어찌 기록에만 의존해 움직일 수 있겠습니까? 더구나 강호에 거의 모습을 드러내지 않는다는 십은(十隱)이나 마도에서 전설처럼 전해지는 혼세십팔마(混世十八魔)가 비록 십천존의 아래였다 하지만, 지난 세월이 있으니 그 또한 모르는 일이 아니겠습니까."

유태청의 표정도 굳어졌다.

"바로 그거네. 세상에는 십천존이 강호에서 제일 강한 열

명이라 하지만, 다 쓸데없는 말이네. 내가 아는 사람만 해도 십천존에 버금가거나 그 윗길이라 할 수 있는 사람이 열은 되네. 그들에 비하면 십은과 혼세십팔마는 한 수 아래라 할 수 있지. 물론 서너 명은 어떨지 모르겠지만……."

진용의 눈이 조금 커졌다.

"열 명이나요? 휘유! 유 어르신과 이야기를 나누다 보니 새삼 기인이사가 모래알처럼 많다는 말이 실감나는군요."

"더 되면 됐지, 덜 되지는 않을 것이네."

"그중 한 사람이 명옥의 주인 공야무릉이겠군요."

유태청이 고개를 끄덕였다.

"삼비처의 주인들이 모두 그렇다고 봐야겠지. 그리고 자네도 어렴풋이 알겠지만, 소림의 효망이 또한 그러하네."

"효망 스님이 말입니까?"

"그는 요공의 진전을 전부 이었다고 봐야 하네. 사실 얼마 전까지만 해도 그리 생각하지 않았지만, 요공의 말대로 그가 그녀의 아들이라면 분명 요공은 그에게 모든 것을 물려줬을 것이야."

대체 그녀가 누굴까? 그녀가 누구이기에 십절검존 유태청과 천불성승 요공이 연루되어 있는 걸까?

궁금하긴 하지만 물을 수도 없었다. 진용의 생각을 알아차렸는지 유태청이 쓸쓸한 음성으로 말했다.

"미안하네. 그녀에 대한 것은 죽을 때까지 입을 열지 않기로 했으니 말해줄 수가 없구먼."

"별말씀을. 그럴 만한 이유가 있음이겠지요."

"그리 생각해 주니 고맙네. 어쨌든 그런 이유로 그 네 명은 십천존과 충분히 비교할 수 있는 사람들이지. 그리고 또……
자네도 있지."

"제가요?"

진용이 눈을 휘둥그렇게 떴다. 자신은 한 번도 자신이 십천존과 비교되리라 생각해 본 적이 없었다. 나중이라면 모를까.

"물론 당장은 어떨지 모르겠네만 근시일 안에 그리되리라 생각하네."

그건 그럴 수도 있다, 진용 자신도 그리 생각하니까. 세르탄이 자신한 삼 년보다도 훨씬 빨리.

"천혈교주까지 빼고 나면 네 명 남았군요."

진용의 말에 유태청이 고개를 저었다.

"천혈교주는 아직 정체가 밝혀지지 않았네. 십천존 중에 하나일 수도 있고 내가 말한 열 명 중에 하나일 수도 있네. 그런 고수가 갑자기 하늘에서 떨어지지 않은 바에야 어쩌면 그럴 가능성이 더 많다고 봐야겠지."

과연 늙은 생각이 맵다더니 유태청은 진용이 넘겨짚은 부분을 정확히 끄집어냈다.

"그럼 다섯이 남았다고 봐야겠군요."

"우선 하나는 화산의 우양자네. 그가 검을 얻은 것은 이십 년 전, 그의 나이 사십이 조금 넘었을 때였네. 그런데도 밖으로 나오지 않아 알려지지 않았지. 지금 화산이 성세를 이루는 것도 그가 뒤에 있기 때문이네."

뜻밖의 말이었다. 우양자는 책자에 없던 인물이었다. 어쩌면 정천무맹에 있지 않고 본산에 있기 때문인지도 몰랐다.

진용이 조용히 듣고만 있자 유태청은 또 다른 이름을 하나 꺼내 들었다.

"치검(痴劍) 남궁환이라고 들어봤는가?"

처음 듣는 이름이었다.

"처음 들어보는군요. 남궁세가의 사람인가요?"

"그렇다고 할 수도 있지. 그러나 남궁세가의 사람들은 절대 그를 남궁세가의 어른으로 인정하지 않는다네."

기이한 일이었다. 유태청이 인정할 정도의 고수면 남궁세가에선 쌍수를 들고 환영할 만한 사람이 아닌가 말이다.

"아예 그를 미치광이 취급 하고 있지. 그리고 그가 얼마나 강한지 알지 못하고 있다네."

"예?"

진용이 의아한 눈으로 바라보자 유태청이 회상에 잠긴 눈으로 허공을 응시하며 말했다.

"그가 자신의 검을 펼친 것은 몇 번뿐이거든. 그 몇 번에 천하에서 내로라하는 고수들이 무릎을 꿇었다네. 하지만 천하에서 그 일을 아는 사람은 거의 없지. 나 역시 내 친구가 죽기 전에 말하지 않았다면 몰랐을 걸세."

"어떻게 그런 일이……."

"그에게 패한 내 친구가 누군지 아나? 바로 비혼마검(飛魂魔劍) 구유격이라네."

진용은 놀란 표정으로 유태청을 바라보았다.

비혼마검 구유격! 천하십검 중 하나. 금의위에서 강호인명록을 봤을 때 상위에 올라 있던 이름이다. 극쾌검의 달인. 빠르기로만 따진다면 천하에서 세 손가락에 들 거라는 말이 있을 정도의 고수.

"들어봤나 보군. 그가 살아 있었다면, 지금쯤 십천존의 이름 중 하나가 바뀌었을지도 모르네. 아니면 십일천존이 되었든지."

참으로 놀라운 말이었다. 십절검존이 인정한 자가 단순히 미치광이 취급을 받고 있다니.

"후우, 정말 놀랍군요."

유태청이 진용의 말에 동의한다는 듯 미미하게 고개를 끄덕이며 마저 말을 꺼냈다.

"그래서 '천하에 대산은 많아도 그 깊이가 제각각이니 누가 있어 줄을 세울 수 있겠는가' 라는 말이 나온 것이겠지."

어쨌든 감탄은 나중에 해도 될 일, 진용은 나머지 세 사람에 대해서 먼저 듣고 싶었다.

"나머지 세 사람은 누군가요?"

진용이 묻자 유태청이 흥이 동한 표정으로 입을 열었다.

"세 사람 중 두 사람은 중원 사람이 아니네."

"중원 사람이 아니라구요?"

"그렇다네. 한 사람은 감숙의 기련산 일대에서 전설처럼 전해지는 사람이지. 삼십 년 전 우연히 난주에 갈 일이 있었는데 그때 만났네. 길 가다 만났는데, 서로가 서로의 무위에 감탄하며 신경전만 벌이다가 검 한 번 나눠보지 못한 상태에서 내상만 입고 말았다네. 하도 어이가 없어서 우리 둘은 웃고 말았지. 결국은 술 한잔만 나누고 헤어졌어. 아마 모르긴 몰라도 그때 당시 그의 무공은 나보다 못하지 않았을 것이네. 중원에선 그를 인정하려 하지 않지만 말이야. 감숙에선 그를 기련신마(祁連神魔)라 부르지."

삼십 년 전이라면 유태청이 한창 이름을 날리던 사십 즈음이었다. 비록 십천존이라는 이름이 알려지기 전이었지만 실력만큼은 절정기에 다다랐을 때였다. 그런 그와 비슷했다면 유태청이 그를 자신과 동등하게 꼽는 것을 이해할 만했다.

"다른 한 사람은 나도 말만 들었네. 친구가 그러더군. 삼십 대 때 요녕에서 어떤 노인을 만났는데, 그의 강함을 느끼고 도저히 참을 수 없어서 비무를 청했다고. 한데 그는 자신이 패했다고 했네. 그것도 맨손인 상대에게 말이야."

맨손? 진용이 눈을 빛내자 유태청이 진용을 쳐다보았다.

"그 친구의 말에 의하면 그 노인은 동방의 성산에 산다고 했네. 그리고 그 노인의 무공은 무척이나 기기묘묘하고 변화가 끝이 없었는데, 그 동작이 너무 아름다워서 춤인지 무공인지 분간하기가 어려웠다더군."

진용의 눈빛이 가늘게 떨렸다.

'동방의 성산? 백두라 불린다는 장백? 춤 같은 무공? 그럼 그 노인이 혹시 구양 할아버지의 사부?'

그때 유태청이 마저 말을 이었다.

"그 당시 노인에게 졌다는 그 친구의 이름이 바로 백리자천이라네. 그는 그 이후로 천제성에서 두문불출하며 자신을 가다듬었지. 허허허, 그 친구 말로는 그 노인 덕분에 지금의 자신이 있게 되었다고 하더군."

천제성주 백리자천이라고?

진용이 눈을 휘둥그렇게 뜨자 유태청이 묘한 웃음을 지었다.

"만약에라도 그 친구를 만나거든 조심하게. 어쩌면 그 친구가 자네를 보면 참지 못하고 달려들지 모르거든. 허허허허!"

마치 뭔가를 알고 있다는 듯한 말투였다. 하긴 벌써 몇 번의 격전을 같이 겪었다. 목숨까지 걸고서. 그런데도 유태청 같은 천하의 고수가 자신의 무공 특징을 간파하지 못했다면 오히려 그것이 이상한 일일 수밖에 없었다.

진용이 머쓱한 얼굴로 한마디 했다.

"왠지 겁나는군요. 저는 노인이 달려드는 것은 싫은데 말입니다."

"허허허허!"

끝내 유태청이 대소를 터뜨리자 진용은 어색한 상황을 무마하려 재빨리 물었다.

"그런데 마지막 한 사람은 누군가요?"

유태청은 천천히 웃음을 지우며 고개를 가로저었다.

"그는 나도 정확히 모르네. 그저 혈선인(血仙人)이라는 이름만 알고 있네."

"혈선인?"

"그럼에도 그를 다른 사람들과 동등하게, 아니, 솔직히 말해서 그 이상으로 생각하는 것은 내가 그의 흔적을 봤기 때문이네."

"도대체 어떤 흔적이기에 노선배님께서……?"

유태청이 굳은 표정으로 느릿하니 입을 열었다.

"사람들은 혈혈구마 중 두 사람을 내가 죽인 걸로 알고 있지. 하지만 진실은 그게 아니야."

진용이 깜짝 놀라 되물었다.

"예? 그럼 누가?"

유태청의 노안이 허공에 머물렀다. 오래전 일을 떠올리는 듯.

"혈혈구마 중 한 사람은 내가 죽였지만 다른 한 사람은 내가 죽이지 않았네. 내가 그를 찾았을 때는 이미 그의 숨이 끊어지기 직전이었거든. 한데, 그가 죽기 전에 두어 마디 말을 남겼네. 혈선인… 악마의 손……."

살짝 떨리는 목소리였다. 의외였다. 무엇이 저 노웅의 목소리를 떨게 만들 수 있단 말인가? 내가 착각을 한 것인가?

"그때 보았지, 혈심마의 가슴에 남은 자국을. 그것은…… 어린아이 손보다 작은 혈수인(血手印)이었어. 나는 그것을 보고 처음으로 두려움을 느꼈지. 과연 내가 그 손의 주인을 이길 수 있을까? 하면서 말이야."

진용은 한동안 유태청을 바라보며 말을 잊었다.

두려움이라니! 천하의 십절검존이 두려움을 느끼다니! 도대체 그게 말이나 되는 소리란 말인가!

진용의 놀람에 아랑곳없이 유태청은 조용히 말을 이었다.

"천암산에 틀어박힌 지 오 년이 지나 검 하나를 완성했네. 그제야 내면에 도사리고 있던 두려움을 떨칠 수 있었지. 그런데 말이야, 검을 완성하고 나니 오히려 아무런 승부욕도 생기지 않더군. 아마 혈혈구마가 오지 않고 자네를 만나지 못했다면 영원히 천암산에서 나오지 않았을 거야."

고요히 말을 맺는 유태청의 전신에서 밝은 빛이 흘러나오는 것만 같았다.

진용은 치부나 다름없는 이야기를 아무렇지도 않게 하는 유태청이 왠지 좀 전보다 더 크게 느껴졌다. 어느 누가 자신의 치부를 내보이고 싶어할까. 더구나 삼태천이라 불리는 사람이라면 그러한 마음이 더할 것이거늘.

그렇다면 이유가 있을 터. 진용은 어렴풋이나마 그 이유를 짐작하고는 깊은 숨을 내쉬며 입을 열었다.

"후, 모르겠습니다. 왜 노선배님이 제 어깨에 만근 무게를 얹고자 하시는지."

유태청이 입가에 조용한 웃음을 배어 물었다.

"사실 자네를 따른 이유 중에 하나는 바로 자네의 내면에 도사린 힘의 정체가 궁금했기 때문이네. 하지만 이제는 다 부질없는 짓이란 것을 알았다네."

처음부터 그럴지도 모른다 생각은 했었다. 그러나 막상 유태청의 입을 통해 그 말을 듣자 진용은 속으로 안도의 한숨을 내쉬었다.

만일 자신이 흡취한 마기로 인해 마에 물들었다면? 유태청은 아마도 자신을 제거할 마음이었을 것이다, 분명히!

그런데 그런 품 안의 송곳이, 천하에서 가장 날카로운 칼날이 이제는 든든한 호신갑으로 변한 것이다.

"왜 그리 생각하신 거죠?"

유태청이 조용히 웃음을 지었다.

"늙었다는 걸 알게 되었거든. 늙어선지 한 번 다치면 쉽게 낫지도 않아. 그래서 모든 것을 비웠더니 안 보이던 것까지 보이지 뭔가."

진용의 눈가에 잔떨림이 일었다.

"혹시… 회복이 어렵다는 말씀? 이런! 그것도 모르고……."

유태청이 여전히 웃는 모습으로 고개를 끄덕였다. 그는 겹친 내상으로 인해 선천지기마저 상당한 손상을 입었던 것이다. 회복이 불가능하게 생각될 정도로.

크게 상심했을 법한데도 매우 편안한 표정으로 그가 말했다.

"연속으로 겹치니 더 심해졌어. 아마 십 년간 운기만 한다 해도 본래대로 돌아올 수 없을 것 같아. 해서 이 늙은이는 아영이나 가르치면서 놀고, 대신 자네를 좀 귀찮게 하려는 거지. 허허허."

어느 순간부턴지 유태청의 말투가 손자에게 말하듯 편하게 흘러나왔다.

"자네라면 그 혈수인의 주인을 제압할 수 있을지 모른다는 생각이 들어서 말이야."

그랬던 것이다. 유태청이 굳이 구름 속의 신룡 같은 열 명의 고수를 언급한 진짜 이유는 바로 그것이었다.

혈선인! 혈수인의 주인!

자신을 두려움에 젖게 만든 자, 그를 상대케 하기 위해서!

한데 혈수인(血手印)? 그 말을 듣는 순간 진용은 문득 무제의 책에서 봤던 혈수의 주인이라는 말이 생각났다.

왠지는 몰랐다. 알 수 없는 전율이 일었다.

진용의 눈이 유태청을 향했다. 유태청도 진용을 바라보았다. 두 사람이 동시에 입을 열었다.

"설마……?"

"혹시 그게……?"

천 년 전의 이야기 속에 나오던 이름. 혈수의 주인!

터무니없는 생각 같았지만, 그토록 무서운 무공이 오랜 세월 알려지지 않았다면 그만한 이유가 있을 터였다.

유태청이 눈썹을 꿈틀거리며 입을 떼었다.

"아무래도 전에 자네가 말했던 그 이름들에 대해 알아봐야겠군."

"알 만한 분이 있겠습니까?"

"천하에서 벌어지는 온갖 시시콜콜한 일을 간섭하고 다니는 괴팍한 친구가 하나 있지. 그의 성격으로 봐서 이번 일을 절대 지나칠 리가 없네. 아마 근처에 있지 않을까 싶은데……."

"누구신데요?"

유태청이 슬며시 웃음을 지었다. 그를 생각하는 것만으로도 웃음이 나오는지.

"월조옹(越調翁) 사도굉이라는 자네. 그러고 보니 그도 이제 늙은이가 다 되었겠군."

3

허리를 꼿꼿이 펴고 다도에 차를 따라 마시는 그의 전신에
선 알게 모르게 현기가 흘러나오고 있었다. 홍안에 풍염한 백
염, 깨끗한 백의, 단정한 자세. 누가 보아도 그는 명망을 지닌
대학자처럼 보였다.

순전히 겉모습일 뿐이지만.

그가 정천무맹의 정문에서 얼마 떨어지지 않은 월광루에
자리를 잡은 지 벌써 두 시진째였다. 그는 두 시진 내내 구석
에 앉아 귀를 활짝 열어두었다.

사람이 둘 이상만 모이면 한 가지 주제로 열변을 토하고 있
었다. 예외가 없었다.

도검을 찬 무인들만 그런 것이 아니었다. 그렇다고 남자들
만 모인 곳에서 그런 것도 아니었다. 남녀가 쌍쌍으로 앉아
있는 곳에서도 낯간지러운 소리는 들려오지 않고 목청을 높
인 채 침이 튀고 있을 정도였다.

"공자가 그렇게 겁이 많은 줄 몰랐군요."

"무슨 소리요? 나는 다만 현실을 직시하자는 거요."

"그래도 마의 무리를 보면 검을 들어야 하는 거 아닌가
요?"

"흥, 내 실력으로 가당키나 한 소린 줄 아시오? 그자들의
우두머리는 십천존이오, 십천존! 낭자는 내가 개죽음당하기
를 바라는 모양이구려!"

그런 자들은 그나마 현실을 직시할 줄 아는 자들이었다. 하지만 그렇지 않은 자들이 더 많았다.

"호호호, 공자가 나서면 그들이 꼬리를 말고 도망갈 거예요."

"음하하하! 물론이지요! 강호는 감히 마도 따위가 설칠 곳이 아니라오. 놈들이 나서면 내가 싹 쓸어버리겠소!"

한마디로 겁을 상실한 개구리들, 막상 천혈교의 무사들과 마주치면 찍소리도 못할 자들이었다.

그는 두 시진 동안 앉아 있으면서 그렇게 싸우다 각자 다른 문을 통해 나간 남녀를 세 쌍이나 봤다. 어쩌면 객방으로 올라간 남녀가 훨씬, 몇 배는 더 많을지도 몰랐다. 직접 보지 않아 정확하지는 않지만.

그들에 비해 일반 무사들의 주제는 단순하고도 직접적이었다.

천혈교는 마도 집단이 분명하다, 아니다.

십천존 중 두 명이나 끼어 있으니 이제 강호에는 이십 년 만에 네 번째 거대 세력이 등장하는 것이다. 웃기지 마라, 정천무맹이 콧바람을 불면 혹 날아갈 허풍선에 불과하다.

그러다 자신이 직접 가서 천혈교의 허실을 밝히겠다는 자마저 나왔다.

'미친놈들! 그렇게 간단히 결론지을 수 있으면 미쳤다고 내로라하는 천하의 종주들이 정천무맹으로 모이고 있겠냐?'

그가 잔뜩 실망한 채 건진 것 하나 없이 자리에서 일어나려 할 때였다. 귓전으로 나직한 목소리가 들려왔다.

"봉황곡도 정천무맹으로 올지 모르겠군요."

응? 이건 또 무슨 말이야? 봉황곡이라니?!

"온다고 봐야겠지, 봉황선자마저 나섰을 테니."

헛! 봉.황.선.자! 이게 웬 떡이람? 오! 기다린 보람이 있구나!

슬쩍 눈을 돌리니 백의를 입고 있는 젊은 서생과 등을 보이고 앉아 있는 나이를 짐작할 수 없는 노인 두 사람이 보였다.

간편한 서생복을 입은 서생은 조금 길어 보이는 얼굴에 선이 굵은 얼굴이 인상적인 청년이었고, 노인은 뒤돌아 앉아 있어 얼굴을 볼 수는 없지만 목소리로 봐서 제법 점잖은 노인 같았다.

'흠, 대화할 만한 자격은 될 것 같군.'

자신의 기준으로 봤을 때 최상은 아니어도 중상(中上)은 될 것 같았다.

그는 자리에서 조용히 일어나 두 사람이 앉아 있는 좌석으로 다가갔다.

그때까지도 그가 인지하지 못하고 있는 것이 있었다. 주위는 시장바닥처럼 시끄러워 옆에서 나누는 이야기도 잘 골라 들어야 할 정도였다. 그런데도 탁자 하나 건너에서 들려온 소리는 토씨 하나 놓치지 않을 정도로 명료하게 들리지를 않았던가.

봉황곡이라는 단어에 혹한 그는 미처 그 사실을 깨닫지 못하고 환한 웃음을 지으며 백의노인의 뒤로 다가가 포권을 취했다.

"허허허, 정답게 이야기를 나누시는데 죄송하오만, 이 늙은이도 마침 봉황곡에 대해 아는 게 좀 있소이다. 하니 함께 이야기를 나누었으면 하는데, 허락하시겠소이까?"

정중한 말투. 모르는 사람이 들으면 먼저 청해서 이야기를 나누고 싶어질 정도의 무게가 담긴 말투였다.

그러나 백의노인은 그의 말투에는 아무런 관심도 없다는 듯 엉뚱한 말을 했다.

"한 가지 질문에 답할 수 있다면 우리와 이야기 나눌 자격이 있음을 인정하겠소."

꿈틀거리는 눈썹을 간신히 제자리에 머물게 한 그가 여전히 정중한 말투로 물었다. 백의노인의 뒤통수를 노려보며.

"허허허, 그것도 재미있겠구려. 내 자랑은 아니오만, 강호사에 대해선 제법 안다고 자부하오이다. 어디 물어보시구려."

'뭐, 자격? 나 사도쾽에게? 어디 말도 안 되는 것만 물어봐

라. 확! 머리를 뽀개 버릴 테다!

사도굉이 속으로 그런 생각을 하고 있는 것을 아는지 모르는지, 백의노인은 태연한 목소리로 질문을 던졌다.

"천 년 전에 몇 명의 절대고수가 있었소. 세인들은 그들 중 한 사람을 벽공(碧公)이라 불렀소. 혹시 그 이름을 들어본 적이 있소?"

움찔, 사도굉은 빠르게 기억의 편린들을 훑어봤다. 십만 권의 서적에 적힌 것보다 많은 정보가 그의 뇌리를 번개 같은 속도로 지나쳐 갔다.

어느 순간, 그의 입에서 자신도 모르게 한마디가 튀어나왔다.

"벽공?!"

경악한 눈이 백의노인의 뒤통수를 노려봤다.

"그렇소, 벽공. 모르오? 그럼 이야기는 끝났구려. 그만 돌아가 보시구려."

백의노인의 축객령에 사도굉은 눈을 부라리며 말했다.

"누가 모른다고 했소?"

조금 전까지의 정중함은 눈을 씻고 봐도 찾을 수가 없었다. 오직 지기 싫어하는 아집에 가득 찬 목소리만이 남았을 뿐.

사도굉이 말했다.

"벽공은 후한 말에 살았던 한 사람을 칭하는 것이외다."

자신감에 찬 목소리가 빠르게 이어졌다.

"후한의 절대자, 오천좌(五天坐)! 그중 한 사람, 벽안(碧眼)으로 인해 벽공이라 불렸던 벽안도제(碧眼刀帝) 기류한! 맞소? 아니, 분명히 맞을 것이외다! 그 외에는 벽공이라 불릴 만한 절대고수가 없으니까!"

사도굉은 답을 내놓고 백의노인의 뒤통수를 뚫어지게 바라보았다. 만일 이상한 소리를 하면 후려갈기기 위해서 주먹에 힘을 잔뜩 주고.

그때 백의노인이 서생을 향해 말했다.

"어떤가, 고 공자? 알 거라고 했지?"

진용이 빙그레 웃었다. 유태청의 말이 아니었다면 겉모습만 보고 속았을지도 몰랐다. 그만큼 사도굉의 급격한 변화는 뜻밖이었다.

"과연 유 노선배님 말씀대로군요. 월조옹께서 모르는 것은 천하의 누구도 알지 못한다 하시더니……."

사도굉은 진용의 말에 득의만만한 표정으로 흐뭇한 웃음을 지었다.

"허허허, 그럼……."

그러다 무슨 생각이 들었는지 진용을 잡아먹을 듯이 노려봤다.

"어떻게 내 별호를……?"

그제야 유태청이 고개를 돌리고 사도굉을 바라보았다.

"거기 서서 뭐 하나? 앉지 않고. 이야기를 나눠보자며? 시간도 넉넉한데 잘됐군. 우리 아주 깊은 이야기를 나눠보자고."

　사도굉은 유태청을 내려다보더니 고개를 갸웃거렸다. 그러더니 갑자기 비명이라도 지를 듯한 표정으로 파르르 몸을 떨었다.

　"다, 다, 당신은……?"

　"이십 년 만인가? 잘 지냈나?"

　"예? 예…… 그야 잘 지냈습죠."

　"그러지 말고 앉게나. 사람들이 쳐다보는군."

　옆 좌석에 앉아서 돌아가는 상황을 흥미진진하게 구경하고 있던 세 사람이 합류하자 유태청이 질문을 던졌다.

　"오천좌는 누구를 말함인가?"

　월조옹은 울며 겨자 먹기로 정보를 털어놓아야만 했다. 그에겐 십절검존의 앞에서 허튼수작을 부릴 배짱이 애당초 없었다.

　"오천좌 중 한 사람은 북천의 하늘이라 불리던 북해빙곡의 곡주, 빙왕(氷王) 소리독현을 말함입지요."

　"빙곡?"

　"지금은 빙왕궁이라 불리고 있는 곳이외다, 유 선배."

　"뭐라? 흠……."

　유태청이 깊이 생각에 잠기자 사도굉은 참지 못하고 넌지시 다음 사람에 대해 입을 열었다. 그 자신조차 흥미가 동한 듯했다.

"또 다른 사람은 혈도 진인(血道眞人)이우. 세상에는 그가 도인이라는 것만 알려졌을 뿐 아무도 그가 어떻게 생긴 사람인지 알지 못했다고 합디다. 그의 손을 본 사람들은 모두 죽었다나 어쨌다나."

도인이라는 말에 정광이 관심을 보였다.

"겁나게 살벌한 도인이었나 보군."

"신발 들고 싸우는 도사보다 더 살벌했을라구요."

끝내 두충도 한마디 했다. 그래도 다행히 맞지는 않았다.

"뭘 그렇게 노려봐요?"

운아영을 사이에 두고 앉은 덕분이었다. 정광이 노려보자 운아영이 간단하게 퇴치해 버렸다.

유태청이 다시 사도굉을 향해 눈을 빛내며 물었다.

"혹시 그를 다르게 부르는 이름은 없었나?"

"오호! 유 선배도 제법……."

"실없는 소리 말고 아는 대로 말해보게."

찔끔한 사도굉은 즉시 입을 열었다.

"당시의 사람들은 그의 손을 죽음의 혈수(血手)라 불렀습지요."

혈도 진인, 도인, 혈수, 혈선인. 뭔가 맥이 이어진다.

유태청이 진용을 바라보았다. 조용히 듣고만 있던 진용이 사도굉에게 물었다.

"나머지 두 분에 대해서도 아시는지요?"

사도굉은 솔직히 궁금해 미칠 지경이었다.

저 어린놈은 누구일까? 누군데 유태청과 마주 앉아서 태연히 이야기를 나누고 있단 말인가? 당금 천하에서 과연 십절검존 유태청과 저리 허물없이 지낼 젊은이가 누가 있을까?

오룡이 어쩌구, 십영이 저쩌구 해도 그놈들은 유태청과 마주 앉으면 바싹 마른 대나무처럼 부동자세가 될 놈들일 뿐이었다.

그는 머리를 쥐어뜯고 싶은 심경으로 진용을 뚫어지게 쳐다보았다.

이름이 고진용이라 했던가?

하지만 그걸로는 아무것도 알 수 없었다. 천하에서 가장 해박하다는 자신의 머릿속을 뒤집어 탈탈 털어봐도 그런 이름은 어디에도 없었다. 환장할 일이 아닌가!

'으아아! 대체 저 고진용이라는 놈은 누구야?'

눈에 힘을 잔뜩 준 사도굉을 향해 진용이 다시 물었다.

"그들 중 악록산 근처에 살았던 사람은 없었습니까?"

얼떨결에 첫 번째 질문을 지나친 사도굉은 눈을 휘둥그렇게 뜨고서 고개를 끄덕였다.

"악록산 근처? 어떻게 알았나? 장사(長沙)에 살던 사람이 하나 있네만."

"그가 누굽니까?"

내가 왜 알려줘야 하는데?

마음은 그런데도 입은 자동으로 열렸다.

"신왕(神王) 동방산운!"

"그의 무공에 대해 아는 게 있나?"

유태청이 끼어들어 묻자 고개를 모로 꼰 사도굉이 인상을 찡그리며 답했다.

"그는 본래 왕족이었기 때문에 그의 무공에 대해 정확히 밝혀진 것은 없습죠. 다만 전해진 이야기로는 그의 무공은 워낙 난해해서 그의 후손들조차 제대로 익힌 자가 없었다 하더구만요. 뭐, 어떤 사람들은 그가 자신의 무공을 제대로 전해주지 않고 사라지는 바람에 장사 신왕가의 맥이 끊겼다고도 하고……."

사도굉은 자신의 대답이 마음에 안 들었는지는 몰라도 진용은 그의 말로 인해 확신을 할 수 있었다.

자신이 얻은 무공은 동방산운의 무공이다. 천 년 전 오천좌 중의 한 사람이라는 신왕의 무공!

유태청도 같은 생각인지 가만히 고개를 끄덕였다. 그러면서 마지막 한 사람에 대해 물었다.

"그건 그렇고… 마지막 한 사람은 누군가?"

사도굉이 곤혹한 표정으로 고개를 저었다.

"그건 저도 잘 모릅니다. 그에 대한 기록은 오직 하나, 당시의 절대고수들이 그를 백두선인(白頭仙人)이라 불렀다는 말밖에 남은 게 없어서……."

그 말에 진용과 유태청이 서로를 마주 봤다.

그는 객잔에서 나오는 여섯 사람을 눈 한 번 떼지 않고 바라보았다. 자신에게 최초의 실패를 안겨준 자가 거기에 있었다.

유태청이라면 이해할 수 있는 일이다. 그러나 자신에게 실패를 안겨준 자는 나이 스물의 어린놈이었다.

'죽지는 않아도 병신은 면할 수 없다 생각했거늘.'

의외였다. 아니, 놀랄 일이었다. 분명 심맥이 뒤틀린 것을 느꼈었다. 자신이 그리 느꼈다면 그리되어야 맞았다. 지난 삼십 년 동안 한 번도 착오가 없었으니까.

사실 진용이 여주에 멀쩡한 몸으로 나타났다는 연락을 받았을 때만 해도 그는 그 말을 절대 믿지 않았었다.

그런데 자신의 눈으로 본 진용은 서신에 쓰여진 대로 멀쩡하지를 않은가 말이다.

완전한 실패! 치욕이었다.

"어찌하시겠습니까? 놈이 정천무맹으로 들어가면 더 어려워질 텐데요."

암군은 상관욱의 말조차도 비아냥거림으로 들렸다. 자신도 모르게 날 선 목소리가 흘러나왔다.

"흥! 한 번은 실패했지만 두 번의 실패는 없다."

상관욱의 눈이 가늘어졌다.

'한 번 실패하면 두 번 실패할 수도 있는 법이외다. 특히 이런 일은. 한 번의 실패도 없었던 당신의 가장 큰 약점을 이제야 알 것 같군.'

"주군께서 사람을 더 보내준다 하셨습니다만."

"그들은 그들의 방법이 있을 것이고 나에겐 나대로의 방법이 있다. 나는 내 방법대로 한다. 그렇게 전해라."

"알겠습니다. 그리 전하지요."

상관욱은 나직이 답하며 저 멀리 걸어가고 있는 진용을 바라보았다. 왠지 그의 등이 더욱 크게 보이는가 싶더니 한순간에 망막에 가득 찼다.

웃음이 나온다. 자신을 절망의 나락으로 떨어뜨린 자에게 감탄을 하다니. 며칠 전만 해도 죽이지 못해 안달했거늘.

'후후. 암군 선배, 미안하오만 내기를 한다면 나는 저자에게 모든 것을 걸 것이오.'

'시르, 놈들이 근처에 있다.'

'나도 알아.'

'그냥 놔둘 거야?'

'응. 그냥 놔둬도 당장은 못 움직일 거야. 여긴 여주거든.'

객잔을 나서면서부터 자신을 향한 미세한 마기를 느꼈다. 한 번 부딪쳐 본 적이 있는 기운이었다. 놈들이었다. 자신을 죽음 직전까지 몰고 갔던 그 노인과 상관욱 일행.

진용의 입가로 하얀 웃음이 번졌다. 이전의 자신이 아니다. 그때에 비하면 적어도 삼성 이상의 공력이 늘었다. 그리고 마령의 기운이 조금씩 흡수될수록 하루하루가 다른 상황이다.

게다가 그때는 화인화를 구하겠다는 욕심에 서두르다 당했지만 이제는 자신이 기다리는 입장이다.

'구양무경, 어디 해보자. 하나하나 보내는 족족 무너뜨려 주겠다. 후후후.'

그렇게 혼자 생각에 잠겨 웃는 진용이 실없어 보였나 보다. 정광이 물었다.

"고 공자, 뭐 기분 좋은 일 있나?"

"예, 드디어 본격적으로 강호에 뛰어들기 직전 아닙니까?"

"······?"

그게 그렇게 즐거운 일인가? 하긴 뭐, 이런저런 사람을 만나는 게 재미있는 일이긴 하지.

정광이 고개를 비틀고 끄덕이더니 자신을 바라본다.

진용은 속으로 웃으며 화제를 돌렸다.

"제가 드린 책은 다 보셨습니까?"

"열심히 보고 있네. 워낙 자세히 주석을 달아놓아서 보는 재미가 쏠쏠하더군. 자네 아버님 정말 굉장한 분이야. 이 정광이 존경하기로 했네."

풍림장에서 건네준 책을 말함이었다. 그동안 몇 글자를 해석한 성과는 얻었지만 더 이상의 진전이 없었다. 그런데도 정광은 그 책을 계속 파고들었다.

"그래서 말인데… 언제 함께 풀어보았으면 좋겠는데 말이야…….."

정광이 은근히 재촉했다. 사실 얼마간 고대문자의 해독에 너무 무관심한 측면이 있었다. 풍림장에서 함께한 것을 제외한다면 제대로 된 의견을 나누어본 적이 없을 정도였다.

"정천무맹에 가면 시간을 내보도록 하지요. 아무래도 며칠의 여유는 있지 않겠습니까?"

"그래서 정천무맹으로 가시겠다는 말입니까?"

"그럴 생각이네."

사도굉의 가늘어진 눈에서 정체를 알 수 없는 눈빛이 번뜩였다.

"사실 저도 정천무맹에 가볼 생각이었지요. 그래서 말인데…….."

유태청은 사도굉의 속마음을 알았지만 아무런 말도 하지 않았다. 일행 중 사도굉보다 강호의 일을 잘 아는 사람이 누가 있을까?

"…같이 가면 안 되겠습니까?"

아마 자신의 이야기 보따리를 가득 채울 생각일 것이다.

'주는 게 있으면 받는 것도 있겠지.'

단순한 계산으로도 손해 볼 일이 없었다.

유태청은 진용을 바라보았다.

"어떤가?"

"지나친 행동만 자제하신다면야……. 비밀 엄수는 물론이고 말입니다."

비밀 엄수? 뭔 말이지? 가만? 유태청의 저 태도는 또 뭐야?

사도굉은 어리둥절한 가운데에서도 놀람을 금치 못했다.

유태청의 태도로 봐서 이들의 움직임을 결정하는 것은 유태청이 아니었다. 고진용이라는 저 어린 서생, 저 서생이 모든 일의 결정권자였다.

사도굉은 머리가 지끈거렸다. 또다시 두통이 파도처럼 몰려왔다.

'끄응, 이거 괜히 끼어든 거 아닌지 모르겠네.'

그러다 또 다른 생각이 들자 두통이 씻은 듯이 사라졌다.

'아니지! 어쩌면 더 재미있는 일이 생길지도…….'

진용은 천변만화하는 사도굉의 눈빛을 보며 넌지시 입을 열었다.

"그리하지 않으실 거면 여기서 헤어지지요."

사도굉은 결정한 듯 눈빛을 고정시키고 앞을 바라보았다. 삼 장 높이 정천무맹의 내성 담장과 정천무맹의 방문객을 위한 객사인 정무관이 저만치 보이고 있었다.

"뭘 지켜야 할지는 몰라도 내 어찌 유 선배 앞에서 허튼짓을 할 수 있겠는가? 걱정 말게!'

4

정천무맹에는 온갖 사람들이 찾아들었다.

주축을 이루는 구대문파와 오대세가의 사람들은 물론이고, 비주류라 할 수 있는 강호 대문파의 사람들도 쉼없이 정천무맹을 들락거렸다.

그들뿐이 아니었다. 강호 중소문파의 제자들도 경험을 쌓기 위해 어느 정도 무예를 익히고 나면 정천무맹을 방문했다.

그 모든 사람들을 정천무맹 안에 기거하게 할 수는 없는일. 정천무맹에선 그런 사람들을 위해 정문 앞에 임시 객사를 만들어두고 운영했다.

정무관(正武館).

이층 높이로 지어진 정무관은 모두 다섯 채의 건물로 이루어져 있었는데, 그 크기가 워낙 커서 억지로 밀어 넣으면 일천 명의 손님도 받을 수 있을 정도였다.

십 년 전 처음 정무관을 지었을 때는 숙박을 위한 용도로만 쓰였다. 하지만 시일이 지나자 맹의 잡무를 관장하는 성무당의 한 간부가 멋진 안건을 내놓았다. 정무관에 인원을 파견해 정천무맹에 들어가려는 사람들의 기초적인 신원을 미리 조사하자는 것이었다.

성무당주 제갈종은 흔쾌히 그 안건을 받아들였다. 그는 정무관의 일층에 집무실을 만들고서 두 명의 서기를 파견했다.

그것은 매우 효과적이었다. 또한 정천무맹의 정문은 물론이고 내성마저 번잡함에서 벗어나게 해줬다. 맹의 간부들은 모두 그 일에 만족함을 표시했다. 개중에는 성무당주 제갈종에게 상을 줘야 한다는 사람까지 나올 정도였다.

그리고 결국, 성무당은 정무관에 열두 명의 인원을 더 파견해 그곳에 머무는 자들의 자세한 신원 파악까지 하는 업무를 해야만 했다.

좀 더 적극적인 조사 업무를 위해서라는 것은 허울 좋은 목적일 뿐, 실제는 남의 뒷조사나 하는 눈은 더욱더 줄어들어야 마음대로 움직일 수 있다는 각파의 이전투구로 인함이었다.

그러다 삼 년이 지났을 즈음 성무당의 반절에 해당하는 인원이 밖으로 쫓겨났다. 제갈세가를 질시하는 문파들이 밖에서 일하는 게 훨씬 효율적이라며 밀어냈기 때문이었다.

제갈종은 처음에 안건을 내놓은 제갈민을 작신 두들겨 패서 쫓아내 버렸다. 조카만 아니었으면 패죽였을지도 몰랐다.

오늘도 제갈민은 책상 앞에 앉아 죄없는 붓대만 잘근잘근 씹어댔다. 지난해부터 생긴 버릇이었다.

"제기랄! 잘했다고 침 튀기며 칭찬할 때는 언제고!"

지난 일 년이 지옥 같았다. 숙부와 눈을 마주치지 않기 위해 정천무맹의 내성에는 한 번도 들어가지 않았다. 보고도 수하를 시켜서 올렸다.

사실 너무나 억울했다. 자신이 내놓은 안건은 너무나 훌륭해서 한 해의 예산만도 은자 수천 냥은 아낄 수 있었다.

그리고 비록 인원이 내성에서 밖으로 내몰려 성무당의 힘이 약해지긴 했지만 열두 명만으로 백 명이 해야 할 일을 처리하고 있으니 상을 받아도 큰 상을 받아야 할 일이었다. 실제로 작년 말에 거금 일천 냥의 상금을 받기도 했고 말이다. 자신에게 돌아온 건 한 푼도 없었지만.

"차라리 집으로 돌아갈까?"

한두 번 생각해 본 것이 아니다. 문제는 돌아갔을 경우 환대를 받을 수 있을까 하는 점이었다. 아마 환대는커녕 집에서 쫓겨나지나 않으면 다행일 것이다. 직계라면 몰라도 방계의 자손들은 아무리 똑똑해도 한 번 잘못하면 나락으로 떨어지는 게 현실이었다.

"그래도 정 매는 반겨주겠지?"

약혼녀인 장현정이 떠오르자 실없이 웃음이 떠오른다.

이 년 전에 약혼을 했고, 삼 년 후인 내년에 혼인식을 올리기로 했다.

"가가, 저는 가가를 사랑하지 가가의 배경을 사랑한 것이 아니

234 마법서생

에요. 건강하게만 돌아오세요."

얼마나 착한 마음씨란 말인가.

문득 마음이 한쪽으로 기운다.

'돌아갈까? 가서 세가의 일이나 하면서 조용히 살까? 솔직히 이전투구하는 꼴도 보기 싫은데.'

장현정을 생각하자 딱 한 번 가슴에 안아봤던 그날이 떠오른다. 제법 봉긋하니 솟은 가슴의 감촉이 아직도 잊혀지지 않고 느껴진다. 말랑말랑하니······.

한순간 제갈민의 입가로 묘한 웃음이 그어졌다.

"눈이 풀렸군."

그때 뜬금없이 들려오는 소리. 제갈민의 머릿속에 떠올랐던 장현정의 그림자가 희미하게 흐려졌다. 얼마 만에 떠올린 얼굴인데.

'어떤 놈이!'

하지만 제갈민은 석 자 앞에서 뚫어지게 바라보는 호안(虎眼)을 마주하고는 목구멍까지 치솟은 고함을 꿀꺽 삼켰다.

"어······ 뉘시오?"

"누구긴, 정천무맹에 볼일이 있어 온 사람들이지."

그런데 한 사람이 아니었다. 웅성거리는 소리가 들려온다.

"여기에 신원을 밝히면 방을 준다고 하던데······?"

"좀 이상한 사람이군요."

"식곤증 때문에 졸린가 봅니다."

"그게 아니라, 눈빛을 보니 여자 생각을 했던 것 같은데요?"

"좌우간 남자들이란 시간만 나면……."

고개를 살짝 옆으로 기울이자 청의도사의 뒤에 다섯 사람이 서 있는 게 보였다. 하나같이 똑같은 차림을 한 사람이 없었다. 그의 감각이 소리쳤다.

—조심해! 보통 사람들이 아냐!

하지만 약혼녀를 잃은(?) 그의 마음은 평상시의 예민함을 잃어버렸다.

제갈민이 조금은 퉁명한 목소리로 물었다.

"어디서 오신 분들이시오?"

진용이 답했다.

"우린 고가장에서 왔소."

"고가장?"

처음 들어보는 곳이다. 한마디로 별 볼일 없는 문파라는 말. 하긴 저렇게 젊은 서생이 어른들 앞에 불쑥 나서서 말할 정도라면 알 만한 문파다.

'반월관으로 줘버려? 에이, 그래도 노인이 둘이나 되는데……. 여자도 있고.'

큰맘먹고 최하급의 객실은 주지 않았다. 어차피 자기 돈 들어가는 것도 아니니까.

"이곳에 성함을 적고 화정관으로 가시오. 하루에 각 방당 은자 두 푼이오. 객잔보단 훨씬 싸니 이의를 달지는 마시오."

그는 기명부를 진용 앞으로 내밀었다.

고가장에서 온 사람들, 총원 여섯 명.

진용이 붓을 들었다.

장주 고진용.

유태청이 붓을 잡고 잠시 망설이더니 간단히 휘갈겼다.

유청, 사굉.

정광이 조금 불만에 싸인 사도굉에 아랑곳하지 않고 붓을 이어 잡았다.

태산진인 정광.

기가 차지도 않는지 두충이 정광을 째려보고는 아래쪽에 다 커다랗게 휘갈겼다.

북경거사 두…….

딱!
"건방진 놈!"
눈알이 튀어나올 만큼 거센 충격에 두충의 전신이 흔들렸
다.
"이리 줘! 내가 써줄 테니까."
정광이 붓을 홱 잡아 뺏더니 '거사'를 지우고는 그 옆에다
조그맣게 두 글자를 썼다.

북경유구(北京乳狗) 두충.

북경의 젖 먹는 강아지?
두충의 얼굴이 붉게 달아올랐다. 움켜쥔 두 손이 부들부들
떨렸다.
'두씨 집안의 장손을 어떻게 보고… 으으으…….'
"어른들 앞에서, 뭐? 거어어사?!"
네 개의 눈구멍에서 불꽃이 튀었다.
하지만 기가 찬 표정으로 두 사람의 하는 짓거리를 바라보
고 있던 운아영이 빽 소리를 지르는 바람에 두 사람의 눈싸움
은 더 이상 이어지지 못했다.
"지금 뭐 하는 거예요?! 애들도 아니고!"

찔끔한 두충이 슬며시 고개를 돌리자 정광도 헛기침을 뱉어내며 멍한 표정을 짓고 있는 제갈민을 바라보았다.

"허험! 이보게, 화정관이 어딘가?"

한편 제갈민은 어이가 없다 못해 황당하기까지 했다.

'뭐 이런 사람들이 다 있어?

기명부를 바라보았다. 쓱쓱 마음대로 지운 자국이 그대로 있었다. 한데 화가 나기는커녕 웃음이 절로 나온다. 북경유구……. 아마 기명부를 적기 시작한 이래 가장 웃기는 별호일 것이다.

갑자기 우울했던 조금 전까지의 기분이 씻은 듯이 사라지고 입가에 웃음이 걸릴 정도로 기분이 좋아졌다. 제갈민은 웃는 얼굴로 때마침 안에서 나오던 수하 하나를 불렀다.

"이봐! 용수!"

"예, 서기관님."

"이 사람들을 화정관으로 안내해 주게. 방은 세 개를 주도록 하고."

진용 일행이 용수라는 수하를 따라 안으로 들어가자 제갈민은 피식 웃으며 장현정을 다시 떠올리려 애썼다. 그때 문득 떠오른 생각.

제갈민은 기명부를 다시 쳐다보았다. 한 가지가 적혀 있지 않았다.

방문 목적.

"그러고 보니 방문 목적을 물어보지 않았잖아?"

고개를 돌려봤지만 이미 그 웃기지도 않는 일행은 안으로 사라진 뒤였다. 결국 제갈민은 자신이 직접 빈 공란을 채웠다. 앞장에 수없이 적힌 글귀 그대로.

작은 힘이나마 보래 정천무맹과 함께 강호의 협의도를 세우기 위해 방문.

위지홍의 소식을 듣는 일은 그리 어렵지 않았다. 천제성이 워낙 대규모로 움직였기에 이른 아침부터 소문이 파다하니 퍼져 있었던 것이다.

정무관의 커다란 식당은 그 이야기로 시끌벅적했다. 귀가 있다면 그 소식을 모를 사람이 없을 정도였다.

아침 식사를 마치고 진용이 있는 방으로 모두가 모여들자 유태청이 진용에게 말했다.

"어찌할 생각인가? 천제성의 사람들이 내성에 들어갔다는데."

"일단 그들이 어떻게 움직일지 살펴볼까 합니다."

"우리도 내성에 들어가야 하는 것이 아닌가요?"

운아영이 잔뜩 기대감 어린 표정으로 유태청을 바라보았

다. 하지만 유태청은 그녀의 기대감을 외면했다.

"별로 바람직하지 않은 일이다. 단순히 강호의 일만 생각한다면야 그리 못할 것도 없지만, 고 공자의 정체를 알게 되면 그들은 거리를 두게 될 것이야. 우선은 고 공자의 말대로 정천무맹과 천제성의 움직임을 지켜보며 뒷일을 결정하는 것이 옳을 것 같다."

진용이 빙그레 웃으며 뾰로통하니 입술을 내밀고 있는 운아영을 향해 말했다.

"풍림장의 연락을 받은 위지 대협이 우리들을 찾을 겁니다. 그 뒤에 움직이도록 하지요. 아마 그들도 지금쯤 적이 하나가 아니라는 사실을 알았을 테니 움직임이 조심스러울 수밖에 없을 겁니다."

운아영도 그 사실을 잘 알기에 아무 소리도 하지 않았다. 대신 태평하게 차만 홀짝거리고 있는 두충을 노려보았다. 두충이 운아영의 눈빛을 의식하고 맹한 눈으로 물었다.

"뭘 봐?"

운아영이 졌다는 표정으로 고개를 저었다.

"어휴, 앞으로는 태평무사 두충이라고 해."

한편 꿔다 논 보릿자루처럼 듣고만 있던 사도굉이 더 이상은 못 참겠다는 듯 고개를 쑥 내밀었다.

듣다 보니 천제성이 어쩌고저쩌고, 위지홍이 도움을 청하기 위해 찾을 거라는 둥, 도대체 저 별 볼일 없어 보이는 서생이 얼마나 대단한 자이기에 저러는지 이해할 수가 없었다. 거기다 뭐? 천제성이 조심하고 있다고?

한마디로 웃기는 말이 아닌가 말이다.

"그 적이라는 곳이 한 곳은 천혈교라는 것을 알겠는데, 다른 한 곳은 어딘가? 당금 천하에 천제성을 위협할 만한 곳이 어디 있단 말인가?"

진용이 무심한 눈으로 사도굉을 응시했다. 그리고 말했다.

"삼존맹입니다."

사도굉은 잠시 어리둥절한 표정으로 진용과 유태청을 번갈아 쳐다봤다. 그러다 한순간, 쿵! 사도굉은 간덩이가 나락으로 떨어지는 기분이 들었다.

진용이 한 말의 의미는 단순하면서도 무서운 의미를 담고 있었다.

─삼존맹이 우리들의 적이다!

"그러니까… 공자와 유 선배의 적이… 천혈교와 삼존맹?"

진용이 고개를 저었다.

"정확히 말하면 제 적이지요."

사도굉의 어깨가 가늘게 떨렸다. 천혈교의 힘을 알지 못하는 그로선 천혈교는 둘째 문제였다.

문제는 삼존맹이다. 설마하니 천하에서 가장 거대하다는 세력 중 한 곳이 적이라니!

그는 절대 주어진 명보다 짧게 살고 싶지 않았다.

"그, 그런……. 그럼 나는 빠져야……."

"이제는 늦었습니다. 이미 그들은 노선배가 우리와 함께하고 있다는 것을 알고 있습니다."

"무슨……?'

의아한 것은 사도굉만이 아니었다. 유태청과 정광 등도 모두 진용을 바라보았다.

"놈들이 이곳에 와 있습니다. 쉽게 손을 쓰지는 않겠지만, 그렇다고 보고 있지만도 않을 것입니다. 떠나면 놈들의 표적이 될 겁니다, 노선배님."

간단하게 굵은 올가미가 사도굉의 목에 씌워졌다. 사도굉은 당황한 얼굴로 유태청을 바라보았다.

"유 선배……."

"고 공자의 말이 맞네. 당분간은 함께해야 하네. 쯔쯔, 그래서 말린 것인데, 이제는 어쩔 수 없지. 자네가 가진 재주도 적지 않으니 너무 걱정만 하지 말게나."

가진 바를 다 내놔라. 그래야 살 수 있다.

결국 그 말이었다.

사도굉은 또다시 전날처럼 고민의 바다에 풍덩 빠져들었다.

'대체 너는 누구냐?! 누군데 삼존맹과 천혈교를 적으로 삼고 있단 말이냐?!'

사도굉이 넋 빠진 얼굴로 식어버린 찻물에 고개를 처박고 있을 때였다. 밖에서 뭔가가 부서지는 소리와 고함 소리가 섞여서 들려왔다.

와장창!

"그대가 감히!"

여느 객잔에서고 흔하게 벌어지는 일이었다. 그러나 이곳은 정천무맹에서 운영하는 정무관, 결코 흔한 일이 아니었다.

물론 극히 드물게 싸움이 일어나긴 했다. 많은 사람들에게 즐거움을 선사하며. 당사자들이야 뇌옥으로 끌려가 고생을 좀 하고 나와야 되긴 했지만.

두충이 뽀르르 창문으로 달려가더니 덜컥 창문을 열고 밖을 내려다봤다.

정무관의 건물과 건물 사이는 제법 넓은 공간이 있었다. 그곳은 정무관에 모인 사람들이 서로 통성명을 하며 얼굴을 익히는 만남의 장소였다.

한데 지금 그곳에선 두 사람이 대치하고 있었다.

깨끗한 하늘색 청의로 한껏 멋을 낸 이십대 후반의 청년과 허름한 흑의를 입고 흐트러진 머리로 인해 그 나이를 짐작키 힘든 장한이.

청의청년의 손에는 한 자루 청강장검이 들려 있었다. 제법 예리한 기운이 흐르는 것이 돈깨나 주고 산 듯했다.

반면 흑의장한의 옆구리에 매달려 있는 석 자 길이의 칼은 도신을 낡은 가죽으로 대충 감아놓아 한눈에 봐도 싸구려 같은 협도였다.

청의청년이 노한 목소리로 소리쳤다.

"본인은 은평손가의 손인묵이라 한다! 너는 누구기에 감히 본 공자의 여인을 건드는 것이냐?"

은평손가라면 무당의 속가로 호북 수주에서 제법 이름을 날리는 가문. 그가 자신의 가문을 앞에 내세운다 해서 이곳의 누구도 비웃지 못할 정도로 유명한 곳이었다.

그의 옆에는 제법 예쁘장한 여인이 겁에 질린 얼굴로 흑의장한을 노려보고 있었다.

흑의장한은 여인은 보지도 않고 손인묵을 향해 말했다.

"나는 달려오는 여인을 피했을 뿐이오."

"뭐라? 그런데 왜 양 매가 겁에 질려 있단 말이냐? 분명 그대가 어떤 수작을 피웠으니 그런 것이 아닌가?"

억지 같으면서도 언뜻 수긍이 가는 말이었다. 단순히 피하기만 했는데 여인이 공연히 겁에 질릴 이유가 없지 않은가?

사실 그 이유를 장한은 짐작할 수 있었다. 그러나 대놓고 말할 상황이 아니었다.

"나는 거짓을 말하지 않았소. 그것은 저 여인에게 물어보면 알 것이오."

분명 그랬다. 여인, 소현양도 알고 있는 일이었다. 하지만 그녀는 일이 생각보다 커지자 쉽게 진실을 말할 수가 없었다. 자칫 정인이 엉뚱한 소란만 피운 꼴이 될지도 몰랐다. 창피한 일이었다.

마침 손인묵이 물었다.

"양 매, 정말 아무 일도 없었소? 혹시 저자가 당신을 밀거나 하지 않았소?"

소현양은 엉겁결에 더듬거리며 대답했다.

"그, 그랬어요. 저자가 저를 밀었어요, 살짝……."

"흥! 그럼 그렇지! 들었나?"

흑의장한은 고개를 푹 숙이고 있는 소현양을 가만히 바라보고는 손인묵을 향해 말했다.

"나는 하지 않은 일을 했다고 할 수는 없소. 또한 더 이상 쓸데없는 소란을 일으키고 싶지도 않소. 당신은 내가 어찌하길 바라는 거요?"

손인묵은 득의의 표정을 지었다. 이 정도의 일로 소란을 일으키는 것은 그도 바라지 않았다. 정무관에서 소란을 피우면 뇌옥에서 삼 일간 지내야 한다는 것을 잘 아는 그였다. 그저 자신이 나선 체면만 세우면 될 뿐.

"무릎을 꿇고 양 매에게 사과해라! 그럼 용서해 주겠다."

흑의장한은 말없이 손인묵을 바라보았다. 그가 조용히 입을 열었다.

"당신은 나를 궁지로 몰아넣는군."

"흥! 못하겠단 말이냐?"

흑의장한은 대답 대신 옆구리의 칼을 잡아갔다.

뜻밖의 상황에 손인묵은 싸늘한 표정으로 검을 내밀었다. 뇌옥에 갇힐지도 모르지만, 대신 이름이 알려질 것이다. 그것도 그리 손해는 아니었다.

"호! 남자다, 이건가? 좋아! 후회는 하지 말도록!"

그때 한 사람이 구경꾼들 사이에서 걸어나왔다.

"소가주, 그런 자를 상대하면서 직접 검을 쓸 필요가 있겠소? 소가주 대신 제가 그자를 꿇리리다."

손인묵은 자신을 호위하며 따라온 손가의 호령단주 강해송이 나서자 잠시 머리를 굴렸다. 비록 자신이 직접 나선 것만 못하지만 손가의 이름이 알려지는 것은 매한가지였다. 그리고 결정적으로 자신은 뇌옥에 들어가지 않아도 되었다.

"그러시오. 그대가 저자에게 우리 손가의 위엄을 보여주시오."

강해송이 앞으로 나설 때쯤 흑의장한의 손에 들린 도를 둘러싼 가죽이 거의 다 벗겨졌다. 눈이 시릴 정도의 하얀 도광이 가죽 사이로 새어 나왔다.

'어쩔 수 없나?'

화아악! 가죽이 벗겨진 도신이 설백의 광채를 뿜어냈다.

순간 사도굉의 입에서 놀란 목소리가 튀어나왔다.

"어? 저 도는?!"

유태청이 눈빛을 빛내며 중얼거렸다.

"구유도."

"예, 맞습니다. 구유설백이라는 말이 있지 않습니까? 저 도는 분명 구유도가 맞습니다. 십오 년 전에 한 번 본 적이 있습니다. 도집이 없어 미처 몰랐습니다만……."

구유도, 강호에서 가장 강한 도 중 하나. 구유탈혼도 석추량, 그의 애도를 말함이었다.

유태청의 기억 속에 오래전 일이 하나 떠올랐다.

'그는 진짜 도객이었지. 오랜만에 보는군. 한데 왜 도집이 없지?'

바라보고 있는 사이, 흑의장한의 도가 새하얀 잔상을 남기며 허공을 일직선으로 갈랐다.

단 한 번이었다. 그 한 번으로 강해송의 움직임이 멈춰 버렸다.

그의 목에는 백설보다 더 하얀 도신이 닿아 있었다. 도신을 타고 새빨간 선혈이 한 방울 굴러 떨어졌다. 강해송의 떨리는 눈빛이 떨어지는 핏방울을 쫓아갔다.

"어, 어떻게…… 이런……."

구경하던 모든 사람들이 입을 닫고 눈을 부릅떴다. 특히 손인묵은 손을 부르르 떨며 입술을 악물었다.

단순히 빨라서가 아니었다. 흑의장한의 도에서 뿜어져 나온 살 떨리는 기운에 솜털이 곤두선 것이다.

"마도(魔刀)?!"

손인묵이 자신도 모르게 소리쳤다.

굳어 있던 사람들이 천천히 일어섰다.

마도다! 마도(魔道)의 칼!

자신들이 이곳에 온 목적이 무엇이던가. 마도를 표방한 천혈교와 정천무맹이 싸울 경우 한팔 거들기 위해서가 아니던가.

"너는 누구냐? 마도의 잡종이더냐?"

손인묵이 두려움을 떨치기 위해 소리쳤다.

창! 누군가가 검을 뽑았다. 시작을 알리는 종소리처럼.

삼십여 명의 구경꾼이 일제히 무기를 뽑아 들었다. 상대는 마검을 익힌 자. 그러나 강하다. 단 일 검에 손가의 호령단주를 제압할 정도로.

그때였다.

"모두 물러서시오!"

수명관과 화정관 사이로 난 통로를 통해 세 명의 정천무맹 무사가 들이닥쳤다.

"이곳이 어딘 줄 알고 감히 피를 본단 말이오!"

제갈민이 제법 무게를 잡고 소리쳤다. 손인묵이 다급하게 말했다.

"저자는 마도의 고수요. 분명 마도의 첩자일 것입니다!"

제갈민의 눈이 흑의장한을 향했다. 그는 한눈에 흑의장한을 알아보았다.

"당신은 감숙 비인곡의 제자라고 했던 사람이 아니오?"

흑의장한이 말없이 고개를 끄덕였다.

"한데 왜 이곳에서 소란을 피우는 것이오? 게다가 마도의
고수라니?"

"저자는 분명……."

손인묵은 다시 한 번 나서려다 제갈민이 싸늘하게 노려보
자 자신도 모르게 입을 닫았다.

"결론은 손 공자가 내리는 것이 아닙니다. 기다리시지요."

그 모습을 보고 정광이 한 소리 했다.

"어쭈? 제법인데? 눈빛만으로 저 머저리 같은 놈을 제압하
다니."

사도굉이 간단히 제갈민을 평했다.

"그래도 한때 제갈세가의 기재라 불렸던 사람인데 당연하
지."

"제갈세가요?"

그때 진용이 나섰다.

"일단 저자를 구했으면 싶군요."

흑의장한을 말함이었다. 정광이 그 말을 듣고 쓸데없는 걱
정을 한다는 투로 말했다.

"흠, 저 중에는 저놈을 어떻게 할 수 있는 사람이 없을 것

같은데?"

"그게 문제지요. 분명 쉽게 끌려가려 하지는 않을 테고, 그럼 싸움이 날 텐데, 많은 사람이 다치면 정말 마도의 고수가 한 명 생길지도 모르는 일이잖습니까."

"하긴……."

심심한데 잘됐다는 생각이 드는 정광이었다. 하지만 흑의장한을 구하는 일에 흥미가 동한 것은 정광만이 아니었다.

"일단 구하고 보자고, 저놈이 칼을 휘두르기 전에."

사도굉이 먼저 휙 신형을 날렸다.

"엇? 반칙을……."

정광이 뒤질세라 급히 풍혼을 펼쳤다.

제갈민은 정무관의 입구에서 흑의장한을 처음 봤을 때부터 그의 기세가 보통이 아니라는 것을 느끼고 있었다. 해서 두 사람으로 하여금 흑의장한, 비류명이라는 자의 뒷조사를 시켜놓은 상태였다.

그런데 일이 터졌다. 손가의 멍청한 공자가 자신의 분수도 모르고 범의 코털을 뽑은 것이다.

일단 숨을 고른 제갈민은 침착함을 최대한 유지하며 비류명에게 물었다.

"정천무맹의 위세를 느끼고 싶어서 왔다더니 그것만이 아니었던 것 같군요. 혹시 다른 목적이 있었습니까?"

비류명은 주위를 훑어보고는 나직한 목소리로 말했다.

"사람을 찾으러 왔소."

"사람? 그게 누굽니까?"

"그건 말할 수 없소."

"모든 것을 밝히지 않으시면 진짜 마도의 고수로 몰리게 될지도 모릅니다."

제갈민도 그것을 바라지는 않았다. 그리되면 분명 싸움이 날 것이다. 그리고 자신에게는 눈앞의 비류명을 막을 실력이 없었다. 아니, 자신뿐만이 아니라 여기 있는 그 누구도 이자를 막지 못할 것이다.

움켜쥔 손이 떨렸다. 자신의 감각이 말하고 있었다.

─절대 부딪쳐서는 안 된다. 모두 죽어!

그런데 빌어먹을! 머저리 같은 손가가 또 나섰다.

"저놈은 분명 마도의 고수요! 저자의 마기가 꿈틀거리는 칼을 보지 않았소? 우리 모두 힘을 합해서 저자를 제압합시다!"

사람들이 웅성거렸다. 호기가 이는지 몇 사람이 손인묵의 말에 동조하며 앞으로 나섰다.

"마도의 인물이라면 가만둘 수 없지!"

손인묵이 검을 치켜들고 소리쳤다. 자신의 이름을 날릴 절호의 기회를 버리지 않겠다는 듯.

"마도의 무리에게 정의를 보여……."

펙!

"켁!"

갑작스런 비명과 함께 손인묵의 몸이 뒤로 튕겨졌다.

앞으로 나서던 자들이 모두 제자리에 멈춰 섰다.

"바보 같은 자식! 죽으려면 저만 죽지 왜 엄한 사람들을 저승 가는 친구로 삼으려는 거야?"

손인묵이 날아간 자리에 두 사람이 내려서고 있었다.

제갈민은 손인묵이 사라지고 그 자리에 두 사람이 내려서자 어리둥절한 눈으로 그들을 바라보았다. 익히 아는 사람들이었다. 전날 자신의 정신 상태를 시험했던 자들 중 두 사람.

정광은 맹한 눈으로 자신을 바라보는 제갈민의 얼굴에 바짝 호안을 들이밀었다.

움찔, 뒤로 머리를 빼는 제갈민을 향해 정광이 말했다.

"잘했다. 하마터면 다 죽을 뻔했다. 아니지, 다는 아니어도 저 머저리들은 다 죽었을 거야."

"예?"

때마침 사도굉의 질문이 제갈민의 의문을 풀어주었다.

사도굉이 비류명을 향해 물었다.

"너, 손가 늙은이하고 어떤 사이냐?"

비류명은 도를 다시 가죽으로 감싸며 사도굉을 노려보았다.

창문으로 바라보는 자들 중에 예사 고수들이 아닌 자들이 있었다. 눈앞의 노인은 그들 중 한 사람이다. 자신이 도를 펼치고도 상대의 목을 자르지 않은 것은 그들 때문이었다.

한데 손가? 분명 사부를 말하는 것 같다.

"너, 손추량 몰라? 알 텐데?"

비류명이 되물었다.

"그러는 노인은 누구요?"

"나? 알아서 뭐 하게?"

정광이 사도굉의 대꾸에 어이없어하는 비류명에게 다가갔다.

"그 사람이 누군지는 알아봐야 도움될 일도 없네. 그러지 말고 가지?"

비류명의 칼날 같은 눈썹이 더욱 가느다랗게 변하더니 눈위에 달라붙었다. 싸늘한 눈빛이 눈썹과 어우러져 예리한 칼날처럼 번뜩였다.

그걸 보고 정광이 눈을 동그랗게 뜨며 말했다.

"오! 재미있는 재준데! 그건 그렇고, 뭐 해? 가자니까."

적의는 눈을 씻고 봐도 없다. 그러니 더 헷갈리는 비류명이었다.

"어디를……?"

"엉? 사도 선배, 말 안 했소?"

사도굉이 정광을 보고는 고개를 저었다. 손추량에 대해 물은 게 다였다. 그런데 뭘 말 안 했다는 거지?

정광이 답답하다는 투로 말했다.

"아, 어차피 곤란함에서 구하려 했으면 확실히 마무리를 지어야 하지 않겠소?"

"그래서?"

"그래서는 뭐가 그래서요? 고 공자에게 데려가면 되는 거지."

무슨 생각이 들었는지 사도굉의 눈빛이 묘하게 빛을 발했다.

"그렇군, 맞아! 가세!"

'흐흐흐, 곁에 한 놈이라도 더 있으면 그만큼 위험이 줄어드는 거 아니겠냐구!'

사도굉까지 재촉하자 비류명은 얼떨결에 신형을 돌렸다. 우선 당장은 지금의 곤란한 상황을 벗어나고 싶은 마음뿐이었다.

제갈민은 휙 돌아서서 걸어가는 세 사람을 막지 않았다. 아니, 막을 수가 없었다. 수하 하나가 말했다.

"부관주님, 저들을 그냥 보낼 겁니까?"

그냥 보내지 않으면? 그가 멍한 표정으로 중얼거렸다.

"…구유탈혼도 손추량의 제자를 내가 무슨 재주로 막냐?"

순간 수하의 입이 조개처럼 꽉 다물어졌다. 불만 가득한 표정으로 정광의 뒤를 따라가려던 자들도 발이 얼어붙은 듯 일제히 서 있던 자리에서 굳어버렸다.

그때 정광이 고개를 돌리더니 제갈민을 불렀다.

"자네도 와!"

"왜 나를 부른 것이오?"

비류명은 방에 들어가자마자 싸늘한 목소리로 물었다.

비록 강제는 아니었지만 자신의 행동을 남이 멋대로 좌우한 것에 대한 반감이었다.

진용은 그런 비류명을 바라보며 무심한 목소리로 말했다.

"일단 앉지요. 서 있는 사람하고 이야기를 나누기도 좀 그러니."

비류명은 의아한 표정으로 진용과 유태청을 번갈아 보았다.

그 역시 다르지 않았다. 풍모로 봐도, 이상한 도사와 풍채좋은 노인이 한 말로 봐도 자신을 부른 사람은 조용히 앉아있는 노인이라 생각했다. 그런데 말을 받는 것은 젊은 서생이 아닌가.

"앉으라잖아. 앉아, 지붕 무너지지 않으니까."

정광의 말을 듣고서야 비류명은 탁자로 다가갔다.

사람들이 자신을 바라본다. 특히 키가 큰 여인은 잔뜩 호기심 어린 눈빛으로 뚫어지게 바라본다. 비류명은 자신도 모르게 얼굴에 열이 올랐다. 왠지는 몰랐다.

'멋진 여자군.'

언뜻 그런 생각이 들었다. 생전 처음이었다, 여자를 보고 멋지다는 생각이 들기는.

비류명은 머릿속이 혼란스러워졌다. 대체 자신이 왜 그런 생각을 했는지 의아했다. 지난 몇 년간 한 번도 지어보지 못한 웃음이 나오려 할 정도였다.

그런 비류명을 보고 두충이 발끈했다. 좀 전에 비류명이 펼친 눈부신 도법만 보지 않았다면 당장 면상을 향해 주먹을 날렸을 것이다.

'썩을 놈이, 왜 아영을 저런 눈으로 쳐다봐! …어? 그런데 내가 왜 화를 내는 거지?'

그때 유태청이 입을 열었다.

"손추량은 살아 있나?"

비류명의 눈썹이 조금 전처럼 가느다랗게 눈에 붙었다.

"구유탈백(九幽奪魄)은 완성됐는지 모르겠군."

싸늘하던 눈빛이 가늘게 떨렸다.

"어떻게 구유탈백을?"

"이십삼 년 전인가? 그때 한 번 만났네. 그때만 해도 구유탈백은 완성되지 않았었지. 그래선지 내 검을 십 초도 받지 못했어. 언제고 구유탈백을 보고 싶었는데……."

비류명의 눈이 더할 수 없이 커졌다.

"그의 검을 십 초도 받지 못했다. 구유탈백을 완성하지 못한다면 나는 영원히 그의 십 검을 받지 못할 것이다."

사부의 목소리가 뇌리 저편에서 울렸다.

그였다! 눈앞에 앉아 있는 노인은 바로 그였다!

사부에게 절망을 안겨준 절대의 고수. 사부가 죽기 전까지 진심으로 존경한 단 한 사람! 십절검존 유태청!

"다, 당신은……?"

"이미 지난 이름이야. 그건 그렇고, 아직 내 질문에 답하지 않은 것 같네만?"

비류명은 천천히 일어서서 유태청을 향해 깊숙이 절을 올렸다. 마치 자신의 사부를 대하듯이. 그걸 보고 제갈민은 눈을 부릅떴다.

'뭐, 뭐야? 저 노인이 누군데 손추량의 전인이 저런 절을…… 가만? 손추량을 십 초에 꺾었다고?'

부릅뜬 그의 눈이 튀어나올 것처럼 붉어졌다. 비류명이 하는 말도 귀에 들어오지 않았다.

유태청을 보고, 천유를 보고, 그는 한 사람을 떠올린 것이다. 오래전에 사라진 전설을.

"사부님은… 삼 년 전에 돌아가셨습니다."

유태청은 묵묵히 고개를 끄덕였다. 세월의 흐름이 무상하게 느껴졌다. 그의 굴하지 않는 강인한 기상이 눈에 선한데 그는 이미 이 세상에 없었다.

"사부님께선 구유탈백을 완성하기 전까진 복수를 꿈도 꾸지 말라 하셨습니다만 저는 마냥 세월을 보낼 수만은 없어 나왔습니다."

복수? 그럼 늙어서 죽은 게 아니라 누군가에게 당했다는 말?

"그가 누구에게 당했단 말인가?"

비류명의 눈에서 새파란 살기가 쏟아져 나왔다.

"정확히는 모릅니다. 다만… 사부의 가슴에 구멍을 뚫은 놈이 금면탈을 썼다는 것만 알 뿐입니다."

금면탈?!

유태청의 표정이 굳어졌다. 진용도 깊어진 눈으로 이를 악물고 있는 비류명을 쳐다보았다. 한에 사무친 눈빛이 칼끝에서 부서지는 잔설처럼 흩날리고 있었다.

유태청이 물었다.

"그가 누군지 알면 찾아갈 생각이었겠지?"

"사부님은 어린 저를 전쟁터에서 구해주신 아버지와 같은 분이십니다. 그분을 해한 자와 같은 하늘을 이고 살 생각이 없습니다, 노선배님."

"네 실력으로는 그의 발끝조차 건드릴 수 없을 텐데도?"

"죽음은 두렵지 않습니다. 놈을 죽일 수만 있다면……."

일순간 비류명의 고개가 번쩍 쳐들렸다.

"혹시… 노선배님께선 그가 누군지 아십니까?"

유태청은 고요한 눈빛으로 비류명을 바라보더니 천천히 고개를 돌려 진용에게 물었다.

"어찌 생각하는가?"

"그의 뜻이 중요하겠지요. 단, 제 방법을 따른다는 전제하에서 말입니다."

비류명은 혼란스러웠다. 사도굉이 겪었던 일을 그도 똑같이 겪어야만 했다.

─저자는 누군가? 누구기에 십절검존 유태청이 저리 대한단 말인가!

그의 혼란을 익히 짐작한다는 듯 유태청이 옅은 웃음을 입가에 매달고 그에게 말했다.

"어쩌면 너와 우리는 같은 적을 가졌다고 볼 수 있다. 그러니 따른다면 그가 누군지 말해주겠다."

같은 적? 역시 안다는 말이다, 원수가 누군지!

꼭 유태청이어서가 아니었다. 비류명은 원수를 갚을 수 있다면 누구에게라도 고개를 숙일 용의가 있었다. 그게 설사 악마라 해도.

"원수를 갚을 수 있는 길을 가르쳐 주신다면 설사 지옥에 뛰어들라 해도 따르겠습니다."

"그럼 네 눈앞에 있는 고 공자를 따르거라."

비류명의 어깨가 잘게 떨렸다. 유태청은 자신이 아닌 저 젊은 서생을 따르라 한다. 그렇다면 그만한 이유가 있을 것이다. 십절검존 유태청이 자신할 만한 이유가.

"따르겠습니다."

진용은 무심한 눈빛으로 비류명을 응시했다.

그러고 보니 생각보다 나이가 그리 많은 것 같지는 않았다. 잘해야 서른? 어쩌면 그도 안 되는 듯했다. 게다가 마안으로 훑어본 그의 정신은 굴강하기 그지없었다.

'의외로 좋은 사람을 얻은 것 같군.'

진용은 기분이 좋았다. 사람을 얻는다는 것, 그것도 괜찮은 사람을 얻는다는 것은 결코 쉽지 않은 일이었다. 그런데 뜻밖의 장소에서 괜찮은 사람을 얻은 것이다.

고개를 들자 얼어붙어 있는 제갈민이 보였다.

사도굉은 제갈민을 제갈가의 방계로 뛰어난 기재라 말했었다. 세르탄도 그리 말했다.

'똑똑한 인간 같은데? 좀 덤벙대서 그렇지.'

훗, 웃음이 나오려는 것을 억지로 참고 진용은 제갈민에게 말했다.

"이분의 일은 여기서 그만 했으면 합니다. 본래 이분이 잘못한 것도 아니니 말입니다."

"그걸 어떻게 당신… 공자가……?"

정광이 툭, 한마디 던졌다.

"고 공자가 그렇다면 그런 거야."

"믿어서 남 주는 것도 아니고, 그냥 믿으슈."

두충마저 별걸 다 걱정한다는 투로 말하자 제갈민은 머리가 지끈거렸다. 머리를 쥐어짜는 그에게 진용이 말했다.

"그리고 오늘 이 안에서 본 일은 당분간 발설하지 않았으면 합니다."

"그게 무슨 말이오?"

강제하려는 말투를 좋아할 사람은 없다. 제갈민 역시 그래서 인상을 썼다. 앞에 있는 사람이 자신이 생각한 사람일지라도 본능은 어쩔 수 없었다. 그런 제갈민에게 진용이 전음으로 말했다.

"그대가 황궁의 일에 끼어들 정도로 어리석은 사람은 아니라 생각하오만."

제갈민의 안색이 급변했다. 제갈세가는 하북의 팽가만큼이나 황궁과의 관계를 중요시하는 가문이었다. 그런 만큼 그도 황궁의 내면이 얼마나 복잡하고, 잘못 말려들면 얼마나 골치 아픈지 잘 알고 있었다.

한편으로는 거짓이 아닌가 생각할 수도 있지만, 앞에 있는 사람이 정말 십절검존 유태청이라면 절대 거짓이 아닐 거라는 게 제갈민의 생각이었다.

그때 문득 드는 생각. 그는 입술을 깨물었다.

"공자께서 그리 말씀하시니 모든 것을 조용히 처리하겠습니다. 다만 한 가지 청이 있습니다."

"뭔가요?"

"훗날 기회가 된다면 저도 공자의 일을 돕고 싶습니다."

제갈민이 진용을 뚫어져라 쳐다봤다.

어차피 무료한 정무관 생활에 싫증이 나던 터였다. 그렇다고 집으로 돌아가서 눈치나 보며 지낼 바에야 새로운 길을 찾고 싶었다. 어쩌면 진용이 그 끈일 수도 있었다. 백 명이 매달려도 끊어지지 않을 질긴 동아줄일지, 아니면 썩은 새끼줄일지는 몰라도.

굵은 땀방울이 등줄기를 타고 내려갔다. 대답 여하에 따라 인생의 방향이 바뀔 것이다. 어리석은 생각일지도 모른다. 남들이 비웃을 수도 있었다. 그래도 지금처럼 살기는 싫었다.

입술을 깨문 제갈민의 이마에 땀방울이 송골거리며 맺힐 즈음에야 진용이 빙그레 웃으며 말했다.

"우선은 이곳에 있으세요. 머지않아 제갈 형의 도움이 필요할 때가 있을 겁니다. 그때까지 생각이 변하지 않는다면 그때 만나죠."

제갈민도 속으로 긴 숨을 몰아쉬며 고개를 끄덕였다.

"기다리겠습니다, 고 공자."

비류명에 이어 제갈민마저 진용을 따르려 하자 세르탄이 퉁명스럽게 말했다.

'음, 시르에게 또 한 사람이 걸려들었군.'

'걸려들기는. 사람을 알아보는 눈이 있다고 봐야지.'

'치이, 시르가 뭐가 좋다고……'

세르탄의 구시렁거리는 소리를 들으며 진용이 비류명에게 물었다.

"한데 사람을 찾으러 오셨다고 하셨던가요?"

비류명이 대답했다.

"친구가 이곳에 있다고 들었습니다. 지금도 있을지는 모르겠습니다만……."

진용이 제갈민을 바라보았다. 그리고 비류명에게 물었다.

"제갈 형이라면 이곳에 있는 사람들을 잘 알 것 같군요."

제갈민이 자신에 찬 어조로 말했다.

"이곳에 있는 사람은 모두 육백이십육 명입니다. 이름만 잘못 기재하지 않았다면 제가 모르는 사람은 없습니다. 에… 또, 설령 이름을 거짓으로 기재했다 하더라도 그 사람의 특징만 말씀하신다면 찾는 것은 그리 어렵지 않을 것입니다. 찾고자 하는 사람이 누굽니까?"

한마디로 육백이십육 명에 대해 손금 보듯 안다는 말이다.

정광이 제법이다는 표정을 지으며 말했다.

"보기보다 똑똑하군."

"제갈세가의 기재였다니까."

"역시 사람은 겉모습으로 판단해선 안 되겠군요."

제갈민이 두충을 쏘아보았다. 꼭 말의 내용 때문이 아니었다. 두충이 제일 만만하게 보였기 때문이다.

'내가 어디가 어때서! 너도 그리 잘나 보이지는 않는데 말

이야!'

두 사람이 눈싸움을 하고 있는 사이 비류명이 한 사람의 이름을 말했다.

"그 친구의 이름은 서문조양이오. 키는 나보다 조금 크오만, 몸은 빼빼 말라서 광대뼈가 유독 심하게 튀어나와 있소이다. 그리고 코에서 오른쪽 뺨을 타고 기다란 칼자국이 나 있소."

제갈민의 눈빛이 반짝였다. 생각이 난 듯했다.

"그는 칠 일 전에 들어왔습니다. 그러나 이름은 서문조양이 아니고, 양조문… 흠, 그리고 보니 이름을 거꾸로 썼군요. 어쨌든 그는 수명관 이십삼호 방에 있습니다. 어찌하겠습니까? 직접 찾아가겠습니까, 아니면 이리 오라 할까요?"

그때 진용이 끼어들었다.

"옆에 방이 하나 있다면 그곳을 거처로 삼으면 되겠군요."

그제야 방에 생각이 미친 제갈민이 급히 말했다.

"그럴 게 아니라 금성관에 방을 마련하겠습니다."

금성관이라면 최고급의 방이 있는 건물을 말함이었다. 이미 방이 각 등급에 따라 다르게 주어진다는 것을 알고 있는 진용이었지만 굳이 방을 옮길 필요까지는 없었다.

"아닙니다. 남의 눈길을 받아 좋을 것이 없으니 그냥 이곳에 있도록 하지요."

제갈민이 무안한 표정을 지으며 말했다.

"정 그러시다면야… 좌우간 그 사람을 데려오도록 하겠습니다. 그럼."

그런데 제갈민이 방을 나서려 할 때다. 진용이 고개를 저으며 조용히 손을 들어 그를 제지했다.

"손님이 온 것 같군요. 그 일은 조금 늦춰야 할 것 같습니다."

"예?"

아니나 다를까, 누군가가 다급한 발자국 소리를 내며 다가오더니 방문을 두드렸다. 제갈민의 수하였다.

"부관주님, 천제성의 위지홍 대협께서 찾아오셨습니다!"

"위지홍? 흑성묵검 위지홍?!"

제갈민의 눈이 휘둥그레졌다. 그러다 언뜻 든 생각에 진용을 돌아보았다. 진용이 고개를 끄덕였다.

"들어오시라 하세요."

"예? 예, 공자."

제갈민이 방문을 향해 나직하면서도 무거운 목소리로 입을 열었다. 그로선 위지홍마저 나타난 상황에 정신이 없을 지경이었다.

"안으로 모셔라."

문이 열리자 위지홍이 오십 초반으로 보이는 장년인과 사십대의 중년인, 그리고 한 명의 젊은이를 대동하고 안으로 들어섰다.

"오랜만이네, 고 공자."

"이렇게 일찍 찾아오실 줄은 몰랐습니다."

위지홍이 조용히 웃으며 다가왔다. 진용도 빙그레 웃으며 그를 맞이했다. 그가 자신을 찾아올 거라 생각은 했었지만 생각보다 빠른 행보였다.

그런데 기이하다. 웃음이 어째 어색해 보인다.

'무슨 일이 있나?'

굳이 묻지는 않았다. 말할 만한 일이라면 자신이 입을 열 것이고, 말할 수 없는 일이라면 물어도 대답을 들을 수 없을 테니까.

그사이 위지홍은 진용에게서 고개를 돌려 유태청에게 인사를 올렸다.

"어르신를 뵈오이다."

"어서 오게."

위지홍과 함께 들어왔던 세 사람 중 나이 든 두 사람이 정중한 자세로 포권을 취하며 허리를 굽혔다.

"적유가 어르신께 인사드립니다."

"혁련상이 삼가 유 어르신을 뵈오이다."

"오랜만에 보는군. 적유, 이제 그대도 손자를 봤겠군. 허허 허허."

그 두 사람은 천제팔성 중 두 사람이었다. 나이 오십이 넘어 보이는 초로의 장년인이 천지유사 적유로 첫째였으며, 이제 사십 초반으로 보이는 자가 넷째 섬전신도 혁련상이었다.

"별말씀을. 성주님께선 어르신이 오지 않았다고 대단히 섭섭해하셨습니다."

유태청은 아무런 말도 하지 않고 빙그레 웃기만 했다.

적유는 그 미소가 왠지 편해 보인다는 생각이 들었다.

'현재 생활이 마음에 든다는 건가?'

하지만 그 이상은 알 수 없었다. 조금만 더 생각했다면 그 이유를 알 수 있었으련만. 그랬다면 또 다른 실수는 하지 않았을 것이거늘.

유태청의 웃음을 단순하게 생각한 적유는 옆에 조용히 서 있는 청년에게 말했다.

"어르신께 인사드리게, 공자."

옅은 황색 비단옷을 입은, 훤칠한 키에 잘생긴 얼굴을 한 청년이 정중한 자세로 허리를 숙였다.

"백리군청이 삼가 숙조부님을 뵈옵니다."

"백리군청? 하면?"

유태청이 조금은 놀란 눈으로 청년을 바라보았다. 그러자 적유가 백리군청에 대해 보충 설명을 곁들였다.

"백리성 전주님의 둘째 공자십니다, 어르신."

백리성이라면 천제성의 제검전을 맡고 있는 백리자천의 큰아들을 말함이다. 다시 말해 다음 대 천제성주의 둘째란 말. 들리는 소문대로라면 백리성이 일이 년 내에 성주 위에

오를 거라 했다.

"호, 어쩐 일이지?"

"둘째 공자께서도 강호의 경험을 쌓을 때가 되었지요."

적유의 말은 그랬지만 그것만이 이유의 전부는 아닌 듯했다. 유태청은 그 나머지 이유를 백리군청의 눈이 향한 곳을 보고 곧 알 수 있었다. 그는 진용을 바라보고 있었던 것이다.

'그랬나? 위지홍이 고 공자에 대해 말했다는 소리군.'

진용도 백리군청이 자신을 보고 흥미 가득한 눈빛을 짓자 그 연유를 깨달을 수 있었다. 그가 위지홍에게 말했다.

"위지 대협께서 혹 저를 너무 치켜세운 것이나 아닌지 모르겠군요."

위지홍이 난감한 표정을 지었다.

성으로 돌아가자 백리성이 물었다.

"유 어르신이 자네를 따라오지 않았다고?"

"그분께선 고진용이라는 젊은이를 따라가셨습니다."

"고진용? 그가 누구기에 그분께서 그자를 따라가셨단 말인가?"

그때라도 단순히 호기심 때문이라고 했으면 됐다. 하지만 고진용에게 진심으로 감탄한 위지홍은 자신도 모르게 한마디를 내뱉었다.

"그는 제가 본 어떤 젊은이들보다 뛰어난 자였습니다."

그 말이 실수였다. 옆에 있던 백리군청이 정색하며 나선 것이다.

"그가 누군지 정말 궁금하군요. 위지 숙부께서 그리도 칭찬하실 정도라면 꼭 한 번 만나보고 싶습니다."

유난히 호승심이 강한 데다 첫째인 백리군학이 일찍부터 후계로 정해지면서 항상 마음이 밖으로만 돌던 백리군청이었다. 그러던 차에 위지홍에게 들은 말은 그의 마음을 흔들기에 족했다.

"그에 대해 자세히 알았으면 좋겠군."

백리성 또한 둘째의 마음을 알고 있기에 위지홍을 채근했다.

백리군청이 물었다면 대충 무시하고 얼버무릴 수 있었다. 그러나 백리성의 말조차 무시하고 거짓을 말할 수는 없었다.

결국 위지홍은 단편적으로나마 진용에 대한 것을 이야기해 주었다. 다만 그의 신분이 금의위의 천호이고, 역모를 조사하러 나온 사람이니 함부로 대해선 안 된다는 것만큼은 누차 강조했다.

그랬는데 막상 대하니 마음보다 몸이 먼저 반응을 한 듯했다.

"사실에서 하나를 빼지도 더하지도 않았다네."

진용은 조용히 위지홍을 바라보다가 천천히 고개를 저었다.

"후우, 더 이상 말이 번지지만 않으면 좋겠군요. 일에 방해가 될지도 모르니 말입니다."

"알겠네. 어쨌든 미안하군."

위지홍이 고개를 숙이며 난감해하자 백리군청이 싸늘한 눈빛을 발하며 냉소를 배어 물었다.

"숙부님의 말씀대로 대단한 사람이군요. 천하의 흑성묵검으로 하여금 고개를 숙이게 하다니."

자신의 웃어른이 미안해하며 고개를 숙이는데 기분 좋을 사람이 누가 있을까.

진용은 백리군청의 마음을 이해할 수 있었다. 그러나 적어도 지금은 백리군청이 나설 상황이 아니었다.

'쯧, 호승심이 눈을 가렸군.'

진용이 뭐라 하기 전에 위지홍이 먼저 나섰다.

"공자, 약속을 어긴 잘못은 내가 했으니 당연히 내가 머리를 숙여야 하지 않겠나? 그렇지 않다면 서로를 어떻게 믿고 중요한 약속을 할 수가 있겠는가?"

강호에서 약속은 목숨을 걸어야 할 만큼 중요하다. 그런데 위지홍이 그 약속을 어겼다. 분명 위지홍의 잘못이었다. 백리군청도 모르지는 않았다. 다만 호승심 때문에 잠시 이성이 눌렸을 뿐.

위지홍이 먼저 나서자 진용도 굳이 백리군청과 신경전을 계속 벌이고 싶지 않았다. 진용은 위지홍을 향해 고개를 돌렸다.

"그건 그렇고, 암습자들에 대해 알아낸 것이 있습니까?"

위지홍이 거의 표가 나지 않을 정도로 움찔거리고는 고개를 저었다.

"아직… 알아내지 못했네."

이상함을 느낀 진용이 전음으로 물었다.

"혹시 삼존맹이 아니던가요?"

위지홍의 눈이 커졌다. 조금은 당황한 듯이.

"어떻게 알았나?"

"왜 숨기려는 거죠?"

"그건… 아직 정확하지가 않아서……. 말하기 좀 어려운 사정이 있네."

확실히 이상한 일이다. 왜 저러는 걸까?

진용은 일단 말을 돌렸다.

"그럼 어떤 계획이십니까?"

위지홍도 조금은 편안해진 표정으로 입을 열었다.

"성주께서 천제령을 발동하셨네. 아마 지금쯤 본 성의 주력이 성을 나섰을 거야. 먼저 천혈교에 죄를 물을 생각이네."

그리될 거라 생각했던 일이다. 삼존맹은 몰라도 천혈교가 바란 의도는 그것이었을 테니까.

"놈들은 그걸 바라고 있을 겁니다."

"우리도 그 점은 알고 있네. 그렇다고 손을 놓고 있을 수도 없지 않은가? 선전포고는 그들이 먼저 했네."

그럴까? 과연 다른 사람들도 그리 생각할까?

천제성이 나서고 정천무맹이 움직이면 위협을 느낀 마도는 천혈교를 중심으로 뭉칠 터였다.

그러면 전쟁이 시작되는 것이다. 전쟁이! 천하의 주인을 가리기 위해!

그때 가서 삼존맹은 또 어떤 선택을 할까?

'그런 절호의 기회를 놓칠 구양무경이 아니야. 분명 어떤 식으로든 움직일 수밖에 없을 것이다.'

복잡한 상황이었다. 혼돈의 강호였다.

진용이 아무런 말도 하지 않고 침묵을 지키자 적유가 입을 열었다.

"한 가지, 고 공자에게 할 말이 있네. 성주께선 황궁이 이 일을 너무 심각하게 보지 않았으면 하시네."

심각하게 보지 않았으면 한다고? 수천 명이 죽어갈지도 모르는데?

"역모를 꾀하는 무리가 있다 들었지. 본 성은 그 일에 적극적으로 협조하겠네. 이 역시 성주님의 말씀이시네."

진용은 마안의 능력을 담아 적유를 응시했다. 가늘면서도 기광이 흘러나오는 눈에는 타인을 압도하는 힘이 담겨 있고 그의 내부에서는 정체를 알 수 없는 힘이 일렁인다. 위지홍과는 차원이 다른 그런 힘이. 비록 다른 누구나 마찬가지로 자신을 얕보는 눈빛이 조금 담겨 있기는 했지만.

'대단한 자. 천제팔성에 대해 다시 생각하게 만드는군.'

속마음은 드러내지 않은 채 진용은 무심한 눈빛으로 적유를 마주 보며 말했다.

"천제성이 도와주겠다면 저야 좋지요. 하나 제가 할 수 있는 일에는 한계가 있으니 그 점은 이해를 하셔야 할 겁니다."

"물론이지. 우리는 고 공자가 지닌 능력 만큼만을 바랄 뿐 무리한 도움을 바라는 것이 아니네."

진용도 적유의 마음을 익히 짐작할 수 있었다. 자신을 그저 무공이 제법 강한 금의위의 천호 정도로 알고 있는 위지홍이었다. 그런 위지홍에게 몇 마디 들었다고 해서 천제성이 자신에게 큰 것을 바란다는 것 자체가 우스운 일이었다.

아마 자신이 정보를 건네주지 않음으로써 잠시간의 시간을 얻었던 것처럼 이들도 자신을 이용해 황궁의 귀를 잠시간만 막을 수 있으면 족할 것이다. 보다 더 큰 것은 아마도 황궁과 직접 통하려 할 테니까.

진용도 거기까지는 끼어들고 싶지 않았다. 끼어들 시간도 없고.

아버지를 찾는 게 우선이니까.

"좋습니다. 그럼 일단 제 윗선의 일은 제가 나름대로 책임을 지겠습니다. 아마 황궁에서도 천제성이 돕겠다고 한다면 싫다 하지는 않을 것입니다. 이거 그러고 보니 제가 너무 많은 이익을 보는 것 같군요."

진용이 시원스럽게 적유의 말을 받아들이자 분위기가 한결 나아졌다.

위지홍도 조금은 가벼워진 마음으로 입을 열었다.

"흠, 그런데 계속 이곳에 계실 건가? 괜찮다면 유 어르신과 함께 우리가 묵고 있는 곳으로 가지 않겠나?"

진용은 조용히 웃음을 지으며 고개를 저었다.

"아닙니다. 이곳도 그리 불편하지 않으니 그냥 있겠습니다."

그러자 백리군청이 나섰다.

"숙조부님, 저희가 모실 수 있도록 함께 가시지요."

"아니다. 나도 이곳이 편하다. 귀찮게 하는 사람도 없고, 여기 부관주가 챙겨주니 불편함도 없다. 걱정 말아라."

유태청이 마다하는데 계속 고집을 부릴 수도 없는 일.

적유가 나서서 일을 마무리했다.

"그럼, 저희는 이만 물러가겠습니다. 언제든 필요하시면 찾아주십시오. 그리고 고 공자, 나중에 다시 보도록 하지."

"어르신, 그럼 나중에 뵙겠습니다. 고 공자도……."

"숙조부님, 언제든 마음이 바뀌시면 저희를 찾아오십시오."

위지홍과 백리군청, 혁련상이 앞 다투어 유태청에게 인사를 올렸다. 그리고 유태청이 조용히 웃음 지으며 고개를 끄덕이자 방을 나섰다.

그런 그들의 뒷모습을 바라보는 유태청의 눈에 한순간 착잡한 빛이 서렸다.

'너희들은 오늘 어떻게든 저 젊은이에게 더 많은 도움을 청해야 했다. 그러지 못한 이상 너희들은 언제고 오늘의 일을 후회하게 될 것이다. 내가 강요해서 될 일이라면 붙잡고 강요라도 했을 것을. 이미 눈빛을 보아하니 그리한다고 해서 받아들일 듯싶지 않으니…… 어쩔 수 없구나. 너희들이 나중에라도 스스로 알아 그리하기를 바라는 수밖에……'

진용 역시 생각에 잠겨 있었다. 적유의 등을 바라보며.

'세르탄, 이상한 기운이지?'

'아무래도…… 마기 같아.'

그때 위지홍의 전음이 빠르게 진용의 귓전을 파고들었다.

"고 공자, 천제성을 전적으로 믿지는 말게. 지금은 그 말밖에 할 수 없군. 미안하네."

미안하다고? 무엇이?

'음, 아무래도 이상한 점이 너무 많아……'

천제팔성 중 세 사람과 천제성의 소공자인 백리군청이 찾아왔다가 이야기를 나누고 간 시간은 일각 정도에 불과했다. 하지만 그 일각이 제갈민에게는 영원히 멈춰 버린 시간만 같았다.

그는 자신이 조금 전까지 강호 정세의 분수령이 될지도 모르는 현장에 일인으로서 존재했음을 실감할 수 없었다.

피가 끓었다! 이런 기분은 처음이었다!

'이거야! 남자로서 가야 할 길은 바로 이런 길이야!'

정무관의 부관주 따위는 티끌만도 않게 보였다. 당장 떨친다 해도 아무런 미련이 없을 것 같았다.

털썩!

그가 갑자기 진용과 유태청을 향해 무릎을 꿇었다.

"제갈민, 불러주실 그날만 기다리고 있겠습니다!"

5

정무관에 기거하는 사람들의 눈과 귀가 모조리 한곳으로 집중되었다.

그들의 관심이 향한 곳은 강호의 장로 급 인사들만이 묵는다는 금성관이 아니었다. 대문파의 중진고수들이 묵는다는 토향관도 아니었다. 수백 쌍의 눈과 귀는 평범한 군소문파의 무사들이 모여 있다는 화정관의 구석진 방 삼십삼호실, 바로 그곳을 향해 집중되었다.

손가장의 무사들을 대동하고 화정관으로 향했던 손인묵은 자신이 가고자 했던 방에서 나온 사람들이 천제팔성이라는 말을 듣고 그 자리에서 방향을 돌려 정무관을 도망치듯 떠나갔다.

온갖 소문이 입에서 입으로 번졌다.

진용 일행이 강호 신비 문파의 사람들이라는 소문부터 시작해서, 전대의 노고수가 제자들을 이끌고 하산했다는 소문까지 다양한 소문이 돌았다.

그리고 진용 일행이 묵고 있는 화정관 삼십삼호실의 옆방들은 웃돈을 얹어주어도 구할 수 없는 최고의 명당이 되었다. 제갈민이 아무에게도 방을 내주지 않아 빈방으로 남고 말았지만.

소문의 파장은 정무관에서 그치지 않고 너울처럼 번졌다.

위지홍이 방문한 지 반나절도 지나지 않아 정천무맹의 정보를 담당하는 밀은전의 전주 제갈운문이 성무당주이자 사촌 아우인 제갈종을 불렀다.

"정무관에 신비한 고수들이 있다는데, 그들에 대해 밝혀진 것이 있느냐?"

"월조옹 사도굉이 그들 사이에 끼어 있다는 연락은 받았습니다만, 나머지 인물에 대해선 아직……."

"그 말썽쟁이 영감이? 그 영감 정도로는 천제팔성을 움직일 순 없을 텐데?"

"소제도 그리 생각하고 있습니다. 저… 한데 그도 함부로 하지 못하는 노인이 한 명 있다 했습니다, 형님."

제갈운문의 이마에 가느다란 주름이 잡혔다.

"민이에게서 온 연락은?"

"그게 좀 이상합니다."

"이상하다니?"

"그 아이가 그 자리에 있었다는 말을 들었습니다."

"그 자리에? 천제팔성이 찾아간 그 방에 말이냐?"

"예. 한데 그 아이는 그들에 대해 입을 굳게 다물고 있다고 합니다."

"그게 무슨 말이냐? 그럼 알고는 있는데 말을 하지 않는단 말이냐?"

"아무래도 그런 것 같습니다, 형님."

제갈운문은 눈을 반쯤 감고 탁자를 두드렸다. 그러다 결론이 서지 않는지 침음성을 흘리며 말문을 열었다.

"음… 제법 똑똑한 아이니 무슨 생각이 있어서겠지. 어쨌든 천혈교의 발호로 인해 본 맹의 움직임이 본격화될 것이야. 한시도 주변 정세를 놓쳐서는 안 된다. 큰일도 사소한 것으로부터 시작되는 법이니까 말이다."

"명심하겠습니다."

"가봐라."

제갈종이 나가자 제갈운문은 한참 동안 방문을 노려보았다. 눈의 초점을 허공에 둔 채.

그러다 그의 입이 열린 것은 근 이각이 지나서였다.

"천혈교라… 아무래도 피비린내가 너무 짙어. 심상치 않아. 천제성이 갑자기 대규모로 나선 것도 그렇고……."

그뿐이 아니었다. 아침나절에 정무총련회의가 열렸는데, 회의 도중에 불거진 발언들도 그의 심기를 건드리고 있었다.

회의의 주제는 단 하나였다. 천혈교는 마도의 세력, 강호에 마도의 거대 세력을 용납해선 안 되다는 것.

"방치하다 보면 정파가 설 곳은 깊은 산속밖에 남지 않을 것이오!"

"대체 언제부터 마도가 공공연하게 설치고 다녔는지 원."

"더는 안 되오! 알게 모르게 강호에 이름을 내민 마도문파가 수십을 헤아리고 있소. 아마 천혈교가 개파대전을 열면 그들이 모두 뭉칠지도 모르는 일."

"그렇소! 아예 싹트기 전에 잘라 버려야 하오."

"피를 보는 것은 원치 않으나, 내가 지옥에 가지 않으면 누가 가리. 아미타불……."

"무량수불. 허허허, 강호동도의 생각이 그러하다면 어디 머리를 한번 모아봅시다. 천제성도 움직였다는데 우리라고 가만히 있을 수는 없는 터……."

결국 원로원의 원주인 화산파의 전대 장로 허운자가 결론을 지으며 회의가 끝났다.

반대하면 마도에 동조하냐는 투의 말이 금방이라도 터져 나올 것 같은 분위기였다. 마치 우리 문을 열어놓고 양 떼를 몰아넣으면서, 옆길로 새면 늑대라고 때려잡을 것 같은 분위기 말이다.

오죽하면 그동안 신중론을 주장했던 맹주 남궁창훈조차 제대로 말 한마디 못했을까.

그러나 정천무맹이 하지 마란다 해서 천혈교가 개파대전을 취소하지는 않을 터. 그렇다면 방법은 하나뿐이다.

멸마(滅魔)!

문제는 그들과 싸우기에는 그들에 대한 정보가 너무 미흡하다는 것이다. 강경파들은 한시가 바쁘다는 식으로 몰아붙이고 있거늘.

제갈운문은 지끈거리는 머리를 누르며 천천히 고개를 들었다.

"그동안 평화가 너무 길었던 탓인지도……. 후우, 막을 수 없는 상황이라면 어쩔 수 없겠지. 하지만… 광대가 되지는 않을 것이다."

그의 눈빛은 어느새 차갑게 가라앉아 있었다.

"일단 그 노인이 누군지부터 알아봐야겠군."

다음날 아침, 제갈운문은 산보 삼아 정천무맹을 나섰다.

정무관에 도착한 그는 제갈민이 보이지 않자 스스럼없이

안으로 들어갔다. 아무도 그를 알아보지 못했다. 오죽하면 서기조차 그를 알아보지 못하고 막아섰다가 그가 내민 패를 보고 몸이 굳어버렸다.

"아무에게도 알리지 말거라. 단순한 순찰이니까."

그는 몸이 굳은 서기를 뒤로하고 곧바로 화령관 쪽으로 발걸음을 옮겼다. 그리고 때마침, 식사를 마치고 화령관으로 들어가는 진용 일행을 볼 수 있었다.

순간 그는 자신도 모르게 기둥 뒤로 몸을 숨겼다. 더할 수 없이 커진 눈을 유태청에게 고정시킨 채.

'마, 맙소사! 저분이 어떻게 여길……!'

6

한 장의 서신이 하얀 옥수 위에 날개를 펼치고 내려앉았다.

기다리고 기다렸던 서신이다. 어쩌면 오지 않을지 모른다는 생각마저 했던 서신이었다.

그래선지 서신을 바라보던 여인의 눈이 격정으로 가늘게 떨렸다.

햇살이 밝은데 초 소저는 뭐 하고 있나 모르겠군요. 혹시 나를 잊은 것은 아닌지요?

처음부터 자신도 모르게 웃음이 나왔다.

"잊을 수 있는 사람이라야 잊죠."

하 형이 귀찮게 하지는 않나요? 만일 귀찮게 하면 나에게 말하세요.

"풋! 그 사람은 저를 귀찮게 할 틈도 없어요. 제가 워낙 많은 일을 시키거든요."

천혈교가 개파대전을 한다고 해서 지금 정천무맹에 와 있어요. 정광 도장님하고 두 위사 때문에 조금 소란스럽긴 하지만 별일은 없습니다. 하 낭자가 초 소저를 괴롭히기 전에 빨리 일을 마치고 돌아가야 하는데…….

초연향은 빙그레 웃음을 지었다. 그녀는 진용이 서신의 서두를 웃음이 나올 수밖에 없는 말로 시작한 뜻을 모르지 않았다.

행여나 마음고생을 하고 있을지 모르는 자신을 달래기 위함이었을 터였다. 생각보다 깊은 곳까지 마음을 쓰는 사람이었다.

마음이 편해진다. 멀리서나마 자신을 걱정해 주는 사람이 있다는 생각이 들자 그간의 아픔이 씻겨 내려가는 듯했다.

언뜻 그녀의 웃음 진 눈가에 이슬이 맺혔다. 그녀는 손등으로 이슬을 찍어내고 다시 서신을 바라보았다.

머지않아 천혈교로 가게 될 것 같습니다. 그리되면 보다 더 많은 정보를 얻을 수 있을 겁니다. 정보가 모아지는 대로 보내도록 하겠습니다. 그리고 만약에라도 위험하다는 생각이 들거든 즉시 구룡상방을 떠나세요. 금의위를 찾아가 육천호를 만나면 보호받을 수 있을 겁니다.

초연향은 점점 줄어드는 서신을 아까워하는 표정으로 천천히 읽어갔다. 그러다 많은 망설임 끝에 쓴 것 같은 마지막 한 줄을 보고 환하게 웃으며 눈물을 뚝 떨어뜨렸다.

에… 또… 보고 싶습니다.

"저도… 보고 싶어요, 고 공자……."

초연향은 그 한 줄을 보고 또 보고 질릴 때까지 바라보았다.

아무리 봐도 질리지가 않는다. 오히려 입가에 밴 미소만 짙어질 뿐이다.

똑똑.

그때 누군가가 방문을 두드렸다. 초연향은 차분히 서신을 접어 소매 속으로 집어넣었다.

"누구세요?"

"향 매, 나요."

하군상이었다. 그런데 이상하다. 소리를 죽여 부르는 목소리에 초조함이 담겨 있다.

"들어오세요."

말이 끝나기도 전에 하군상이 문을 열고 들어섰다. 그만큼 다급하다는 말.

"무슨 일이에요?"

"조금 전에 내전으로 송 상두가 잡혀 들어왔소."

"예? 그분이 왜?"

"아직 그건 모르겠소. 혹시 주령이가 우리의 행동을 눈치챈 것은 아닐지……?"

송 상두는 구룡상방의 십대상두 중 은밀히 초연향을 도와주는 송우경을 말함이었다. 그가 초연향을 도와주는 이유는 다름이 아니었다. 초정명이 바로 그의 친구이기 때문이었다.

그런 송우경이 잡혀 들어왔다는 것은 심상치 않은 일이었다.

"일단 왜 잡혀 들어왔는지를 알아야 해요. 송 상두님은 하남의 물자 흐름을 우리에게 알려주긴 했지만 그 정도로는 그분을 잡아들이기에 명분이 부족해요. 분명 다른 이유가 있을 거예요."

"그리고 향 매에게 말은 하지 않았는데, 낮에 한 가지 일이 더 있었소."

"무슨 일인가요?"

"천화상단의 오진방 상두가 다녀갔소."

초연향의 눈매가 가늘게 떨렸다.

"그가 왜 이곳에 왔다는 거죠?"

"겉으로는 주령과 탁인효 사이의 일 때문이라고 하는데, 내가 보기에는 그게 다가 아니었던 것 같소."

"오라버니가 그리 생각하는 이유는요?"

"아무것도 가져오지 않았거든."

단순한 말이었다. 그러나 초연향은 그 말에서 하군상이 하고자 하는 말의 의미를 알 수 있었다.

혼인을 논의하면서 빈손으로 왔다는 것은 상식적으로 이해가 안 되는 일이었다. 더구나 구령상방과 천화상단 사이의 혼인이라면 당연히 엄청난 선물이 오가야 맞았다.

"그뿐이 아니오. 그는 주령과 큰형님하고는 오랜 시간을 이야기 나눴는데, 아버님 방에서는 일각도 되지 않아 나오더구려."

확실히 이상한 일이었다.

"일단 사람을 시켜서 송 상두님의 일을 먼저 알아보세요. 그래야만 우리가 움직일 방향을 잡을 수 있어요."

"알았소. 내 곧 사람을 시켜 알아보리다."

하군상이 나가자 초연향의 표정이 굳어졌다.

가슴을 무겁게 짓누르는 불안감. 아리하게 비릿한 냄새가 코끝을 스친다. 피 냄새였다. 그녀의 감각이 경고하고 있었다.

'위험해!'

第五章

태양이 될 생각은 없다

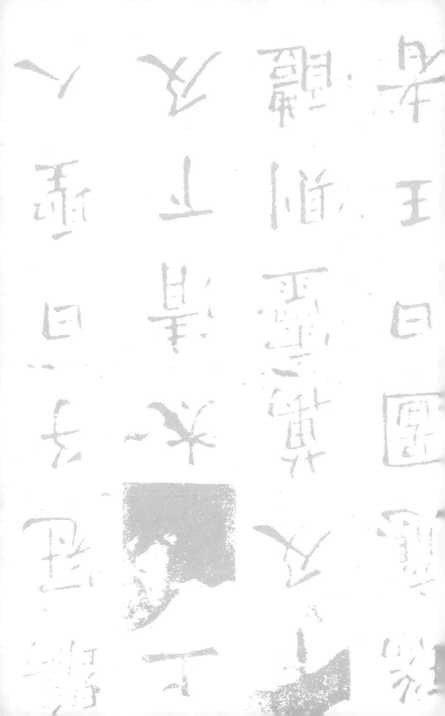

정무관에서 서쪽으로 오 리 정도를 가다 보면 제법 숲이 깊은 야산이 사람들의 발길을 돌리게 만들었다. 일대에서 가장 높고 험하다는 근석산의 줄기가 외따로 뻗어나가다 끝나는 곳이었다.

신시가 지나갈 무렵, 야산의 송림에 여덟 명의 인간이 먹이를 찾아 나온 산짐승들을 쫓아내며 들어섰다.

진용 일행이었다. 선두에는 진용이 뒷짐 진 자세로 걸음을 내딛고, 그 바로 뒤로는 비류명과 짙은 남의를 입은 청년이 진용을 따르고 있었다.

정광은 사도굉과 뭐라 수군거리며 심각한 표정을 나누고

있었고, 두충은 운아영 옆에 바짝 붙어 싱글벙글 웃음이 가실 줄을 몰랐다.

오직 유태청만이 조금 뒤로 처져서 산보를 하듯 한가한 걸음을 옮기고 있을 뿐이었다.

숲으로 들어선 지 반 각, 제법 넓은 공지가 나왔다.

그제야 진용의 걸음이 멈췄다.

"이 정도면 적당하군."

뒤따르던 비류명과 남의청년은 진용을 지나쳐 몇 걸음을 더 간 다음에야 걸음을 멈추고 뒤돌아섰다. 그러더니 비류명은 허리의 도를 빼 들어 가죽을 풀고 남의청년은 석 자 길이 단창 두 자루를 꺼내더니 둘을 이어 붙였다.

진용은 마주 선 두 사람을 보며 천천히 뒷짐을 풀었다.

비류명의 구유도에서 가죽이 다 풀리자 요사스럽게 느껴지는 하얀 아지랑이가 일렁였다. 그리고 그와 일 장가량 떨어진 곳에선 서문조양이 단창 두 개가 이어진 장창을 들고 섰다.

진용이 이들과 함께 야산을 찾은 이유는 두 가지였다. 그중 하나가 바로 비무를 하기 위해서였다.

제갈민이 서문조양을 찾아 데려왔다. 그는 비류명이 진용을 주인으로 모시기로 했다고 하자 말도 안 된다며 패기에 찬 목소리로 소리쳤다.

"나는 나를 꺾는 자가 아니면 고개를 숙이지 않는다! 대체 친구는 왜 저 사람을 주인으로 모시겠다는 건가?"

그러자 진용이 조금은 장난기가 섞인 말투로 말했다.

"그럼 내가 그대를 이기면 그대는 나를 주인으로 모실 수 있다는 거요?"

"이긴다면 못할 것도 없지."

마침 진용도 친구를 위하는 서문조양이 마음에 들었던 터였다. 솔직히 몸도 근질근질 했고. 그러니 마다할 이유가 없었다.

"좋소! 그럼 비무를 해서 결정을 합시다. 내가 진다면 아무 조건 없이 그대 친구에게 원수에 대해 알려주겠소. 다른 조건을 걸어도 좋고 말이오."

그러면서 슬쩍 비류명도 건드렸다.

"아! 그리고 친구의 말대로 그대를 그냥 수하로 삼는 것은 온당치 않은 것 같소. 그러니 두 분이 함께 덤비시오. 그 정도는 되어야 그대의 주인 될 자격이 있지 않겠소?"

가만히 있을 정광이 아니었다.

"내가 하면 안 될까?"

진용이 딱 잘라 말했다.

"내 일을 왜 도장님이 한다고 그러십니까? 절대 안 됩니다."

그 이후 남의 눈을 의식해 조용한 곳을 찾다 보니 제갈민이

한 곳을 추천했다. 바로 자신들이 서 있는 이곳을.

　그리고 진용은 이곳에서 다른 한 가지 일을 더 실행할 생각이었다. 그 사실을 아는 사람은 진용을 포함해 단 세 사람뿐이었다.

　진용은 천천히 내력을 휘돌리며 두 주먹을 움켜쥐었다 천천히 폈다.

　그의 커다란 손에서 뻗은 굵고 기다란 손가락 사이로 바람이 휘돌았다. 기분 좋은 느낌이 전신을 치달린다.

　비류명은 구유도의 전인. 그리고 방을 나서면서 사도굉의 중얼거림으로 알았지만 서문조양은 신창 조수인의 제자였다.

　하지만 진용에게 중요한 것은 두 사람이 누구의 전인인가가 아니었다. 현재의 두 사람, 두 사람이 지닌 실력. 그것이 중요할 뿐이었다.

　아마 두 사람이 연수한다면 정광도 꽤나 고생을 할 듯싶었다.

　진용이 두 사람의 실력을 가늠하고 있을 때다. 삼 장 밖에서 사도굉과 나란히 서 있던 정광이 외치듯이 말했다.

　"고 공자, 열 냥이 걸렸거든? 그런데 십 초 이내면 두 배야!"

　진용은 어렵지 않게 그 말뜻을 알아들었다.

'이런! 둘이 수군거리더니 내기를 걸었나?

십 초면 비무를 즐길 여유도 없었다. 하지만 정광에게 시달리기 싫은 진용으로선 하는 수 없었다.

진용이 앞에 서 있는 두 사람을 향해 어색한 표정을 지었다.

"십 초라는군요."

두 사람은 당연히 무슨 말인지 이해할 수가 없었다. 잠시 동안은.

"시작하지요."

비무가 시작된 이상 모든 상황이 실전이나 다름없었다. 비류명은 지금껏 그렇게 살아왔다. 망설이다 기회를 놓치고 뒷소리하는 것은 패배자의 변명일 뿐!

진용이 한 걸음 내딛으며 말한 순간, 찰나의 틈을 노린 비류명이 구유도를 휘둘렀다.

쐐액!

보는 것만으로도 눈동자를 얼려 버릴 것 같은 백색 검기가 허공을 하얗게 가른다. 단숨에 목줄기를 갈라 버릴 듯이!

진용은 별다른 표정 변화도 없이 왼손을 들어 자그마한 원을 그렸다. 비류명의 쾌도에 비하면 진용의 손짓은 너무나 느려 보였다.

켜켜이 쌓이는 손 그림자를 눈으로 셀 수 있을 정도다.

일도에 목이 잘려 나갈 것 같은 상황!

사도굉의 다급한 숨소리가 터져 나왔다.

"헛! 위험!"

땅!

동시에 맑은 도명이 공명을 일으키며 숲 속의 대기를 떨어울렸다.

생각지도 못했던 소리! 손목을 타고 흐르는 짜르르한 충격!

주르륵 물러선 비류명은 경악에 찬 표정으로 진용을 바라보았다.

진용이 검지를 세운 채 자신을 응시하고 있었다. 그는 자신의 구유도를 막은 것이 고작 손가락 하나였다는 게 믿기지 않았다.

그 바람에 진용의 신형이 흐릿해지고 있는데도 미처 알아차리지 못했다.

"물러서!"

대경한 서문조양이 소리치며 번개처럼 창을 둘 사이로 들이밀었다. 창두가 매서운 휘파람 소리를 내며 휘돌더니 진용의 가슴을 향해 방향을 틀었다.

휘리리릭!

갈가리 찢겨지는 대기가 비명을 질렀다.

그러자 진용의 손바닥이 휘도는 창신을 감싸고 옆으로 끌어내렸다.

서문조양은 자신의 창이 강력한 흡입력에 말려든 것마냥

무력해지자 황급히 창법에 변화를 주며 창신을 진동시켰다.

창이 더욱더 빠르게 휘돌았다. 걸리는 것은 무엇이든 파괴해 버리겠다는 듯 강력한 힘이 실린 채!

하지만 진용의 손은 조금도 머뭇거림없이 창신을 움켜쥐어 버렸다.

우우웅!

창신이 울음을 터뜨리며 손아귀에서 벗어나려 몸부림을 쳤다.

철판을 종잇장처럼 찢어버릴 수 있는 창날도 창신이 잡히자 소용이 없었다. 어떤 방법도 진용의 푸르스름한 강기가 서린 손바닥을 떨치지 못했다.

서문조양은 그제야 비류명의 심정을 이해할 수 있었다.

순진한 서생?

어느 놈이 그런 말을 했는지 주둥아리를 찢어버리고 싶었다.

눈앞에 있는 상대는 기가 질릴 정도로 무모한 괴물이었다.

'젠장! 뭐 이런 자가……!'

이를 악문 서문조양은 젖 먹던 힘까지 끌어올려 창신에 강기를 주입했다.

이판사판이다. 창을 빼앗길 수는 없다.

그건 죽음이나 다름없는 치욕!

한데 그때, 미처 방비할 틈도 없이 진용의 신형이 창신을 타고 미끄러지더니 서문조양의 가슴으로 파고들었다.

일순간 강맹한 삼 권이 좌수에서 터져 나왔다.

커다란 주먹이 만근 바위도 부숴 버릴 것처럼 서문조양의 가슴에 떨어져 내린다.

그때였다. 옆에서 하얀 도광이 햇살을 가르며 번쩍였다.

비류명이 정신을 차리고 합공에 가세한 것이다.

서문조양의 가슴에서 한 자를 남겨놓은 주먹을 거둔 진용. 그의 신형이 믿을 수 없는 각도로 꺾어지며 공중제비를 돌았다.

그와 동시에 구수(拘手)로 변한 손이 들쥐의 머리를 낚아채는 솔개의 부리처럼 구유도의 중동을 내려쳤다.

따당!

파르르 떨리며 옆으로 밀리는 구유도!

밀리는 틈새로 진용의 손바닥이 비류명을 향해 내저어졌다.

대기가 비틀리며 작으면서도 가슴을 답답하게 하는 기음이 울렸다.

꽈웅!

"크흡!"

달려들던 속도보다 더 빠르게 튕겨지는 비류명.

그를 상관하지 않고 허공을 가득 메운 진용의 환영이 서문조양의 전신을 덮쳤다. 풍혼의 빠르기에 세르탄의 풍환법이

섞이며 일어난 환상이었다.

하얗게 질린 서문조양은 자유를 찾은 창에 혼신의 내력을 쏟아 휘돌렸다. 신창십팔세 중 자신이 익힌 최고의 창, 진벽파천세(振劈破天勢)였다.

하늘이 수백, 수천의 창영에 찢겨지고, 허공을 가득 메운 진용의 환영도 잘게 부서져 버렸다. 하지만 그러한 창의 그물도 진용의 신수백타를 완벽하게 막아내지는 못했다.

부서진 환영 사이에서 커다란 손 그림자 하나가 환상처럼 뻗쳤다. 동시에 안개처럼 서문조양의 가슴으로 스며들었다.

퍽! 모래 벽에 주먹이 파묻히는 소음.

훌훌 날아가는 서문조양의 신형.

털썩! 먼지가 구름처럼 피어올랐다.

사위가 조용해졌다.

한바탕 멋진 춤사위가 끝났건만 누구도 입을 열지 않았다.

잠시 시간이 지나자 비류명이 비틀거리며 일어섰다. 서문조양도 반쯤 무릎을 꿇은 상태로 몸을 세웠다.

사람들은 가끔 믿을 수 없는 일을 당하고 나면 그 일의 당사자가 자신이 아닌 것만 같은 기분을 느끼곤 한다. 두 사람이 지금 그러했다.

두 사람의 얼굴에는 자신들이 지금 무슨 일을 당했는지 이해할 수 없다는 표정이 역력했다.

서문조양은 악착같이 놓치지 않은 자신의 창으로 땅을 짚고 무릎을 폈다. 충격을 받아 몸을 가누기가 힘들 뿐, 다행히 부상은 그리 심하지 않은 듯했다.

제일 먼저 입을 연 사람은 몽롱한 눈빛의 운아영이었다.

"정말 멋진… 춤을 본 것 같아요."

그것은 다른 사람도 마찬가지였다. 아직까지도 조금 전의 모습이 눈앞에서 아른거리고 있는 것만 같았다.

오직 두 사람, 유태청과 정광만이 그럴 줄 알았다는 듯 태연할 뿐이다.

'저 정도 가지고 놀라긴'. 정광은 꼭 그런 표정이다.

한참을 어이없는 표정으로 진용을 바라보던 서문조양이 천천히 고개를 숙여 가슴을 내려다봤다.

네 개의 구멍이 보였다. 세 개는 한 자 앞까지 다가왔던 주먹의 여력으로 인해 옷이 가루로 변했기에 생긴 구멍. 다른 하나는 마지막 일수에 의해 뚫린 구멍이었다.

그의 눈이 그 구멍에 고정되었다.

작은 손바닥처럼 생긴 구멍 속으로 맨살이 보였다. 그리고 자그마한 붉은 손자국도. 진용이 혈수에 대한 말을 듣고 흉내 내본 것에 불과하지만, 그로선 알 수가 없는 일이었다.

분명한 것은 실전이었다면 자신은 이미 죽은 목숨이라는 것이다. 믿을 수 없지만 현실이었다. 너무나 참담한 현실.

털썩! 그가 다시 무릎을 꿇었다.

"서문조양은 오늘부로 죽었소. 당신 마음대로 하시오."

진용이 차갑게 말을 받았다.

"나는 죽은 서문조양은 필요없소. 살아 있는 사람이 필요할 뿐. 원하지 않으면 없던 걸로 합시다."

서문조양의 전신이 태풍을 만난 소나무처럼 파르르 떨렸다.

"사문의 명예를 욕되게 할 수는 없소. 약속은 약속, 그러나 약속을 지킬 사정이 안 되니 차라리 죽겠소!"

비장한 표정으로 입술을 깨문 서문조양이 소리쳤다.

진용은 그런 서문조양을 가만히 바라보다가 천천히 고개를 들어 하늘을 올려다봤다. 어찌 보면 거만해 보이는 행동이었다. 그러나 진용은 남들의 생각에 신경 쓸 여유가 없었다.

'시르, 놈들이 온다!'

세르탄이 머릿속에서 경고를 보내고 있었던 것이다.

이미 진용도 어렴풋이 흐르는 바람에 실린 이질적인 기운을 감지하고 있던 터였다. 진용이 유태청을 향해 고개를 돌리고 담담한 어조로 말했다.

"오는 것 같군요."

"그런가?"

난데없는 선문답이었음에도 그 말을 알아듣는 사람이 또 있었다. 정광이 눈을 빛내며 히죽 웃었다. 긴장이 스민 웃음이었다.

"생각보다 일찍 오는군."

이곳으로 온 두 번째 목적. 그것은 어둠 속에 숨어 암습을 노리고 있는 자들을 밝은 곳으로 끌어내기 위함이었다.

자연스런 상황을 연출하기 위해 두 사람에게만 그 말을 했었다. 그러니 다른 사람은 당연하게 모를 수밖에.

정광이 아직도 뭐가 뭔지 모르고 어리둥절해 있는 사도굉을 보고 말했다.

"이리 오슈. 당신은 나하고 같이 한쪽을 지킵시다. 죽기 싫으면 최선을 다해야 할 거유. 그리고 스무 냥, 잊지 마슈."

바람이 좀 더 세진 것을 제외하면 별다른 이상은 없어 보였다. 하지만 진용이 왔다면 온 것이다. 굳이 불필요한 의구심으로 시간을 허비할 수는 없었다.

정광은 얼떨떨한 표정을 짓고 있는 사도굉을 끌고 삼재의 나머지 한 곳에 가 섰다.

두충과 운아영, 비류명과 서문조양은 여전히 영문을 모르겠다는 듯 삼재의 방위를 점한 세 사람을 바라보았다.

그때였다. 진용의 눈빛이 기이하게 빛을 발했다. 그는 잠시 멈칫거리더니 중앙 쪽으로 걸어갔다. 그리고 허리에서 지팡이를 꺼내어 원을 그리며 바닥에 기이한 글자를 빠르게 새기기 시작했다.

룬어였다.

'잘 될지 모르겠군.'

지면에서 석 자 떨어진 허공을 지팡이가 지나가자 두 치 깊이로 땅이 눌려 들어갔다.

'틀리면 바로 말해, 세르탄.'

'알았어.'

서너 번 숨 쉴 시간 만에 룬어가 모두 새겨졌다.

진용은 룬어의 마지막 글자를 새기고는 지팡이에 내력을 불어넣고 원의 한가운데에 깊숙이 박아 넣었다.

순간, 기이한 빛이 마법진을 이룬 글자에서 뿜어지는 듯싶더니 순식간에 사라졌다.

실드 마법진이었다. 강한 공격을 완전히 막지는 못해도 완화는 시켜줄 수 있을 터였다. 당장은 그 정도면 됐다.

다행히 틀리지는 않았는지 세르탄이 아무런 말도 하지 않았다.

"기문진(奇門陣)인가?"

참지 못하고 사도쾽이 물었다.

진용은 끄덕였다. 중원의 기문진과 비슷한 면이 있으니 굳이 아니라 할 필요는 없었다.

"방어를 위한 진입니다. 운 낭자와 두충은 중앙으로 들어가세요."

진용의 말이라면 절대적으로 믿는 두충이었다. 더구나 운아영과 단둘이 들어가는 것이 아닌가!

두충은 즉시 움직이며 운아영을 끌어당겼다.

"들어가자고. 공자님께서는 헛소리하시는 분이 아니시

거든."

운아영은 망설이며 마법진과 진용과 유태청을 번갈아 봤다. 유태청이 무거운 표정으로 고개를 끄덕였다.

"일단 고 공자의 말을 따르도록 하거라."

"예, 할아버지."

유태청이 저리 말할 때는 그만한 이유가 있을 터. 운아영은 두충을 따라 진 안으로 들어갔다.

그사이 바람에 실린 기운은 점점 강해지고 있었다. 놈들이 가까이 다가왔다는 뜻이었다.

두 사람이 안으로 들어가자 진용이 비류명과 서문조양을 향해 말했다.

"두 분은 중앙에서 저 두 사람을 지켜주시오."

"무슨……?"

서문조양의 비장한 표정이 의아함으로 바뀌었다.

진용은 서문조양이 아닌 비류명을 향해 말했다.

"목숨을 걸어야 할 거요, 적은 강하니까."

"……?"

의아한 것은 비류명도 마찬가지였다. 그러나 그는 묻는 대신에 도를 고쳐 잡았다. 어렴풋이 진용이 왜 강수를 쓰지 않고 가벼운 충격만 줬는지 이해할 수 있을 듯했다.

"조양, 자네가 내 친구라면 일단 내 뜻을 따라줬으면 싶군."

하는 수 없다 생각했는지 서문조양도 창을 잡고 일어섰다.

누가 뭐래도 비류명은 자신의 친구였으니까.

그때였다.

"왔군."

진용의 입에서 나지막한 한마디가 귀청을 울렸다. 순간!

스스스스……

수억 마리의 개미가 사방에서 몰려오는 듯한 느낌에 온몸이 간질거렸다.

솜털이 올올히 솟는다. 등줄기에서 일기 시작한 한기가 머리끝까지 오싹하게 만들었다.

가공할 살기!

야산의 모든 생명이 숨을 죽이고 고개를 파묻었다.

암군은 무슨 수를 써서라도 진용을 자신의 손으로 죽이고 싶었다. 삼십 년 살수행 중에 단 한 번의 실패였지만 그는 용납할 수가 없었다. 살수에게 있어 한 번의 실패는 곧 죽음이 아니던가.

그것은 자신이라 해도 마찬가지였다.

죽이던가 아니면 죽는 것이 살수인 것이다.

그런데 마침 놈이 정무관을 나서더니 외딴 곳으로 가고 있었다. 염탐하던 수하의 말에 의하면 비무를 하기 위해서인 듯했다.

기회였다. 그는 급히 암혼단의 살귀들을 불러 모았다.

상관욱과 무영천귀 셋. 그리고 자신과 암혼단 이십. 많지는 않지만 그렇다고 적지도 않다.

놈들이 극심한 부상을 당한 것은 불과 며칠 전이었다. 아무리 뛰어난 성약을 먹었다 해도 완전히 회복한다는 것은 불가능하다.

어차피 실패는 죽음. 모든 것을 걸고 죽일 것이다.

맹에서 다른 사람이 오기 전에. 나 암군의 손으로!

놈들이 들어간 야산이 지척에 보였다. 사방이 암벽으로 막혀 있는 곳이었다. 빠져나갈 수 없는 지형.

암군의 입가로 비릿한 미소가 그려졌다.

'놈들, 죽을 자리는 제대로 골랐군.'

강한 진기의 파동이 사라진 것으로 봐서 이미 비무는 끝난 것 같다.

삐리리리…….

앞서 놈들을 따라갔던 수하의 신호가 들려온다.

손을 들어 앞을 가리키며 흔들었다. 순간 수하들이 안개처럼 흩어져 숲 속으로 사라졌다.

이제 결판을 낸다. 놈들이 죽든, 내가 죽든!

암군은 옆으로 다가온 상관욱과 무영천귀를 어둠이 깃든 눈으로 바라보았다. 그리고 한순간, 스산한 바람과 함께 그의 신형도 사라졌다.

그 뒤를 따라 상관욱과 엽시랑을 비롯한 무영천귀가 신형을 날렸다.

이제 돌아가는 자가 정해질 때다.

죽은 자는 남고 산 자만이 돌아가는 것이다!

쏴아아아!

숲이 허리를 숙이고 흑의인과 회의인들을 뱉어냈다.

제일 먼저 적을 맞이한 사람은 유태청이었다.

유태청은 자신에게 쏘아오는 기운을 느끼고 천유를 잡아갔다. 그리고 연속된 그림이 천천히 지나가듯이 느리게 검이 뽑혔다.

쩌억!

백색 검강에 허공이 갈라졌다.

잔상이 허공을 맴돌다 스러졌다.

남은 것은 처음부터 거기에 있었던 듯한 한 명의 흑의인. 그리고 그에게서 피어나는 붉은 피안개!

첫 번째 공격자가 반으로 쪼개진 채 무너졌다.

그 위로 살을 저밀 듯 날카로운 수리표가 기묘한 곡선을 그리며 떨어져 내렸다.

따다당!

진용은 자신을 향해 날아오는 열십 자 형태의 수리표를 단 두 번의 손짓으로 모두 떨궈냈다. 수리표를 날린 흑의인들이 그 뒤를 따라 아무런 표정도 없이 덮쳐 온다.

네 명의 흑의인, 사방을 점한 그들의 손에는 폭이 좁은 협봉검이 들려 있었다. 그들은 조금도 머뭇거리지 않고 협봉검을 찔러왔다. 삶을 포기한 듯한 공격!

그들을 향해 진용의 양손이 움직였다.

한 손은 아래서 위로, 한 손은 위에서 아래로. 건곤이 비틀리며 대기가 뒤틀어졌다. 일순간!

콰아아!

네 명의 공격이 자신들의 의지와는 상관없이 한곳으로 몰렸다.

가공할 압력에 네 자루의 협봉검이 비틀리며 부러졌다.

우두둑!

수수깡 부러지는 소리를 동반한 채 그들의 손도 부러졌다.

처절하게 일그러진 얼굴들!

찰나, 진용의 신형이 그들 사이로 스며들었다.

푸르스름한 강기가 어린 진용의 손발이 풍차처럼 휘돌았다.

퍼버벅! 흑의인들이 비산하며 튕겨 나간다.

그들 중 제대로 땅에 내려선 자는 하나도 없었다. 땅바닥에 내동댕이쳐진 채 팔다리가 부러지고 목이 꺾인 그들의 입이 쩍 벌어졌다.

꿈틀거리는 그들의 입에선 선혈이 쏟아지고 있었다. 내부가 부서졌을 것이다. 마른 나뭇가지가 만근 바위에 짓눌려 으깨지듯.

냉정한 손속.

땅으로 내려선 진용은 빠르게 상황을 훑어보았다.

또다시 적들의 공격이 밀려온다. 자신을 향해서만이 아니다.

이미 유태청은 두 명의 흑의인을 더 죽이고, 이제는 세 명의 회의인에 둘러싸여 있었다.

회의인들, 마침내 놈들이 나타났다. 천암산의 살귀들 중 신밀에서 살아 돌아간 놈들.

놈들 중에 한 놈이 눈에 들어온다.

엽시랑, 그다! 놈이 살광을 뿜어내며 히죽 웃는다.

'상관욱은 어디에?'

그가 나타났다면 상관욱도 왔을 터, 그리고 그 노인도.

몸이 온전치 못한 유태청이 걱정된다. 하지만 누가 뭐래도 그는 십절검존. 저들로서는 어쩌지 못할 절대의 고수다.

정광과 사도굉이 흑의인들과 드잡이질을 벌이고 있다. 쇠신발을 손에 든 정광도 그렇지만 사도굉의 무공도 만만치 않다. 그리 우려하지 않아도 될 듯하다.

다행히 아직 중앙 쪽은 놈들이 접근을 하지 않고 있다. 하긴 놈들의 주요 목표는 자신과 유태청. 아직은 다른 곳을 공격하느라 힘을 분산시킬 생각이 없는 것 같다.

진용은 빠르게 상황을 분석하고 전신에 내력을 휘돌렸다.

'그렇다면 기다리지 않는다! 내가 먼저 친다!'

그러한 생각에 화답하듯 흑의인들이 나무 위에서 쏟아졌다.

진용의 신형이 둥실 떠올랐다. 떠올랐다 싶은 순간 안개처럼 흩어진다.

흩어진 진용의 그림자가 흑의인들 사이로 스며든 것은 눈 깜짝할 시간이었다. 동시에 건곤천단심법의 내력이 담긴 신수백타가 흑의인들 사이에서 펼쳐졌다.

찰나간에 십팔권 십이퇴가 펼쳐지자 반경 일 장이 거대한 구(球)처럼 진공상태를 이루었다. 하지만 그것도 잠시뿐!

콰아앙!

진공상태의 구가 천지를 떨어 울리며 터져 나갔다.

결코 흑의인들로선 견딜 수 없는 위력이었다. 강기의 폭풍에 휩쓸린 흑의인들이 부서진 무기들과 함께 사방으로 날아갔다.

아름드리 나무들의 허리가 으깨지고, 겨우내 매달려 있던 낙엽들도 더 이상 견디지 못하고 눈보라처럼 휘날렸다.

흑의인들을 날려 버린 진용은 곧바로 낙엽이 떨어지는 허공을 향해 두 손을 내밀었다. 내민 두 손에서 기이한 회오리가 일더니, 파르스름한 빛을 내며 점점 더 그 크기를 키워간다.

회오리가 쟁반만 하게 커졌을 때다.

낙엽들 사이에서 암군이 둔형술을 풀고 모습을 드러냈다.

그의 두 손에서 기척도 없는 장력이 진용을 향해 쏟아졌다.

암천무혼장이었다.

진용의 입가로 하얀 웃음이 번졌다. 전에 한 번 당했던 장력이었다.

장력의 위력은 그때 그대로였다. 그러나 자신은 그때의 자신이 아니었다. 이제는 당하지 않을 자신이 있었다.

미세하게나마 기운이 느껴지는 암천무혼장은 두려울 것이 없는 것이다.

'와라!'

진용은 다가오는 무형의 장력에 아랑곳하지 않고 휘도는 회오리에 공력을 불어넣었다.

신왕의 세 번째 무공에 뇌전의 능력이 가미된, 자신이 건곤뇌전폭(乾坤雷電爆)이라 이름 붙인 초식을 펼쳐 내기 위함이었다.

그가 두 손을 묘한 형태로 모았을 때다. 암천무혼장의 기운이 코앞까지 다가왔다.

한순간 쟁반만 한 모양을 한 채 휘돌던 회오리가 새파란 빛을 발하며 튀어나갔다.

암천무혼장의 기운과 건곤뇌전폭이 정면으로 부딪쳤다. 그리고 이름답게 쟁반만 한 강기의 회오리가 폭죽처럼 터져 전방을 휩쓸었다.

콰아아아!

휩쓸린 것은 무엇도 온전하지 못했다. 나뭇가지는 물론이고 아름드리 나무조차 구멍이 뻥 뚫려 버렸다.

그리고 덮쳐 오던 암군도 거센 충격에 날아오던 속도보다 더 빨리 뒤로 튕겨졌다.

진용은 부딪친 충격에 지상으로 내려서서 전방을 직시했다.

삼 장 밖에 내려선 빼빼 마른 노인이 자신을 노려보고 있었다. 경악한 두 눈이 파르르 떨고 있다. 가느다란 선혈이 그의 입가로 흘러내린다.

"네놈은……?"

부상은커녕 전보다 더 강해진 것이 믿기지 않는다는 눈빛이다. 하지만 진용은 그의 궁금증에 대해 대답할 생각이 없었다.

시간이 없다. 중앙으로 흑의인들이 짓쳐들고 있다.

상황을 가장 빠르게 마무리하는 방법은 단 하나!

일단 적의 수장을 꺾고 본다.

진용의 신형이 빨랫줄처럼 그를 향해 날아갔다.

이를 악 다문 암군의 신형이 허공으로 뛰어 올랐다. 땅을 찬 진용의 신형이 그를 따라 급속히 방향을 틀었다.

믿을 수 없는 움직임에 암군의 눈에 당황한 빛이 떠올랐다.

순식간에 거리가 일 장으로 좁혀졌다.

피할 수 없음을 느꼈는지 암군이 진용을 향해 두 팔을 휘둘렀다. 또다시 암천무흔장이었다.

순간, 진용의 두 손에서 새파란 뇌전이 줄기줄기 뻗치며 무형의 장력을 찢어발겼다.

쩌저적! 콰광!

물러나면 쫓고, 무형의 장력이 날아오면 찢어발겨 소멸시킨다. 순간적으로 세 번의 공방이 이루어졌다.

결국은 힘에서 밀린 암군이 뒤로 튕겨졌다. 그러자 튕겨진 암군을 향해 진용의 신형이 그림자처럼 따라붙었다.

두 사람의 간격이 순식간에 다섯 자 거리로 좁혀졌다.

이제는 장력을 쳐내기도 어정쩡한 상황. 진용의 커다란 두 손이 암군을 향해 뻗었다. 암군도 두 손을 갈고리처럼 구부려 진용의 두 손을 잡아갔다.

바라던 바였다!

진용의 두 손이 암군의 갈고리처럼 구부러진 손목을 움켜쥐었다. 서로가 손목을 움켜쥔 상태.

암군은 진용의 팔목을 부러뜨리기 위해 모든 힘을 쏟아냈다.

하지만 요지부동이다. 오히려 자신의 내력은 밑 빠진 독에 물 부은 듯 어디론가 사라져 버리고, 잡힌 팔목은 산산이 부서지는 기분이다.

진용은 달려들던 기세 그대로 무저의 동굴처럼 가라앉은 눈으로 암군을 바라보며 손목을 끌어당겼다. 그리고 그의 품속으로 파고들었다.

새파랗게 질린 암군의 두 눈이 경악으로 물들고, 찰나간에 두 사람의 발이 두어 번 엇갈렸다.

암군의 얼굴이 고통으로 일그러졌다. 쇠기둥을 잘못 걸어 차 발목이 부러진 듯한 표정이다.

일순간 그의 아랫배로 진용의 오른발이 발목까지 박혀들었다.

퍼펙!

암군의 입이 쩍 벌어졌다.

손목을 잡힌 상태인지라 피할 수조차 없었다. 이어서 왼발마저 가슴에 틀어박히자 쩍 벌어진 그의 입에서 선혈이 뿜어졌다.

하지만 진용의 움직임은 거기서 멈추지 않았다.

빙글, 진용의 신형이 비스듬한 각도로 휘돌았다.

우두둑! 암군의 두 팔이 비틀린 수숫대처럼 부러지고, 휘돌아 내려 찬 일퇴가 그의 백회에 내리꽂혔다. 번개가 작렬하듯이!

뻐억!

두개골에서 마른 박 쪼개지는 듯한 소리가 울리며 목이 몸통 속으로 박혀 들어갔다.

"꺼어어……."

그걸로 끝이었다.

암군의 몸이 빈 포대자루처럼 무너져 내렸다.

지난 수십 년간 밤의 공포였던 무흔살마가 이름 모를 야산에서 그렇게 죽어갔다.

진용은 그를 일견도 하지 않고 붉어진 눈으로 중앙을 살폈다.

암군을 쓰러뜨리기는 했지만 자신 역시 막대한 내력이 소모된 터였다. 그러나 운기할 여유가 없다. 자신이 암군을 치는 사이 중앙이 공격받고 있다.

공격의 중심은 상관욱. 기회를 엿보던 그가 마침내 튀어나왔다. 그는 비류명과 서문조양이 합공해야 겨우 막을 수 있는 자.

게다가 그자뿐이 아니다. 흑의인들 중 세 명이 중앙의 마법진을 공격하고 있다. 그들이 신경 쓰이는지 비류명과 서문조양의 공격이 흔들린다.

그나마 다행히도 마법진이 그럭저럭 제 역할을 해주고 있어 안심이다. 흑의인들이 날리는 암기를 팅겨내고 그들이 찌르는 도검을 옆으로 흘려낸다.

뜻밖의 상황에 당황하며 멈칫거리는 흑의인들.

진세 안의 운아영이 검을 빼 들고 허공에 헛손질하다 그들을 향해 어색한 표정을 짓는다. 두충은 그런 운아영의 뒤에 바짝 붙은 채 보따리를 가슴에 끌어안고 있다. 한 손을 보따리 속에 집어넣고서.

머뭇거릴 시간이 없다.

진용은 땅을 박찼다. 목표는 흑의인들.

찰나간에 진용의 신형이 흑의들의 머리 삼 장 위에 도달했다. 두 손끝이 시퍼렇게 물들었다. 뇌전의 능력!

쩌저저적! 퍼버벅!

시퍼런 뇌전이 마법진을 공격하던 흑의인들의 머리 위로 떨어져 내렸다.

미처 피할 사이도 없이 뇌전에 관통당한 세 명의 흑의인이 비명도 지르지 못한 채 튕겨졌다. 뻥 뚫린 그들의 가슴에서 핏물이 솟구친다.

그제야 비류명의 구유도와 서문조양의 장창이 상관욱을 상대로 날카로움을 드러내기 시작했다.

그래도 상대가 상대인 만큼 밀리는 것은 어쩔 수 없었다. 다행인 점은 상관욱도 당황하고 있다는 것.

뇌전의 능력을 펼치고 내려선 진용은 유태청과 정광 쪽을 바라보았다.

유태청은 여유를 가지고 세 명의 살귀를 상대하고 있었다.

정광과 사도굉은 경쟁적으로 흑의인들을 몰아치고 있었는데, 이미 그들 주위로는 서너 명씩의 흑의인들이 쓰러져 있다.

약간의 여유가 생겼다.

진용은 그제야 급히 내력을 휘돌렸다. 치밀어 오르는 혈류는 목구멍 깊숙이 밀어 넣었다.

그때 은은히 혈맥을 타고 흐르는 기운이 느껴졌다. 암군이 진용의 손목을 통해 쏟아 넣은 기운이었다. 빌어먹을 건곤흡정진혼결이 자동으로 발동해 빨아들여 버린 기운 말이다.

'젠장! 쓸데없이 기운은 왜 밀어 넣어서……'

뇌전의 능력을 펼치며 쏟아냈음에도 살기가 다 소멸되지 않은 듯하다.

진용은 건곤천단심법으로 살기를 억눌렀다. 한데 누를수록 더 강하게 튕겨진다.

아무래도 다시 한 번 쏟아내야 할 것 같다.

생각과 동시 진용의 신형이 그 자리에서 사라졌다.

진용이 사라지자 상관욱이 제일 먼저 반응을 보였다.

본래 그는 전장으로 바로 뛰어들지 않고 상황을 유리하게 이끌 수 있는 방법을 생각했었다. 그리고 결론을 내렸다.

—중앙의 두 사람을 인질로 삼자.

시간은 진용이 암군과 대결을 벌이는 시간이면 족하리라 생각했다.

암군은 만붕성의 삼군 중 한 사람. 고수 중의 고수다. 더구나 진용은 암군에게 심각한 내상을 입은 지 얼마 되지 않은 상태. 설령 내상을 치료했다손 쳐도 진용이 암군을 쉽게 이기지는 못할 거라 생각했던 것이다.

하지만 엄청난 착각이었다.

암군이 십 초도 버티지 못하고 죽어버렸다.

더구나 중앙에는 기이한 기운이 접근을 하지 못하게 막고 있다.

'제기랄! 역시 대맹주가 보낸 사람들이 올 때까지 기다렸 어야 하거늘!'

상관욱은 진용이 보이지 않자 불안했다.

비류명의 도를 쳐내고 서문조양의 창을 휘감아 밀어내고 는 재빨리 뒤로 물러났다.

하지만 진용이 노린 대상은 그가 아니었다.

쩌정, 콰직!

도검이 부서지는 소리가 들리고!

"크억!"

"케엑!"

유태청을 공격하던 두 명의 무영천귀가 부서진 검과 함께 가슴이 완전히 함몰되어 튕겨졌다.

일수에 두 명의 무영천귀를 날려 버린 진용은 미리 생각이 라도 해두었던 것마냥 혼자 남은 엽시랑을 향해 몸을 날렸다. 시퍼런 강기에 휩싸인 양발이 먼저 상대를 향했다.

상대의 검도 무시한 채, 폭풍 같은 기세로!

갑작스런 상황이었음에도 엽시랑은 짐승 같은 감각으로

몸을 뒤로 날렸다. 수하의 도검이 눈앞에서 부서진 것을 본 이상 검으로 마주칠 생각은 애당초 하지 않았다.

베지 못하면 죽는다!

휘잉! 진용의 무시무시한 발 그림자가 엽시랑의 머리카락을 스치고 지나간다. 칼에 잘린 듯 흩날리는 머리카락. 발 그림자가 스쳐 간 여파만으로도 머리가 멍멍하다.

만일 제대로 맞았다면?

엽시랑의 창백한 안색이 새파랗게 질려 버렸다. 무영천귀를 이끈 이후 처음으로 가지는 두려움이었다.

그에게 진용은 괴물이었다. 자신들, 무영천귀와는 상대도 안 되는 진짜 괴물!

물러서자마자 재빨리 상관욱을 바라보았다. 그도 자신을 바라보고 있다. 눈이 마주치자 동시에 고개를 끄덕였다.

처음으로 마음이 맞았다. 도망가자!

두 사람은 누가 먼저라 할 것 없이 동시에 신형을 날렸다. 숲 속을 향해. 자신들이 펼칠 수 있는 최대한의 경공을 발휘해서.

그간 살아남은 다섯의 흑의인도 두 사람을 따라 숲 속으로 들어가 버렸다.

누구도 그들을 뒤쫓지 않았다. 아니, 그럴 정신이 없었다. 그들은 자신들의 들끓는 기운을 다스리기에도 벅찬 상황이었다. 심지어 진용과 유태청조차도.

진용은 아무런 말도 하지 않고 끓어오른 살기를 가라앉혔다. 살기는 두 번에 걸친 분출로 이제는 제어할 수 있을 만큼 약해져 있었다. 두 눈에 떠 있던 붉은 기운도 거의 보이지 않았다.

두어 번 숨을 들이켜 급한 대로 살기를 짓누른 진용은 유태청을 바라보았다.

얼굴에 홍조가 서려 있었다. 겉으로 표현은 하지 않고 있지만 힘든 표정이었다.

안타까웠다. 살귀들이 비록 강하긴 하지만 전이었다면 삼 초지적도 안 될 자들이었다. 그런 자들을 상대로 저렇게 힘들어하시다니. 아무래도 전에 입은 내상이 생각보다 더 심각했던 것 같다.

"괜찮으십니까?"

"나는 괜찮네. 일단 상황을 정리하고 이곳을 떠나세."

아마 놈들의 공격이 또 있을지 걱정이 되는 듯했다. 놈들의 수장이 죽어 그럴 가능성은 없지만 혹시 모르는 일. 진용은 가볍게 고개를 끄덕이고는 중앙 쪽을 돌아보았다.

정광이 헐떡이며 사도굉과 뭐라 말다툼을 벌이고 있었다.

"글쎄 선배가 셋, 내가 넷이다니까."

사도굉도 만만치 않게 저항하고 있었다.

"한 놈은 살아서 도망쳤잖아! 그러니 그놈 빼면 똑같이 셋이야!"

비류명과 서문조양은 창백한 얼굴로 입술을 깨물고 있었다. 아마도 상관욱을 상대하며 상당한 타격을 입은 듯했다. 진용이 바라보자 두 사람의 고개가 숙여졌다.

그들은 이제야 안 것이다. 자신들과의 비무는 그저 준비운동에 불과했다는 것을.

진용은 그들을 스치고 지나 중앙으로 걸어갔다. 그리고 마법진에 의해 뒤틀린 공간 사이로 손을 집어넣고 가볍게 끌어당겼다.

진의 축을 이루는 지팡이가 저절로 뽑혀 손으로 날아든다. 순간, 푸스스스… 마법진을 이루었던 룬어들이 모래성처럼 부서지며 흐트러졌다.

그제야 운아영이 넉 자 장검으로 앞을 한 번 휘저어 보고는 천천히 걸어나왔다. 두충도 보따리에서 슬며시 손을 빼고 운아영의 뒤를 따랐다.

운아영이 주위를 둘러보았다.

괴이한 형태로 꺾어진 시신. 반쯤 잘라진 시신. 머리가 부서진 시신. 그리고 흥건한 핏구덩이들……

철혈의 여장부 같던 그녀의 얼굴조차 해쓱하니 질렸다.

그녀가 고개를 들더니 진용에게 물었다.

"고 공자, 사람 맞아요?"

바닥에 널린 시신과 흥건한 피를 보면 도저히 웃을 상황이 아니다. 그런데도 사람들의 입가에는 어색한 웃음이 맺혔다.

솔직히 그들도 궁금했다.

죽은 자들을 짐승의 밥으로 놔둘 수도 없는 일. 진용은 사람들과 함께 시신을 모두 땅에 묻었다. 그리고 돌아가기 전에 간단히 운기를 했다.

반 시진이 지나자 하나둘 운기를 마치고 일어섰다.

마지막으로 서문조양이 일어섰다. 그는 일어서자마자 진용을 바라보았다. 진용은 황금빛으로 달아오른 태양을 가슴에 안은 채 서 있었다.

눈이 부시다. 태양 때문만이 아니다.

서문조양은 입술을 깨물고 천천히 걸음을 옮겼다. 진용과 일 장가량 떨어진 곳에 도착한 그는 한쪽 무릎을 꿇고 고개를 숙였다.

"따르겠습니다."

진용이 고개를 돌리지도 않고 말했다.

"나는 태양이 될 생각이 없습니다. 그래도 좋다면 함께 가지요."

"공자의 뜻대로……."

第六章

마음이 담긴 차

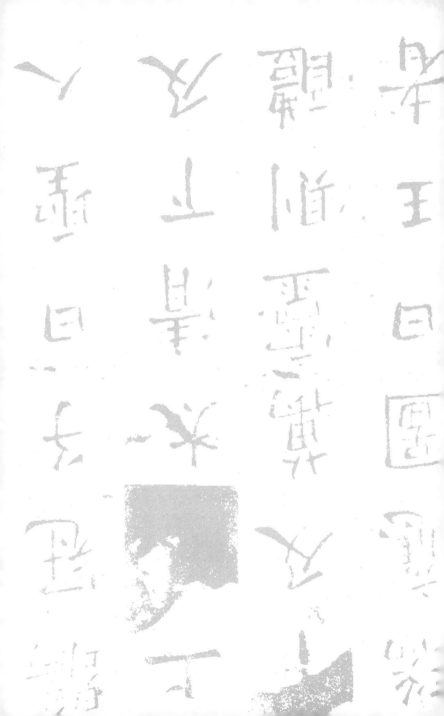

1

　태양이 붉게 타오르고 있었다.

　꼭 자신의 삶이 타오르고 있는 것처럼 보인다.

　남궁창훈은 창문으로 쏟아져 들어오는 석양의 붉은빛을 바라보며 천천히 찻잔을 들었다.

　"맹주, 구파의 행태를 보고만 있을 건가?"

　앞에서 답답하다는 투로 직언을 올리는 친구의 말에도 머뭇거림이 없이 찻잔은 입술에 달라붙었다.

　소리없이 찻물을 입에 담은 그는 천천히 찻잔을 내려놓으며 자신을 직시하고 있는 친구를 바라보았다. 그의 이마에 진 주름이 오늘따라 많게 느껴졌다.

"자네도 이제 늙었군."

엉뚱한 말이 남궁창훈의 입에서 흘러나왔다.

맑은 감색 장포를 입은 오십 후반의 초로인은 어이가 없는지 입이 반쯤 벌어졌다. 남궁창훈이 말을 이었다.

"조급해한다고 해서 풀릴 일이 있고 기다려서 풀릴 일이 있네."

"그럼 맹주 말은 지금은 기다려야 할 상황이다, 이 말인가?"

"작작유여유(綽綽有餘裕)라는 말이 있지. 어떤 일을 당하여 조금도 흔들림이 없으면 그만큼 여유(餘裕)가 있고 침착(沈着)할 수 있다는 말이 아니던가."

"나원, 정말 천하태평일세. 창궁검신이 성질 다 죽었구면."

"허허허, 그저 여기저기 하도 당하다 보니 이제는 좀 더 참을성이 늘었을 뿐이라네."

"큼! 자네는 좋겠군. 욕먹어도 화가 나지 않을 테니 말일세."

"나도 사람인데 화가 왜 안 나겠나?"

"그래, 화난다는 사람이 그렇게 여유만 부리고 있는 건가?"

남궁창훈은 빙그레 웃으며 찻잔의 둘레를 손가락으로 돌렸다.

"한 가지 일을 꾸며볼 생각이네."

"응?"

"그래서 말인데 장진, 자네가 한 사람을 좀 만나주게나."

"누군데 내가 직접 만나야 한단 말인가?"

"십절검존 유 노사가 정무관에 있네."

"뭐야? 그게 사실인가?"

"처음에는 누군지 몰랐나 보더군. 화령관에 방을 잡아준 것을 보니. 그런데 월조옹 사도굉도 꼼짝 못하는 노인이 있다는 말을 듣고 운문이 직접 확인해 본 모양일세. 분명 유 노사였다 하네."

"이, 이런……. 어찌 그런 일이……."

당장이라도 달려가려는 듯 벌떡 일어선 그를 향해 남궁창훈이 말했다.

"그분과 내가 만날 수 있는 자리를 만들어보게나."

"남들 모르게 말이지?"

"당연히."

2

쾅!

분노의 발 구름 한 번에 대전이 들썩거렸다.

"어리석은 놈! 그 시간을 참지 못하고 일을 벌이다니. 게다가 성공이나 했으면 몰라도, 뭐라, 실패? 죽었다고?"

구양무경의 분노는 하늘을 찌를 듯했다.

개인적인 일인지라 무영천귀를 더 투입하지 않고 만붕오로 중 두 사람과 천은단의 고수들을 보냈다. 그들과 시간을 두고 공격했다면 충분히 성사 가능한 일이었다. 더구나 보고에 의하면 유태청이 무영천귀 셋을 맞아 약간의 유리함만을 보였다지 않은가 말이다.

그럼 분명 몸에 커다란 이상이 있다는 말일 터.

생각할수록 아까운 기회를 놓친 것만 같았다. 왕효의 빈정거림이 귓전에 울리는 듯했다.

"구양 맹주도 이제 늙었나 보구려."

하지만 그는 자신의 감정에 따라 움직이는 소인배가 아니었다.

그는 부복해 있는 천밀각주를 보며 분노에 찬 어조로 말했다.

"암군과 암혼대가 없는 이상 그들만으로는 정천무맹의 코앞에서 놈들을 죽이는 것은 위험한 짓이다. 일단 놈들을 지켜보며 기다리라고 해! 어리석은 짓 하지 말라는 말도 꼭 전하고!"

"존명!"

구양무경의 눈썹이 송충이처럼 꿈틀거렸다. 화를 삭일 때

나타나는 그의 버릇이었다. 조금 가라앉은 목소리로 그가 물었다.

"그래, 천제성이 본격적으로 나섰다고?"

"그렇사옵니다, 주군."

"그들의 목표가 누구라 생각하는가?"

"겉으로는 천혈교를 치겠다고 합니다. 그런데 들어온 정보에 의하면 아무래도 천암산에서의 일이 우리의 짓인 것을 알고 있는 것 같습니다."

"이상하군. 그들이 무영천귀의 시신을 가져갔다 해도 그것만 가지고는 아무것도 알아낼 수 없었을 텐데?"

구양무경의 목소리가 완연히 침착함을 되찾았다. 급격하고 종잡을 수 없는 성격 변화에 천밀각주 공은수는 몸을 더욱 깊게 숙였다.

"옷도 그렇고 무기도 그렇고, 무영천귀가 지닌 모든 것은 모두 시중에서 누구나 구할 수 있는 것들입니다. 해서 저희도 이상하게 생각하고 있습니다."

"그거 괴이하군……."

공은수는 고개를 들고 어렵게 입을 열었다.

"그것 말고도 수상한 점이 한두 가지 더 있습니다. 주군께서 허락해 주신다면 천밀전의 천자조를 움직여 볼 생각입니다."

천자조는 오직 주군만이 움직일 수 있는 자들. 심지어 천밀각주인 자신조차 그들이 정확히 누군지 몰랐다. 몇 명이나 되는지도.

"그들을? 흠, 놈들이 뭔가를 숨기고 있다고 생각하는 것이냐?"

"우연이 두 번 겹치면 필연이 되는 법이옵니다."

"후후후……. 좋아. 그리 자신이 있다면 그들을 움직여라. 하나, 헛된 희생만 있어서는 안 됨을 명심해야 할 것이다."

"잘 알고 있사옵니다. 실패하면 목을 내놓겠사옵니다."

구양무경은 물끄러미 공은수를 바라보더니 고개를 저었다.

"아니다. 그들이 아무리 중요하다 해도 어찌 너만 할까? 너는 최선만 다하면 된다."

"감읍하옵니다, 주군."

공은수는 감복한 목소리로 외치며 고개를 더욱 깊숙이 숙였다.

구양무경은 그런 공은수에게서 고개를 돌려 벽에 그려진 승천도를 바라보았다.

"천자 삼호에게도 연락을 취해라."

갑작스런 말에 공은수의 몸이 굳어졌다.

"하오면, 그 일을 시작할 생각이시온지……?"

"천혈교의 힘이 예상보다 더 큰 것 같다. 그렇다면 그에 걸맞은 힘을 우리도 갖추어야 할 터. 지금처럼 혼란할 때가 오히려 기회가 아니겠느냐."

"과연 영명하신 판단. 즉시 수행하겠나이다."

더 이상 구양무경이 말이 없자 공은수는 뒷걸음질로 대전을 나갔다.

텅 빈 대전을 바라보던 구양무경은 천천히 눈을 감았다.

일각이 지나서야 침묵이 깨지고 그의 입이 열렸다.

"천하는 하나, 나눠 가질 사람은 적을수록 좋은 법이다."

그때다. 뒤에서 나직한 대답이 들려왔다.

"명심하겠습니다, 아버님."

"꼭… 떠나야겠느냐?"

"천하는 넓습니다. 보지도 않고 취할 수는 없지 않겠습니까?"

"녀석. 그래, 가겠다면 말리지 않겠다. 단, 돌아올 때 혼자 오면 받아주지 않을 것이다."

"후후후, 손주가 보고 싶으신가 보군요."

"내 나이도 칠십이 넘었다. 네놈 나이도 서른이 다 되었고. 썩을 놈."

"일 년 후에 뵙겠습니다."

"그래…….."

그도 어쩔 수 없는 아버지였다. 나이 마흔이 넘어 얻은 하나밖에 없는 자식에게 손주를 바라는 그런 아버지.

아들의 기운이 느껴지지 않자 구양무경은 천천히 눈을

떴다.

"강호는 네 말대로 넓다. 그 넓은 곳에서 쓴맛을 보는 것도 나쁘지는 않을 것이다. 천하를 경영하기 위해서라도. 후후후 후……."

3

방 안에 옅은 듯하면서도 마음을 맑게 해주는 향기가 가득하다.

"음? 이게 무슨 차인가?"

"약차입니다."

"약차? 향기가 좋군. 아주 좋아."

유태청은 진용이 준 차를 마시며 눈을 지그시 감았다. 약차라서 그런지 은은한 약향이 풍겨 나오고 있었다. 진하지도 않은 것이 매일 마셔도 질리지 않을 것 같았다.

비방으로 만든 차라 했던가? 물욕이 사라졌다 생각했는데 이 차만큼은 욕심이 날 정도다.

"어떻게 만든 것인지는 몰라도 정말 마음에 드는군. 허허 허……."

"아주 힘들게 만들었지요. 마시고 나시면 가슴이 따뜻해지실 겁니다."

"정말 그런 것 같으이."

유태청의 얼굴에 편안한 표정을 보니 진용도 기분이 좋아졌다.

아침에 제갈민에게 부탁해 맑은 물을 얻었다. 그리고 찻잎까지.

진용은 얻은 물과 찻잎과 한 가지 물건을 넣고서 자신의 삼매진화로 찻잔을 달궈 한 잔의 차를 만들었다. 세상에 둘도 없는 차를.

그런데 그걸 마신 유태청이 은근히 그 차에 욕심을 내고 있는 듯하다.

웃음이 나오려는 것을 간신히 참은 진용은 고개를 돌리며 창밖을 바라보았다.

화정관의 뒤쪽으로는 건물이 없고 삼 장여 떨어진 곳에 일 장 높이의 담장만이 있었다. 정무관 내에서 사람들의 출입이 가장 뜸한 곳이 바로 그곳이었다. 그나마 간간이 드나들던 사람들조차 제갈민이 통제를 시킨 이후로는 보이지 않았다.

삼 일 전부터 제갈민의 배려로 그들만의 연무장이 되어버린 화정관의 뒤뜰에서 운아영과 두충이 열심히 검을 휘두르고 있었다.

운아영은 이미 일류고수라 칭하기에 부족하지 않았다. 반면에 두충은 겨우 삼류의 딱지를 벗은 초보 검사였다.

두충이 구슬땀을 흘리며 그간 소홀했던 무공에 정진하는 이유는 단 하나였다. 운아영이 두충 때문에 적과 싸우지 못했다며 구박을 줬다.

남이 돌보지 않으면 살아가지도 못할 사람. 그것도 여인의 보호나 받아야 할 못난 사람. 이래서야 어디 좋아하는 여인을 지켜줄 수나 있겠어!

충격이었다. 그래, 나도 고수가 되자! 까짓것 못할 게 뭐 있어?!

솔직히 가끔씩 보이는 비류명의 느끼한(?) 시선이 걱정되어서이기도 했다.

열심히 배운 동작을 반복하며 검을 펼치는 두충의 옆에는 한 사람이 느긋한 자세로 앉아 있었다. 사도굉이었다.

심심한지 두충이나 가르쳐야겠다고 나가더니 소리를 지르며 닦달하고 있다.

본래 정광이 하려고 했다. 하지만 두충이 받아들일 리가 만무한 일.

"누구 잡을 일 있수! 차라리 사도 어르신에게 배우겠수!"

그 한마디에 결국 사도굉이 당첨되었던 것이다.

사도굉도 그리 싫어하는 눈치는 아니었다. 며칠 가르쳐 보니, 그동안 게으름을 피우느라 제대로 연무를 하지 않아서 그렇지 두충의 자질이 그리 나쁜 편은 아니었던 것이다.

진용이 봐도 그랬다. 의외의 일이었다. 곁에 두고도 몰랐다니.

'열심이군. 언제 두 위사에게 맞는 무공을 하나 생각해 봐야겠는걸?'

자신의 무공은 두충에게 맞지 않았다. 그렇다고 유태청에게 부탁하기도 그랬다. 정광은 두충이 싫어하고.

덜컹!

밖을 쳐다보고 있는 사이 정광이 들어왔다. 양반 되기는 그른 사람이었다.

"고 공자."

"예, 도장님."

조금 상기된 표정으로 정광이 말했다.

"글자 몇 개를 푼 것 같네. 한번 같이 봤으면 싶은데……."

"그래요?"

반가운 일이었다. 두충이 외면하자 정광은 코웃음 치며 방에 처박혔다. '나는 뭐 할 일이 없어 널 가르치려는 줄 아냐?' 하면서. 그러고는 자신이 준 책을 파고들었다. 그런데 성과가 있었던 것 같다.

진용은 반가운 마음에 방을 나서려다 유태청을 돌아보았다.

"혹시 가슴이 따뜻해지시거든 운기를 해서 약 기운을 퍼뜨리세요. 그럼, 다녀오겠습니다."

"음? 알았네."

약차라 했으니 그러려니 했다. 한데 방문 밖으로 나가려던 정광이 코를 벌름거리며 킁킁댄다.

"어? 이거 전에 먹었던……."

"도장님, 빨리 가시죠. 궁금해 죽겠습니다."

"어, 알았네. 이상하네, 이 약 냄새는……."

진용은 밀듯이 정광의 등을 떠밀어 방을 나갔다.

두 사람이 방을 나가자 유태청은 물끄러미 자신의 손에 들린 찻잔을 바라보았다.

그는 어리석은 사람이 아니었다. 정광의 말에 그는 자신이 마신 약차의 재료가 뭔지를 깨달았다. 진작 알았어야 했을 것을, 차향이 약향을 가린 데다 진용이 하도 능숙하게 연기를 하는 바람에 미처 깨닫지 못했을 뿐.

웃음이 나왔다.

"허허허허……."

노안이 붉게 달아올랐다.

"그래, 운기를 해야 약 기운을 제대로 받아들일 수가 있지. 명색이 소환단차인데……."

정광이 알아냈다는 글자는 모두 다섯 개였다. 그러나 두 개의 글자는 아직 명확히 확정을 짓지 못하고 있었다.

하나 그것만으로도 그동안 이어지지 않았던 몇 개의 글자가 하나의 문장을 이루었다.

태산을 떠난 이후 첫 번째 성과였다.

두 사람은 뛰는 가슴을 진정시키고 이어진 문장을 읽어보았다.

극기합(極氣合) 환(環) 묘변동심(妙變動心)…….

기운이 극에 이르러 하나로 합해지니 둥근 원을 이루고, 묘한 변화가 일어나니 마음이 움직인다.

언뜻 보면 단순한 자연의 묘리를 적어놓은 듯하다. 아니면 무공의 구결 같기도 하고.

그러나 정광과 진용은 한시도 눈을 떼지 못하고 그 문장에 빠져들었다.

일반적으로 무공의 구결에선 동심이 아닌 부동심을 강조한다. 그런데 고대문자의 뜻에선 마음이 움직임을 말하고 있다. 그것도 기운이 극에 이르렀는데.

움직이되 움직이지 않고, 움직임이 없는 가운데 움직임이 있다.

고대문자의 뜻이 얼마나 심오한지를 알고 있는 두 사람의 눈에는 그 글이 예사롭지 않게 보였다.

얼마나 지났을까, 진용의 마음에서 한 문장이 떠올랐다.

하나는 하늘이요, 또 다른 하나는 땅이다. 그리고 둘을 얻어 세 번째인 스스로의 몸도 깨우쳤다.

모든 것이 하나이며 둘이며 셋이다. 따로가 아니며 돌고 돈다.

사람 사는 세상이 그렇고, 사람의 몸이 움직이는 것 또한 그러하고, 우주의 이치가 그러하다.

건과 곤이 따로인 듯해도 멀리서 보면 결국 하나인 것이 아니겠는가.

"일원(一元)을 말하는 걸까?"

정광이 흥분된 목소리를 감추지 못한 채 말했다.

진용은 고개를 끄덕이지도, 그렇다고 가로젓지도 않았다.

"일원일 수도 있고, 무극(無極)일 수도 있겠지요."

"무극이라… 휘유, 갈수록 첩첩산중이군."

정광의 흥분이 빠른 속도로 가라앉았다.

일원만으로도 까마득하거늘, 무극이라……

정광은 망연한 표정으로 고개를 흔들었다. 그러나 진용의 두 눈은 시간이 갈수록 더욱 깊어만 갔다.

'무극이란 우주의 본체인 태극의 처음 상태를 말함이니…….'

두 사람이 깨우친 무리(武理)는 큰 차이가 없었다. 그러나 그 작은 간극도 시간이 가고 앞으로 나아가다 보면 벌어질 수밖에 없는 법이다. 자신들도 모르는 사이에.

두 사람의 지금 상황이 그러했다. 그 차이는 말로 가르쳐 준다 해서 되는 것이 아니었다. 스스로의 몸으로, 정신으로 깨우쳐야 하는 것이었다.

진용이 깊은 정신세계에 끝없이 침잠된 것을 보고 정광은 어깨가 축 처졌다. 새삼 진용과 자신의 차이가 느껴졌다.

하지만 일원의 길을 본 것만으로 어디인가.

정광은 지나친 욕심을 부리지 않기로 했다. 기지도 못하면서 뛸 수는 없지 않은가.

진용을 바라보았다. 움직임이 없는 그의 몸 주위로 환한 고리가 보이는 것만 같았다. 문득 운아영이 며칠 전에 물었던 질문이 생각났다.

"고 공자, 사람 맞아요?"

정광은 실소를 흘리며 천천히 고개를 가로저었다.

'훗, 저게 어떻게 사람이냐?'

그리고 먼지 한 톨이라도 날리지 않도록 조심스럽게 일어났다. 진용의 깨달음을 방해하지 않기 위함이었다.

최대한 조심을 하며 방을 나서는 정광의 입가에 은은한 미소가 번졌다.

'가고 또 가다 보면 보이겠지. 정광아, 정광아, 부러워하지 마라. 저런 사람이 옆에 있다는 것만으로도 얼마나 행복한 일

이냐.'

하나를 버리니 그 어느 때보다 마음이 편해졌다. 자신이 본래 이렇게 욕심이 없는 사람이었나, 의문이 일 정도다.

그는 자신이 그러한 마음을 가짐으로 인해서 일원의 깨달음에 한 발 다가서고 있음을 알지 못했다.

깨달음은 소리가 없는 법. 정광의 마음 한구석에 밝은 빛이 스며들었다.

4

그날 저녁, 암흑 천지를 가르고 치달리는 붉은 바람이 있었다.

하늘은 고요했다. 구름에 가려 달도 보이지 않았다.

달리는 자들은 자신들의 목표가 누군지도 몰랐다. 굳이 알 필요도 없었다. 명령에 따라 쓸어버리면 그뿐.

일백이십의 붉은 그림자는 그렇게 바람이 되어 세 갈래로 갈라져 달려갔다.

"혈풍이 세 군데로 불기 시작했습니다."

"증거를 남겨서는 안 될 것이다."

"남는 것은 아무것도 없을 것입니다."

"곧 혈신께서 나오실 것이다. 세상이 시끄러워질 게야. 우리는 일단 준비를 해놓고 상황을 지켜본다. 그러다 그들이 비틀거리면, 그때 우리가 나서서 모든 것을 한꺼번에 정리한다. 신혈(神血)의 세상을 위해!"

"언제든 명만 하소서, 태사령!"

『마법 서생』 5권에 계속…

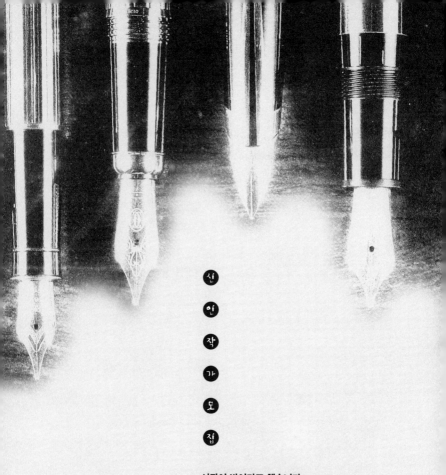

시작이 반이라고 했습니다.
작가의 길에 대한 보이지 않는 벽을 과감히 깨뜨리십시오!
청어람은 작가 지망생 여러분들의
멋진 방향타가 되어드리겠습니다.

저희 도서출판 청어람에서는
소설 신인 작가분들을 모집합니다.
판타지와 무협을 사랑하시는 분들의 많은 참여를 바랍니다.
소정의 원고(A4용지 150매)를 메일이나 우편으로 보내주시면
검토 후 출판 여부를 알려드리겠습니다.

주소:경기도 부천시 원미구 심곡1동 350-1 남성B/D 3F 우편번호420-011
TEL:032-656-4452 · **FAX**:032-656-4453
http://**www.chungeoram.com**
e-mail:chungeoram@chungeoram.com

청어람 판타지의 재도약!!

혁신과 참신함으로 무장한
새로운 판타지 전문 브랜드의 탄생!

「알바트로스」
Albatros

판타지계의 커다란 근간을 이뤄온 청어람 판타지 소설!
새로운 브랜드 「알바트로스」라는 커다란 날개를 달고
거대한 웅비를 시작합니다.

알바트로스는 판타지의, 판타지를 위한 개척자이자 도전자로 존재하겠습니다.

알바트로스는 형식적이고 나태해진 판타지계의 구습을 벗어나겠습니다.

알바트로스는 판타지계의 도약을 위한 든든한 날개 역할을 묵묵히 수행합니다.

알바트로스는 변화와 혁신을 통해 새롭게 태어날 환상 공간입니다.

알바트로스는 판타지를 아끼고 사랑하는 이들을 향한 청어람의 굳은 약속입니다.

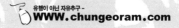

유행이 아닌 자유추구 -
WWW.chungeoram.com

무한 상상 · 공상 세계, 청어람 신무협&판타지

「표사」,「소환전기」를 뛰어넘는
참신한 재미와 쾌감을 선사한다!

청바지와 박스티 같은 무협 소설!
쉽고 재미있는, 편한 무협을 즐겨라!

『잠룡전설』
(潛龍傳說)

잠룡전설(潛龍傳說) / 황규영 지음

"주유성?
영웅이지. 하늘이 내린 사람이야.
그 사람 게으르다고?
에이, 난 그런 소문 안 믿어.
게으름뱅이가 어떻게 그런 엄청난 일들을 해?"

강호에 내린 희대의 겁난.
하늘은 엄청 센 놈을 영웅이랍시고 내린다.
하지만……
젠장! 엄청난 게으름뱅이다!!

입소문을 통해 아는 분은 다 알고 계십니다!
올 한해 공인중개사 최고의 화제작!

1~2권 합본 | 이용훈 지음
3~4권 합본 | 이용훈 지음
5~6권 합본 | 이용훈 지음
용어해설 | 이용훈 지음
1~2차 문제풀이집 | 이용훈 지음

수험생 기본 필독서
만화 공인중개사

제목 : 만화공인중개사 쓰신 분에게 감사드립니다.

학원을 두달 다녔어요. 근데 과연 그 숫자 와우기 그렇게 몇 문제나 나올까 생각을 했어요.
아니라는 생각이 드네요. 학원강의를 뒤로 하고 서점을 갔어요. 내 머리에 가장 이해될 수 있는
책이 없나 하구요. 거기서 만화를 발견했어요. 무조건 세번 봤어요. 3개월 걸렸어요. 문제집을
보라고 했는데 그건 시행을 못했어요. 근데 합격을 했네요.
어떻게 감사의 말을 해야 될지…
도서관에서 만화책 들고 다니니까 사람들이 비웃더라구요. 만화책으로 공인중개사를 공부한
다고 미친사람처럼 보더라구요. 근데 그거 다 감수하고 했던 내가 자랑스럽습니다.
어떻게 감사의 말을 해야 할지 정말 감사합니다.
부디 행복하세요. 제 나이 41살에 좋은 스승을 만난 거 같습니다.
엎드려 감사드립니다.

—본사 홈페이지에 독자분이 올린 메일 中 에서 발췌—

잘나가고 싶은 사람은 읽어라!

그에게 한눈에 반했다! 그것은 분위기 탓?
애인과 나란히 걸어갈 때 당신은 좌, 우 어느 쪽에 서는가?
이성은 왜 서로 끌리는 걸까? 그 심층 심리를 해명한다!

30초의 심리학

■ **30초의 심리학**
아사노 하치로우 지음 / 계일 옮김 | 값 8,500원

처음 본 사람인데 와 닿는 느낌이
너무나도 강렬한 사람이 있다.
흔히 하는 말로 '필이 꽂힌 사람',
그래서 잊혀지지 않는 사람,
한눈에 반했다고 하는 것이 바로 그것이다.
이런 인간의 감정을 논하는 데
남녀의 구분이 있을 수 없다.
사랑하는 그, 혹은 그녀를
생각하는 것만으로도 가슴이 두근거린다.
이상할 것 없다. 당연히 그럴 수 있는 것이다.
그렇기에 인간을 감정의 동물이라 하지 않는가.
그러나 그렇게 좋아하는 그 사람이
어느 날 갑자기 싫어지는 경우는 왜일까?

Psychology